作者简介

about the author

海男，女；出生于二十世纪六十年代，中国当代著名作家，中国女性先锋作家代表人之一。

◆曾获1996年刘丽安诗歌奖；中国新时期十大女诗人殊荣奖；2005年《诗歌报》年度诗人奖；2008年《诗歌月刊》实力派诗人奖；2009年荣获第三届中国女性文学奖；2014年获第六届鲁迅文学奖。

◆海男的跨文本写作《男人传》《女人传》《身体传》《爱情传》等；长篇小说代表作《花纹》《夜生活》《马帮城》《私生活》；散文集《空中花园》《屏风中的声音》《我的魔法之旅》《请男人干杯》等；诗歌集《唇色》《虚构的玫瑰》《是什么在背后》等。

◆现为云南师范大学特聘教授。

游离书

海男 著

时代出版传媒股份有限公司
北京时代华文书局

/ / 目录
Contents

色与空手记A部

暗夜中咀嚼过的碎片，不再追逐你我
天亮了，一切事物将重新开始
天在瞬间亮起来，这不是哲学的明亮
也不是花岗石闪亮的咒语
我们是何物，是哪一种武器
到底需要在这世界上如何消灭自己
从出生到现在，我们所做的每桩事
都在无形间消灭自己
我们铲除并剥离了内心的魔鬼
天亮了，一切事物将重新开始
你举过的那盏灯灭了
仿佛这是神意的又一次安排
我们走到了长堤上，我们将设法消灭自己
这是一个由来已久的伟大幻觉

1

亲爱的，一切的悲情沧桑都指向一条路，在那里，无论我们是走在哪一条路上，无论我们经历了怎样的离愁；无论我们是见证了海洋的蔚蓝或茫茫无际的惊心波涛；无论我们刚刚像羚羊一样纵横过天地的岩岭，也无论我们是怎样让眼眶里的热泪变成了化石；无论生死疆域像野马般破蹄于眼前；也无论我们的心窝口是鸟巢还是冰川万里；无论今天是春风扑面还是东风恶；也无论我们的手是拎着行李还是已经抵达了历史上我们的故土，请相信，我们终究会相逢的！

他的信：昨天，看了那些雕琢品，在人们咂咂的赞叹声中，我悄悄偷思了一把，本来都是些朽木疙瘩，让雕刀的一番刻削，一下就“身价百倍”了，木头还是木头，却早已失去了自我，成了雕、琢、刻、磨的价值载体，就这样被揉搓着，成了玩物，与其这样，还不如做黄金，雕不雕都值钱，还不会失去自我。还让我想起了《荷马史诗》中那句古老的名言：“权杖自从脱离山上的树干以后，不再长枝叶，也不会泛绿，因为铜斧已削去它的枝条，连同它的绿叶。”

我摘录了写作中的话发给了他：“在二十一世纪，鸟雀飞过的地方在哪里？我的眼神由屈膝中的前窗穿越出去，当然可以看见一路的鸟群，然而，它们是穿越在数字时代的鸟群，它们的翅翼已经习惯了碰撞钢筋和水泥，已经习惯了被飘飞的塑料袋所碰撞。习惯，是一种惯性，是一把锈迹斑斑的锁，它会锁住身心。而那群被洛克所看见的雀鸟在哪里。它是自由的，穿过岩层的，这岩层有多么宏大，它早已失去真正的踪迹。我想说的是，洛克在一九二三年秋天所看见的那群雀鸟早已消失。我们所看见的是这一世之鸟。归根结蒂，这是一群雀鸟的轮回，它飞回来了。脚下的怒江大峡谷就是洛克曾经到过的地方。”

后来，他又回了信，摘录了加谬的语言：“伟大的情感带着自身的天地，或可喜的或可悲的，遨游于世，以其激情照亮了一个排他性的世界，在那里又找回了适得其所的氛围。”

很安静的，玻璃杯里有浸泡的云南绿茶，它是伴随我每天上午度过写作时光的亲密伙伴。

我一生想写的诗歌太多，任何物事光线灰尘果皮狼藉，都可以进入我的诗歌，它们就是我的万丈悬崖。我有一天会葬身崖底，再随一蝶翼上升，这就是我的命。

我洗过冷水澡了，之后是诵《大悲咒》《心经》，生活继续着吟诵，继续着爱或生或思念。

好好地去快乐，去喝杯酒！凡是与自己相遇者，都是前世的伙伴。

忧郁，我们都忧郁，我一整天都忧郁，我白天黑夜里忧郁，这一世都忧郁。我们辗转不尽的还是忧郁。黑夜之神演奏着这种忧郁。

他说，你真是一个女巫，没有背影，只有一张脸，你所展示的永远只是你想展示的的那一部分，你想逃跑。你游戏红尘，却从未沉沦，你了解男人，原来是为了拯救女人，你是谁？是男人还是女人？

死，每天说、咽，每天再生，像风中的爱神。

他说：昨晚，跟一帮朋友在一起喝酒，我看到了每个人都在感染自己，包括我，有的人用行为，有的人用语言，有的人用心理，有的人用物质，每个人就这样被感染着。这是个不去感染就被感染的世界，其实，生存需要条件，而生活只需要内心。

他说：人是被自然拥有着的，被历史拥有着的，被时间拥有着的。连那些“普天之下，莫非王土；率土之滨，莫非王臣”的帝王将相也自称天子，被天拥有着，所以人类卑微了千百万年，也将一直卑微下去。

他说：渺小可能是一种悲哀，可伟大不也是另外一种悲哀吗？甚至可能是一种祸害。如果不加上渺小、伟大之类的前置词，做一个没有任何附加的人，那多好啊！就像那个人字一样，多朴素，多简单，多原始！

他说：当快乐只是一种状态的时候，你知道吗？这叫成瘾症，瘾是一种悄悄藏起来的病，是隐秘的。当它发作起来，全身呈癫痫状，很可怕的。所以，我希望你的快乐是一种可以伸缩调节的快乐。开心！

睡一觉，世界辽阔无垠，水上浪花，天宇人间都会引你入梦。

他说：古希腊塞浦路斯王皮格马利翁爱上了自己雕塑的一件美女像，这美女像受感动后化而为人，于是，有情人与无情物终成眷属。每当想到这种物我两通的感觉，我的内心就禁不住变得深刻、复杂、热烈。有一种别样的滋味，欢乐变成了祭品，有一种被宰割的痛苦。

他说：爱情和信仰极其相似，所以人们不停地追寻。

他说：你像宙斯的女儿月神狄安娜，夜夜守候着一座古老的山洞，那洞穴中有她一生中唯一爱过的青年猎手，她虽然给了他青春永驻的魔力，但却忘了给他以长寿，这猎手便以青春的容颜而长眠不醒，狄安娜从此一直静静而无言地守候着她的唯一，守候着她的美少年，这就是一种命定的缘分吧！在那凄凉的月色中，我看到了一缕清冷的美丽在那开满鲜花的洞穴中升起，弥漫在人间的山谷。

他说：虞美人，你喜欢绽放在战场上的生命之花。此时，你的项羽正披着战袍，穿过雨幕，徐徐向你奔来吧！你又在为他而谱写那些断肠的诗歌了，现实成了遗弃的孩子，难道你永生都是如此冷寂。

不知你在哪里？黑夜的黑可以让你快乐！

他说：我不会眩晕，我喜欢在极端的天气，做极端的事，我在冰冷地浆洗我的衣被，这时，我被移植到了另外一种梦境，我看到的是你坚强的足迹。

你的感受力永远是最好的。因为隐忍力是建立在人心的悲郁之上的。

你的禀性不是一天两天可以吮吸干净的。我发现了你让我呼吸感到无垠的那块磁铁，它会让我的眼眶突然蓝起来或黑下去。

2

给曹语凡的信：亲爱的，这一段就想写诗歌。我发现白天的我出奇的缜密，夜晚我像住在深渊里的幽灵。

曹语凡的信：亲爱的，我喜欢读你诗歌时的我自己，好自恋啊！但这是真实的，因为这个时候的我自己被你的诗句给牵引回来了，其余的时间我正常得像木偶。

曹语凡的信：亲爱的，我们会有末日吗？如果有，我希望那一刻，我们在一起，或者在你的花园喝着茶。亲爱的，我这儿在下雪，我喜欢下雪天气，我在看《宾虚》1959年拍的好莱坞电影，我想你一定喜欢，不知你看过没有？如果没有，我推荐啊，我正在看《宾虚》

1925年默片版本，伟大的电影。

我说：好久没有你语言了，特别需要。

曹语凡信：我也想听到你的声音，关于末日关于爱，我喜欢听你解释。有一位皈依佛的姐姐说，她心目中的爱是神性的，她理想的情人是卡瓦格博山。

曹语凡信：女导演阿格涅丝执导的《全蚀狂爱》，天才兰波和魏尔伦的爱情故事，我非常喜欢莱昂纳多饰演的兰波，亲爱的不知你看过没有？那么轻狂恣意的美少年，好像我很小的时候就贪恋美少年，是这样的，我疯狂地爱过曾是美少年的我丈夫，爱过我的初恋，爱过我的第二位男友，该死的我们全老了。男人如果不美，如果没有才气，我不知道为什么要爱他。现在觉得好疯狂。现在真的老了，后来遇到好多美少年，不是不动心，是无力的错过，我开始考虑该死的婚姻，忠于婚姻是件蛮痛苦和纠结的事情。很多人说我非常有激情，现在只有让激情在无意义的事情上耗尽。我朋友的母亲一次次环游世界，每年都到非洲去，但在她的朋友的庄园，她在那儿有很多情人，这个女人突然让我觉得我的生命无意义。我突然觉得自己生命的无意义，我突然觉得自已老得如此快，美是如此难留住，这世间有如此多的美，而我们眼睛能看到的生命能经历的是如此之少。

我说：亲爱的，我亦感觉到审美的疲倦，很多男人可以在夜色中进入我们的幻觉，但经不住白昼的审美。当然，女人也是这样的。很多时候我所爱的就是那种幻觉，爱我年轻时遗留下来的那种狂野，爱我自己制造的梦幻工厂。很多男人来了又去，我已回不到我青春的狂野当中去。一生中，我们爱过多少美少年，只有美少年值得我们去狂野，成熟男人们不可能让我们去疯狂，因为他们同样老了，因为我们对衰老永远是那么的敏感。

我说：我再一次读《英国病人》的长篇，小说跳跃太快，是我喜欢的那种格调，我亦喜欢电影。它那沙漠里的背景，正是我所渴望的爱情故事的背景。这幕电影那毁灭战争的背景，也是我幻想为爱情而死的地方。我喜欢英国作家麦克尤恩小说《救赎》改编的那幕电影，喜欢男主角的忧伤，喜欢战争中关于爱情的所有磨难。最伟大而缠绵的爱情只可能发生在战乱中，现世也不可能让我们轰轰烈烈为爱而赴死。

曹语凡说：现实有的是肉体与肉体的交织，肉欲的极端堕落。我也非常喜欢《英国病人》，电影和小说我都非常喜欢。爱情和信仰上帝是一回事。亲爱的，我们不爱那些成熟的男人，因为他们没有了生命力，有的只是腐朽的气息。

3

每次仰慕梅里雪山之美，内心始终无法够到那种遥远之美。亲爱的，想起你，内心总是伤怀。触不到的爱。

你是谁？我知道，你就是那个在世界沙漠中陪我做梦的人。

时间的乌有之乡，帮助我们度着尘世间最无奈的年华。想你！

一天，透过指尖，将这些水泥地上赤裸裸的脏或冷移开，直到我抵达你的膝前，在你膝头的另一边，坐着我——你前世的阴柔之花，你牛皮纸卷中的野狐。坐着你现世的伙伴，亲密的敌人。火就这样临近指头，如我们古老的祖先在火光里消失了踪迹。如我们膝盖下，一阵黑，一阵亮。啊，爱情的眩晕症就这样到来。命中的穿越会让我们将这一世的春花秋月之梦做完。

昨夜梦中见你，你不理我，醒来一阵伤心。冷是我喜欢的一种温度，它让我的生命更有韧性。

是否发觉，温度越来越冷的时候，火车下的铁轨会结冰，鱼塘会结冰，火锅会结冰，唇膏会结冰。而我，在空气、速度、言辞渐次结冰的日子里，剩下的那口气中为你保留着一盆火，一盏灯。

云南山岗上的冬麦需要的冷，在我们手上所捧住的就是春望。明天会更冷，惟其如此，春天的绿手帕才会随风远逝。亲爱的，这些冷，这些等待或守望，多么美。

看电影《大上海》，看周润发的眼睛。

浮光中杯盏沉下去，红尘滚滚踪迹消隐。东风仍然恶，西风依旧寒。花落满了忘川，墙上符咒有多少，人心就垂危多少。远方沉入了夕阳，故事失去了叙事的歌谣。

文字能让我活下去，每口气都是一个词构成的，盗梦生活已上瘾，就是一场毒。

一夜有多长？它们不是白雪皑皑之上的寒冷，它们也不是梨花的白。一夜有多长？它的尺度如圈栏内畜群的安眠，它们簇拥的体温像栅栏之外的光泽。一夜有多长？当我闭眼或睁眼，世界已亮，我又看见欢鸣的高山羚羊已在纵横，我又看见一天中的宿命，像流水从源头而来，穿过了守夜人的不眠。一夜有多长，白昼就有多长。天已亮，暗色的窗花已变成玫瑰，天与地，如此的心心相印。浩瀚星空已随我愿，将世界的蔚蓝看见。我不敢相信我的眼睛已看见的你，已在我眼眶中蔚蓝。

这个慵倦的午后，我随同颤栗的弦音在流亡。公元2012年的12日初始，我的书卷放下，未读完的神话放下。街景那么拥挤那么荒凉，看不到一只蜜蜂吐露的甜香。我的诗歌放下，未写尽的笺注放下，遥远的微澜要放下，剥开的柑橘要放下，疼痛要放下，沙漠似的风暴要放下。而当我仰头，那一阵又一阵的召唤，从一派市井流连中随风袭来，支撑你的魔力也同时支撑了我，撼动你的时间也同时流逝了我的忧伤，喜悦你的乐音也同时到达了我耳畔，斑斓你的紫檀也同样收藏了我，激荡你的玄机也同样幻化了我的迷途，照耀你的星空也将是我黑夜里的万树银花。

眼前的兀鹫在我们上空盘旋飞舞，这些天空的卫士拥有强劲的穿越能力，它在探索我们的存在。所以，它们组成了环形队伍盘桓我们头顶，而当它们发现我们是活着的生灵时就飞远了。我知道，一旦我们是奄奄一息的形体，呈现出垂死状态，那么，饥饿的兀鹫就会从空中俯冲而下扑向我们。在任何时候，当你发现一群兀鹫就在你头顶飞翔时，你必须用你的肢体语言告诉它们，你是一个被太阳笼罩的生命，你体内充满了鲜红的血液循环，你的灵腔中有一个未被摧毁的支撑力，你的四肢可以狂奔，你的牙齿可以咀嚼，你的眼鼻可以看可以嗅可以听，你的舌头可以品尝可以亲吻，你的头发可以飘扬，你的语言可以通灵可以云游四方，你的爱可以变幻四季魔法可以抒情可以是棉花云絮缪斯可以致命可以让人永生。惟其如此，那群高高在上的兀鹫才会离开你，这就是生命与生命的对抗和较量，骄傲与骄傲的相互俯瞰和召唤，尊严与尊严的相互诱引和守望。

啊，世界依然是一盏杯，有紫红色的葡萄酒，它在你我舌尖上滚动，滚动如玫瑰色的地平线。时间依然是一颗心，它们乐于嬉戏，彼此随意穿飞，直抵那游戏的天边极乐。白昼依然是群蜂穿梭，百花明丽，众神引领我们劳作并穿过古老的犁沟。啊，上午，这世纪末的上午，多么祥和静寂，无论你是英雄美人还是哥哥姐妹，都请在这一天与诸神万物赴约，无论你置身何处，都请你为自己，为一颗心，一盏灯，一个幻境，一场爱恋，一场游去赴约。今天以后，心依然是迷宫，太阳依然是火焰，葵花依然是轮盘，黑暗依然是冥床，情幻依然是云朵。

4

忍，除了将忧郁藏于岩石，更多的是舍去。我看见了自己的忍，它是疼痛之后的解放。守着这黎明，我又重坐窗前，刚刚洗过了冷水澡，它让我清醒得像狐狸，一直喜欢这种动物，将自己喻为七世纪之前的一只野狐。

作为水的女人是浩荡，是伟大的蔚蓝之内陆。作为泥的男人是黑色，是英勇的大鹏。但很多女人已无蔚蓝色调，就像很多男人丧失了英勇无畏的穿越或飞行。

爱是什么？它们像发丝那样乱的那部分，称之为痛或焦虑。它们像碧云那般游荡的那部分，称之为幸福或思念。没有一种生活像爱那样无常，没有一种信念像爱那样恪守无常和永远。爱，所谓爱就是朝天的云朵，够不到，方成为天下人的地牢。

在这个星球上，每一物每一心都需要存放之地，这寻找的过程将耗尽我们一生。其实，能够直抵自己内心的是光线，因为光线可以带来明暗，即白与黑的关系。人沉溺于这关系中，看见了两种不同的熔炼。这有可能是自我最通透而逍遥的抵达与穿越。我们都迷惑，它是亲密的伙伴带领我们入云上天空，入地上迷宫，正是它让我们领略了什么是云上的日子和地上的牢狱。

我唯愿在冷冬或毁灭中，看见自已朝向剑器的那张脸，并寻找到自己的坚定。

冷，是沁骨的。很多时候我们那么需要冷，需要有向日葵还要有寒川，它可以让心灵耸雪，更多时候茫茫一片，承载的却是真正的远方。

你的江湖中有古刹圣庙，里面有神护佑你。所谓情，对于世人来说是流水，对你来说是隐形。剑雨中有红色也有蓝色。啊，世界有伤痕，你也有伤痕。我们有轮回之刻度，有千疮万孔。世界是巨大的洞穴，也是万毒的宫殿。你在何处？你那忧郁的眼窝里倒映着山水，我看到了水之永生，也看到了你的韧性。

非常混乱的一周终于结束了。我还是喜欢过那种内心宁静的生活，好几天没有写作了，内心已经很荒凉了。

小松总是在夜里抵达昆，并只在昆呆一天时间。我知他是来看我的，因为要过年了。是的，要过年了，中国人的年，永远都是一个隆重的节日，即使文明如何发展，年总是要过的。而在之前，所有事都在围绕着年展开。小松来了，他是我儿时的成长伙伴，我们曾经历过漫长的分离，中间从未联系，可能也根本想不起对方来。然而，我们却在失去大好光阴之后见面了。当小松告诉我说，在我还是一个八九岁的小女孩时，就已经爱上我了时，我不敢相信这些声音是真实的。我抬起头看小松的脸，这是一张只有通过我儿时记忆才能进一步回忆的面孔。很多图像都已经消失了，小松回到往昔却是那么自然，他说从小我们都在一个宣传队跳舞，有一次经过一村庄，他从一户农庄花盆中的玫瑰花中，摘到一朵红玫瑰送给了我，问我是否记得这事？我无语，对不起，我真的把这件事忘却了，他还说上中学时，他给我写许多信，都没有寄出，他还说整个三川坝我都是最漂亮的那个女孩子等等。听到这些漫不经心的回忆诉说，我确实被震撼了。因为，我儿时到少女成长期的故事，几乎没有与小松有瓜葛，他游离在我生活外，他根本就不是我这个圈子的人，我更不知道我曾经让他写过无数没有头绪的情书，至于那朵玫瑰花我根本就没有记忆。但自从与他在隔离了二十多年以后，我们再次见面时，我们已不是儿时和少年时期的伙伴。我们的生活完全被命定的因素所改变了。小松看上去依然质朴，他的智慧游于内心不轻易显于神态，他已不是那个在金官小镇和永胜县城之间成长的小松，他已是一个企业家，做着与我的所爱完全迥异的事情。他讲他的婚姻，他经历的事以及他父亲的逝日，他回忆我曾经留存在他记忆中的有限的记忆，他诉说对我的感觉时，我看见他一支又一支地抽烟，香烟缭绕着他的手和面孔。自从那以后，我们就开始了生命中美好的一次又一次短促的见面。

喜欢007《大破天幕杀机》的主题曲：让天幕坠落，我们依然站立……男主角是我仰慕者，他的形象可以是英国小说中的任何一本书。啊，昨夜未眠，与星盏机遇，世界好辽阔，快乐着秘密着。

写作，只是一次次移动光影的时间。我的手一次次地移动着斑驳林立的记忆，移动着旅行之图卷全方位的陌生之境遇，移动着出入我面前的浮华之天幕与遥远地平线的互相颠覆，移动着过往面孔者的新与旧的年华。我不知写作会在什么时候结束？要过年了，人们的面孔却那样的疲惫，所有庆典在二十一世纪都已经逐次丧失了喜乐的元素，这是为什么？我的手依然在移动，这每天的操练，如同针尖沿地球旅行。

他说：即使期待被剥夺，让人难以琢磨，它也是我和你内心里始终不渝的活动。痛苦也是一种真诚的冲动，这份幸福只有智者可以洞察，可以感觉。你在我内心里已构成了图画，如果真要忘记，那就用一辈子吧！

他还说：我不明白，一切来得如狂风暴雨，你突然变得对我如此苛刻，你就是这样看世界，解释世间的吗？

5

小松是第一个让我看见红玫瑰的人，这个失沉又复苏的记忆使我感恩。尽管往事中的我，扎着两根小辫子，穿着一双露出脚趾头的旧鞋子，但我知道，那时的我是最快乐无忧的。之后我的青春让我爱上玫瑰，爱上了高于一切玫瑰之上的词语。但小松送我的那枝红玫瑰，是源头。那时候我们多么年少，当一个不到十岁的男孩送给另一个女孩红玫瑰时，我们并不知道玫瑰的任何隐喻。我想，当时的我一定很高兴。一切时间之线索都是我们生活下去的源头，溯往这源头，如今的我们已充满了沧桑，只有那一朵玫瑰是鲜活的。窗台上的红玫瑰花是哥哥两天前送来的，那天黎明为了给我送玫瑰花，他的车还出了一点小车祸，由此构成的是另一桩人性的忧伤。花，我爱任何花朵，女友们说海男喜欢爱情、玫瑰、红酒，是的，这三样东西是环绕我的除了写作之外的最爱。除此之外，我生命还爱什么？爱，当然是最爱词语，它涉及了我生命中相遇的和不相遇的一切事物，只要它在场，我就能寻找到爱。

他说，读你的诗：你的唇变紫，空气里就洋溢着霍乱，必使你的男人们终身受到监禁；如你的唇变红，世界就会变幻出天堂，也必使爱你的男人失去回家的路线。（这是我的诗）。

他说，许多美好如那苍白的月亮，在苦痛的深渊中不断冲腾起灼热的烈火，我不知道，幸福、痛苦、不幸、美好，到底是什么在让我们感动？那种感觉就像纪伯伦说的：“比生更奇异，比死更深刻。”这杯精神的美酒要让我喝到什么时候？

他说，你是我的灵魂，我对你如饥似渴！想起你，我就仿佛看到了蓝蓝的天空。

手机上有你的许多纹迹，那么多的镌刻，我会铭怀的。它们仿佛是云南山貌中青岩石上被风雨和神性所创造的文字。我喜欢永无倦怠的爱，不受时间凡俗的磨损，散发的永远是星月般皎洁或神秘的色彩。

依然早起，最喜欢的一种生活亦如此，坐窗前与文字相遇，这是命中之命，是被神赐予我此生的最大的生活。此时此刻，任何东西都可以放弃。此年的开端，同样以年开始，世界像一个巨大的泡沫，许多人在这泡沫中翻滚。但经过了剧烈的泡沫期以后，世界再一次安顿下来。这个早晨，曙光还在天边游移，但，用不了多长时间定会游移过来了。

昨晚与几个朋友在翠湖边吃泰式火锅，周长得像周星驰，他讲名表，讲各式各样男人的名表，我的眼前是酸甜苦辣的泰式火锅味弥漫而来，松坐身边，他永远像一块云南依山傍水的石灰岩，沉默少语，内心风暴无边。松，永远是韧性。而此刻，世界再一次安顿下来，这对于我是一个词语。亲爱的，你又在路上了吧？你此去又仿佛被千里迢迢所阻隔，但等待我们的是春天。拥抱未尽，爱无尽。

安顿，今早晨是多么喜欢这个词语。要安顿下这些迎空飞来的燕子的巢，它们倚依一棵树的巢穴时，所向披靡的是为了爱的名义。要安顿下来我们身边浮沉不定的尘埃，它们上升时是为了歌颂，而下降时是为了尘埃落定。要安顿下眼里这一片片周游的风光，它们或许是桃李果枝，或许是乱云飞逝的江流，安顿于它们就是色就是空，空就是色。要安顿下自己的一夜，这些漆黑的路径下，我独自走着，没有任何理由地赴夜，赶往那午夜的尽头，我之安顿，犹如与色与空机遇。

色就是空，譬如朝露。仔细地观赏一片朝露，它就是一片叶枝上的眼泪。

今晨满眸的色与空就在眼前：水杯里有色，即有空，它是为了嘴唇而色，唇只浸入世间一切存在之色，只为了到达心灵，那是一个巨大的空池。拂开的书卷有分类之色层层叠叠之色，它取悦于词语，而词语又取悦于阅读，而阅读又取悦于盛器，它依然是灵，巨大的色都是为了取悦于灵。

6

眼前是众多的痕迹，我出生到今日，不知与多少人世间的痕迹机遇。热爱并回首这些痕迹，让我始终迷恋于记录。只有在始终如一的记录中，他人的痕迹和自我的痕迹方被语言所收藏。人生的过程是什么？我曾经无以计数地在云南众多的遗道上行走，那时候的我，多么像一只游蚁，遵循着一寸寸行走的过程，路或山水间隐匿的遗痕，到了今天就是历史。痕迹对于我来说，就是历历在眼前的生死之谜。如果你曾经站在卡瓦博格峰，你就会看见澜沧江边岸上那些沿岩石而上的痕迹，那一年，我站在江岸，眺望对岸，十九世纪末来自法兰西的传教士就是从这条被一群群黑色苍鹫穿越的江岸，进入了除了澜沧江之外的怒江和金沙江，在澜沧江岸的茨中村，传教士建造了茨中教堂。在江岸那些岩石上羚羊穿过的路也是人走过来的路，我相信，那一时刻，我的心所经历的熔炼是无尽的。时至今日，每每我眼前浮现这些遗痕，仍在颤栗不已。我们所爱上的或相遇上的一次次痕迹，再现出了人类历史的一部分生活。爱，在今日，已不再囿于男女之欢，它更多的是守望或隐忍之中遇上的一次修炼。我的心，到底是怎样的心？这些文字不知道为什么写着写着就延续了，原以为，这些文字是要慢慢记录的，没有想到，在年前的这些纷乱的时空里，我寻找到了诉说的静地。

于是，我听到了诗人里尔克的声音：又是钉耙开始耙草的声响了。听，人类的节奏，值此早春，重新在粗壮大地的沉默中展开，那即将到来的事物……灌木丛乌黑，然而更浓黑的是堆在草野之上的肥料。哦，看，时辰越过越年轻！

时辰划破天际，隐隐约约让我获悉了一些人仍在凡尘中生活，偶然也会听到一个个名字已成为逝者。再一次重温里尔克在《马尔特手记》中的这个片断：诗是经验，为了作出一句诗，首先必须看过无数城市、人群和事物，必须熟识动物，谙知鸟怎样展翅飞翔，花怎样在凌晨开放。必须能够怀念那些遥远地区的路径，那些偶然的邂逅，那些无可回避的离别，那些仍然充满神秘的童年日子，那些不得不伤父母心的情况，当带给你一些不属于你，不能为你所了解的喜乐，那些突来的幼儿疾病，它们在体内引起深沉的变化，那些在寂寞的房间里受过的时辰，那些海畔的黎明、海本身和多种不同的海，那些激越的跟众星飞行的旅夜。——只是怀念这些还不够，必须学会回忆，回忆那些恋爱之夜，它们各个相遇。回忆女人分娩时的叫喊以及经日入睡逐渐收敛的产妇。必须和死者亲近过，在死者身边陪坐，听断续的声响从开着的窗外传来。——只是回忆还不够。必须学会忘掉，当它们过量的时候。然后学会耐心等候它们返来。因为回忆还不是诗。只有当它们失去名称而和我们化为一体，变成我们的血液、视觉、姿势的时候，才可能在一个罕有的时刻，从它们中间，升起一句诗的第一个字。

亲爱的，你又在路上了吧！你此去又仿佛被千里迢迢相阻隔，但等待我们的是春天。拥抱未尽，爱无尽。这幅图像完全可以展现出电影中的一幕，爱是不受距离所阻的，越是千山万水，爱越浓烈。就像虚构爱情是一件令人着迷的事件，它带领我们去经历所有爱情的意外和偶然。写作之美好，更多时候来源于虚构和想家的真实与合理。也就说，你写下的陷阱也好，爱情也好，呼啸也好，仿佛人身上的那件贴身内衣，紧紧的，柔情似水地忠实于每一寸肌肤。

7

与自己的身体和谐相处，是一门艺术。身体，是我喜欢进入的门户，它的肢体语系犹如水浪、云彩、麦芒、墨汁、咖啡、酒精等，是为了隐匿和收藏。我喜欢回到自我身体中的许多时光，那时候就意味着独处已经开始了。与自己的身体和谐相处，就像走进一座公园，想往里走，你就会发现，右边盛放的玫瑰是为了你而怒放的，左边的湖水是为了你而诞生涟漪的，耳边的微风是为你而来的。简言之，与自己的身体相处，是一个又一个秘密的诞生之时辰，某一天，你仿佛打开了无限电网，你，就是你，就是网络中的穿越，它可以穿越古代，三世纪之前的春秋之书，它可以让你穿越鸿门宴穿越剑术穿越到亲爱的项羽面前。而当你穿越当代时，你看见飞鸟在无线网上已变成僵尸，尽管如此，鸟群的穿越拍击出来了金属声。与自己身体和谐相处，最重要的是要善待自己，你要像疼爱花园中那只受伤的雀鸟那样，从树枝的暗影之下将那只鸟捧于手上，聚于最温暖的一束光线——这般经历，许多人都拥有的。当一只鸟儿从树枝上坠落时，你听到的是鸟儿的呻吟声，你用全部的力量，你放下所有事，跑到花园里，哪怕眼前是惊雷滚滚你也无所畏惧。因此，像对待那只受伤的鸟儿一样对待自己的伤痛吧！

与自己的身体和谐相处时，最能深入地感受到四季的变化。这个冬天，这几天，我买了好几件毛衣，今天的这件毛衣乳白色，宽松可垂到膝头，我想象中已穿上了它，去到了滇西，去到了洱海流域，澜沧江岸。我买任何衣装之前，都愉快地穿越着时空，想象自己身穿那些衣裙所出入的背景。也可以称之为有背景的衣饰梦，只要有背景与面前审定之中的衣饰对上号，就是和谐的美学。人生亦如此，那么孤独就是天赐的享受了。与自己和谐相处，也就是与孤独相处的过程，我就在这里，〈色与空手记〉中什么都可以存载，厚德载物，语词载灵。在远方的语词里，你正面对着街景，在那里，一个人全部的桃花扫荡着满街的尾气，战胜了一座废城的失明症。

他说，亲爱的，色与空是互相承载的，没有任何事物是独立存在的。桃花、街道、尾气、废城，它们互为背景。

他说：但丁走出了迷失的森林，游过地狱，攀上了净界山，进入天国最高层，见过了人类始祖亚当，听过了种种教诲，可他的眼睛却不看基督的乐园，只顾看着他的贝雅德，亲爱的，这是一种童心还是欲望？

好好吃东西，色与空也同时在味蕾深部区域。

8

谈论永恒是一个让人喜悦的话题。我发现了在承诺中一旦吐露永恒，就能使自我仰起脖颈朝前看，无论在这一刹那看到的是雾高挂于幕帷还是雷电轰鸣，也无论是满天的灰尘蒙蔽了前方的道路，永恒就在那里，就在一个看不到尽头的前方等待着我们入场。至于倾听到永恒这个词汇的人当然获得的是承诺，他们同样陷入的是深沉的漫无边际的憧憬。这时候的他们接受了来自永恒的遥远，因为一个没有到达的遥远永远是承诺中的一部分生活。是的，那个无法抵达的朝暮自始至终地闪烁着诱人的光芒。我们就是这样面对着永恒的一个窗口，同时推开了它，看见了在奔向永恒之路上，我们拎着行李箱，背着乐器，直抵那被我们确认的永恒之乡。

谈论永恒是甜蜜的，多数人都喜欢沉溺于这座糖果屋，并力图用涂满了蜜一般甜的嘴唇，面对着那一消磨年华的背景，演变永恒的图景。我们不愿意承认永恒是一场巨大的谎言和虚空，是因为我们的心本身就是一个书写乌有之乡的容器。

永恒就在他们相互背转身说着再见的刹那间，体现出未抵达的如同坚硬的子弹穿过岩石之后，激荡起回声的韧性。它就像云南西部用亚麻炼就的一根绳子，可以环形地绕圈，可以虚掷于远方，可以捆绑物体，可以经受得住现世的磨难。

我之所以述说永恒，是因为它在冬天给予我直抵心头的一盆火，在夏日给予我一座树荫和一座乡间池塘的纯净和阴凉。

因为有了永恒，我们可以相互使用性别中那些神秘之符咒，约会或者告别；因为永恒，附加于我们体内的坚韧之力一天天被我们从时空的阴霾中抽出，如同闪亮的鞭子抽打着我们信念中生命的萎靡；因为永恒，我们可以在每个早晨出发，无论前方有多少君子和小人等待着我们；因为永恒，天会蓝起来。

9

我是你的阴柔，或者是山上山下那一丛丛野生的金盏菊、鸢尾蓝、百合。或者是直射你心底的，等待你启开的行李箱中的暗香之泽。或者是月牙、酒歌笼罩的村庄。或者是咽下的涩，未被蜂群酿制的来世光景。

他说：你是我的前世，你是我的来世，却不是我的今世。所以，我的生命断代了。

去庙宇，去祈香。经过滇池，经过水岸边的村落。经过了一柱香的时间，经过了一光年的烛光。经过了莲花的水上年华，经过了弯曲的乡间土路，经过了羊群停顿回首的地方。

看电影《云图》，是一个黄昏进的建设路电影院，我从不看电视。也就是说，看电视的那种年景已经过去，但我喜欢看电影，很多时候都是午后或者黄昏独自看电影。《云图》是一部新小说式的电影，从一开始就在跳跃中穿越生死轮回的篇章。轮回，一直是我喜欢深究执念的主题，甚至着迷到现实。来自现实中的与我面对面的，或者擦肩而过的，或者成为心腹之友成为会怎么纠葛的人，都是轮回的现状。是的，《云图》方称轮回的面面相，它穿越了千年，以云的卷书破开的是人的命案，穿越的是人的衷肠。《云图》是历史上的电影中少有的穿越黑暗和生死的电影。其中的云图六重奏，铺开了六个纪元，六维空间，六道轮回。在《云图》中，爱是史前幕布之开端，也是合上帷幕之终曲。

我眼前的一幕是另一幅云图，头上的云蓝得那么彻底，在云南，你会与无数变幻莫测的云图相遇，云图中变幻的是几个穿越生命的重大主题，其一，在这些云图中我看见了爱情，爱情的云图像棉絮般柔软，你如深陷其中一定是俘虏。事实上，多年来俘虏这个词汇一直让我着迷，这是一个形而上的词汇，在爱情的许多故事里，男人是女人的俘虏，女人也是男人的俘虏。这样的关系在云图中就是棉絮般的云图，它们形如散开在甜言迷窍中的云絮，它们拥抱云絮中的无常，两性关系中的云图之云絮，是活生生的爱情故事中的有始无终之云图。其二，在这些云图中我看见了深蓝色的云图，每每与灵魂机遇时，就会感觉到自我不是宇宙中的一滴水，天空之蓝是我们灵域中纵横的大背景，头顶着蔚蓝的我们，可以从地平线的这一端走到地平线的另一端。这就是云端里的灵魂，它们或奔跑或雀跃或悲郁或喜乐或跃过云端的笼罩，在世间只有云的变幻可以再现出灵魂的众生图像。其三，在这些天上的云图中我看见了生死两茫茫的人间图像，云生水，水生哀愁，云生雾，雾生疑障。云生风暴和雷电，这些云图中变幻的场景，通报了生之啼哭，死之西去之歌谣。没有一个人像我那样，每天坐窗而立，极目间观赏着云图里的变幻，它会给我带来爱情的耳语，人间的笺注，流水的消息。

如果云知道，这是多年前我喜欢过的许茹芸的一首歌曲中的一句歌词。她唱道：如果云知道……想你的夜慢慢的熬……

是的，想你的夜慢慢的熬。

10

珍妮特·温特森的《世界和其他地方》中的这段文字：炼金术士有句谚语："要么真，要么假，模棱两可是不存在的"。也就是说，那种从一种状态到另一种状态的转变，从废物变成珍宝，全都是神秘的，毫无规律可言。没有人可以预料到什么融化了这两极之间的坚冰，又是什么弥合了它们之间的缝隙。我们只知道，心必然从牢笼进入广阔自由的原野，好像受到了什么东西深深地驱使，可究竟是什么呢，我们永远不得而知。

我想握住你的手，坐在云南边疆西部或南部边隅，这里很像我喜欢的英格兰荒野，《简爱》或《呼啸山庄》里的荒野，或者它们什么也不像，它们就是从我们身体中长出来的荒野。首先，这片荒野上必须有石头，它们有棱有角有潜在的灰蓝和赧色，它们有一个庞大的王朝盘距在此地，它们从不理会这个世界的变迁，始终存在于此地。除外，细密的织物声从这片荒野的泥土中上升，它们中有强大的荆棘和植物，有风吹雨啸中永不冥绝的野花，正是它们让我们从空气和呼吸中迎来了一阵色、一阵空的回声。除外，还有翅膀，无论我们置身何处，只要与有翅翼之灵相遇，大到黑色之兀鹫、蝙蝠，小到萤火虫、飞蛾、蝴蝶、蜜蜂等。因为生灵之翅膀，我们的灵魂会上升也会下降。

色与空在哪里？我们就会在哪里机遇，你要相信，那些保存在先智舌芒下已泄露的一句话，是通向熔炼炉火的一句咒语。同时也要相信一粒种子颠覆了一个世界。你要相信，一柄剑划破的雾血也是一颗心倾向的四野，它们在同一时刻演奏出了天命的合唱。你要相信，色就是一朵花，一朵玫瑰和一朵牡丹的身体，你也要相信，空就是一片尘埃深处永不被出卖的秘诀。

今天，我的心里有一片通融的触须，它像春天一样使万物突然间绿了起来。这座城市，越来越多的人正奔向色与空的镜面，在里面，依然倒映着蓝天山水，同时也倒映着人们疲于奔命的图像。

云过来了，它已变幻过。没有不变的诺言，也没有不变的身体和景观，万事在变幻中会更加坚固和鲜活。

我默认着这里的变幻，仿佛在衣柜中搜寻到了去年的衣服已不再适合我的躯身，而今年的衣是我此在的审美。

而我是多么爱你，这里从触须下延伸过的站台和疲于奔命中的人群中的你自己。

写作和爱情都是要命的，首先它要你的血液，要你身体中的血液循环像水渠，既清朗又浓烈。之后，它要你的心跳延着躯体外的世界砰砰跳动，像鼓一样激荡，像雨一样悦耳，像蝉一样隐居。之后，还要你的眼眸像水一样清澈游移不定，像树帘般层层叠嶂。除此之外，还要你的四肢、耳力、舌芒以欲罢不能的听、眠、默与速，彻底地坦荡自我又相拥万物。

巨大的韧性会带领我们感官这一世的朗朗春风，绵绵秋月。如此，我们就再也不害怕棉花里的针，刀剑下的人，尘埃里的化石。我已发现，我们躯体里有万能的韧性，只有流水可以与它默默对峙，相互歌吟。

他说：当你给爱情重新命名的时候，已经变得阴霾的天空，在天角处渐次开始泛蓝了，我看到了云卷云舒。

我坐一隅，看着年前这最后的混乱，人们在这动荡中奔跑起伏不定的命运。车站码头彼岸，涌满了人群。每颗沉重的心灵都在要求着妥协。如果云知道，它们会不会为星球造云絮，只有那深不见底的云絮之上是造梦的天堂。

他说：没有一眼就能望到底的风景，人类就是在与自然不断地妥协中前进的，这种妥协变成了一种迂回的前进。

绚烂至极的爱，形如玫瑰圣典下一个长夜中脱颖而出的旅途。如果有一天我想制作一部电影，一定是这样的。

他说：你的一生都是在玫瑰盛典的背景下展示的画面，你只需要用蒙太奇的手法把它们剪辑一下，再配以绚丽的音乐，就是最好的电影了。

11

爱欲从来都只是漫长之旅而不是归宿，所以我看见的孤独是我想要的，凌乱的头发也是我想要的，甜点黑啤相混的泡沫四溅也是我想要的。

长旅中安详的村庄是我想要的夕阳下的风光，凋零的树枝下麦片儿般呼啸而去是我想留宿的地方，沉醉的地窖中冒出的酒味是我想用舌尖融入的味道。

他说：这些都是漫长之旅中催情的风景，是它们激发了爱欲，很多人把它们处理成了一个片段，你却把它们连成了片。只有心里有梦的人才会呈现出这样的画面。

谢谢你承载这些东西。

他说：我们是互为鱼水的，我的内心也需要你的承载。

他说：同样的奔跑动作，在不同的背景之下，呈现出不同的命运，密云下的众生，在旅途中脱颖而出，但在上天的力量面前，我们无能为力，因为我们没有找到那链接的通道（看《云图》）。

电影《云图》台词：我们的生命不仅属于自己。从生到死，我们和其他人相连，无论前世，还是今生，我们的每一个罪行，每一个善举，孕育了我们的未来。

未来，铺开未绣制的一匹锦帛，我看见的未来，曾是我们的前世，那时候每当有背负翼翅生灵追赶你时，你就跑，而我也跑。就这样跑过了一轮回。

奔跑是一种迷人的景象，无论是在乡村布满尘土的路上奔跑还是在城市的水泥道上奔跑，我们制造的都是速度。奔跑，是为了追赶，那种情不自禁的奔跑是令人兴奋的，因为我们用脚配合全身的节奏，不顾一切地往前追赶。是的，追赶。这是一幅用四肢展现自我的全景图像，没有人知道在全身心的追赶中我们的速度为什么那样快？为什么那样快地就随同天空的飞鸟穿过了云彩下的那些凝固的风景。我不知道别人在奔跑时还会想起什么，对于我来说，奔跑的时候，我只有感觉到我的心跳。

他说：你喜欢站在云端去端详我，我认为那里有精神之美。你总是害怕走近，这都是因为我的不完美，你就用距离的帷幕去把我模糊，却不知道距离已经产生了假象，所有的光亮正在把我融化，我在星移斗转中旋转翻滚。

今天是立春，刚才雷经过了这座城市，雷声经过的地方，春天很快就会来临。我之所以喜欢云端，是喜欢那儿的寂寥。事实上，人怎么也上不了云端，那只是我们的幻灯片而已。

我又在街角等妖精王医生，人生的任何会晤又平常又具有特殊的隐喻。

他说，有些情感一旦点燃了，就会自然地流通全身。

他说，远处刮过一阵风，天边飘来一朵云，她们倒映在水中的幻影，随缘而动，在那里，我看到了色与空，看到了我自己。

亲爱的，色与空爱你眼眸深处的那片绿色竹林，爱你看见的那座池塘边的古刹。

他说，就这样心心相连，互为倒影，这就是命，是天意，你敢违天命吗？还是臣服吧！

命如琴弦，在弦音中离散而聚，再聚而散。无法预知明天演奏哪一首天籁和凡曲，因为色就是空，空就是色。

他说，琴理通天理，空其腹，才能实其声，无论是天籁还是凡曲，冥冥之中已经天定，只是在那瞬间，心手双畅，与宇宙共振出了曼妙的和音。

他说，我喜欢用意趣来表达情感，古人不就有余音绕梁，秦娥歌哭吗？在垓下一战中张良一支管箫引发的四面楚歌，瓦解了项羽的八千子弟兵，我想这就是韵调的力量。你的文字不就是这样让读者的脸上带着泪痕的吗？你把你的泪水化作一个个音符，在我心里涌流，让我陶醉，流连忘返。你好吗？

色与空手记B部

天暗下来了，吻我吧
这是生活，一切事物都有从明亮到灰暗的时刻
吻我吧，我青春已逝
我伸直了腰，在一切灰暗的角落
我需要爱情，犹如泉水淋湿了周身
天暗下来了，吻我吧
天暗下来了，所有的时间都已变黑
就连你伸出的手臂也开始幽暗
盐巴也变暗，啤酒也在变暗
措词也在暗中滑落在身体下
天暗下来了，吻我吧
恰好有一只黑色蝙蝠来了
吻我吧，在黑蝙蝠的翅翼下
在一切灰暗的结果中，吻我吧

1

又将开始的局面是这样的，我的目光在开始的晨光中遇上了叙利亚诗人阿多尼斯的这些诗句："在身体的大海里，前浪和后浪各不相同，每一排都是独一无二。"是的，在身体的光阴里，新一天始终是要降临的。不久前，我面对高黎贡山和中国远征军的史迹时曾写道：一个人只有在光阴中虚度过——并虚度完真正的青春年华以后，才会爱上布满疤痕的身体；爱上苦难和遭遇黑暗统治的岁月；爱上洒满鲜血的玫瑰与刺；爱上复述在生与死摧残中升起的伟大而辽阔的时间。我就是这样的人。

一天开始，你的生命又迎来的这些晨光，它迎向你胸部，感受着你的心跳。翻开乌拉圭作家爱德华多·加莱亚诺的《镜子》（照出你看不见的世界史），这是一本奇异之书，从开本到文本都诱惑着我，作家说："我是一个希望为抢救记忆做贡献的作家，抢救整个美洲被劫持的记忆，尤其是拉丁美洲——这块我深爱着而被人歧视的土地——被劫持的记忆。我为那些不能读我的作品的人写作，为那些底层人，那些几个世纪以来排在历史尾巴的人，那些不识字或者没有办法识字的人写作。"他在书中写道："镜子里装满了人。不为人知的人，望着我们。被人遗忘的人，记着我们。我们看到自己，也看到了他们。我们离去之时，他们是否会离去？"

新的一个篇章是为了取自身体中微暗之火，那些火焰以自己的温度为标准，是为了溶入他人的光芒之中去。每一团火焰在开始燃烧以后，是为了更深入地照见自己心灵中那片幽暗的长廊。此刻的我，将完成的这些片断，是一年中开始的一些萌芽，我的空气中拂过了一些来历不明的味道……啊，味道。谈论味道是一件多么有趣的事情，那些已被我们忽略忘却的味道，现在到底在哪里飘荡呢？如果让我回忆花香的味道，我当然会回到我的儿时，那时候我们随农艺师的母亲下乡，长久栖居于永胜县的金官小镇，啊，身体，首先是我的身体出场，每当想到身体时我就会想起曼德尔斯坦姆的名诗：

我被赋予了身体，我当何作为？
面对这唯一属于我的身体？
为了已有的呼吸和生活的
宁静欢乐，我该向谁表达感激？
我是园丁，也是一朵花
在世界的牢狱中我并不孤单
永恒的窗玻璃上，留下了
我的气息，以及我体内的热能。
那上面留下一道花纹
在它变得模糊不清以前。
但愿从凝聚中流逝的瞬间
不会抹去心爱的花纹。

我身体中最初保留的花香之味——来自金官小镇的那两棵紫薇树和三棵石榴树。这些花香已不止一次地被我写进小说、诗歌，写进了词语的深处。语词这个器皿，足可以收藏尽我一生所历尽的时间，至于花香它是必定要注入进去的，在我儿时，它们就开始搅乱了我的心绪，当我以一个八九岁的女孩去嗅那些满树身的粉红紫薇花，燃烧中的石榴花冠时，它们已随同那些湿润或干燥的空气，已随我的身体不规则的雀跃进入了我儿时的记忆。那些满树的花以及满地的落藉，不知道为什么被我一次次地进入或回首，它们主宰了我对花香的一切意识形态。味道，数年以前陷入热恋时嗅到了男友衣领上的味道，仿佛是一个男性王国的味道，它使我想象出了男人们的竞技场，想象出了力量的搏斗。玫瑰的暗香降临时，我已经丧失了大好的青春时光，那是九十年代的开始，我喜欢上了花瓶中的玫瑰，这是穷尽我一生也难以舍去的红玫瑰，直到如今，它的暗香仍可以在书房里主宰我灵魂中那些游移的气味。一个女人，一生中如果没有喜欢上一种花朵，那么这个女人又如何去呼吸来自属于自我身体中的味道，很多女人活够了一生也没有完全确定，自己与哪一种花朵是灵息相通的。我也是这样，在之前，可以爱上许多花朵，但直到我遇上了生命中的玫瑰，我才完全证实了在我书桌前盛放的那一束束玫瑰，就是我呼吸中的玫瑰。

幻灯片无银幕，漆黑之夜是巨大的屏障，无影无幻葬送着人生的荒凉。

2

很多人在过年前开始撤离开这座城市，很多人都要去看父母，去看故土，这已经成为了一种习俗。我仍留在这座城市，陪伴我的母亲。

过年又让我想起了我的父亲，小时候，每当过年时，父亲就会扛着甘蔗回来，同时也会给我们带回来过年穿的衣服。那个年代，甘蔗的甜是唯一的甜，过年穿的新衣服也是唯一的新衣服。这些属于唯一的记忆在过年前夕，似乎也是我唯一的回忆。

今天，打扫卫生。我从不请家政打扫卫生，都是自已来。自己有效的劳动会改变房间里的一切，女人大都喜欢亲自动手改变这一切，我亦如此，握住拖把，抹布将灰屑带走——从本质上讲，这是为自我创建一个干净而明亮的空间。我从不为拖地清扫一切有害物而烦心，凡是独自可以面对的都是这个世界上最简单的事情，所有烦心的事均来自我们生活的背景，以及与他人的无法真正沟通而又变得简洁起来的关系。我是一个做事简洁的人，除了沉浸于写作时的那种复杂之外，我面对生活处理事情永远是简单的。因为简单，我赢得了大量的时间。

我喜欢时间已经很久，这样说显得很含糊，事实上时间就在我们穿衣、睡眠、梦游、走路、吃饭的任何空间里，萦绕在我们周围，时间无时不在，时时刻刻相伴我们。而我体会的时间，是那种被我意识到的从感念深处慢慢渗透过来的时间，这样一来，我充分感受到了时间的无常时刻在改变我们个体的命运，它就像云南原始森林地带上那些蚂蝗，以不可思议的潜在力量，钻进了我们的肌肤，以此吮吸我们的血液。尽管如此，我喜欢上时间已经很久很久。就像我此刻默默注视中的百合的那种深玫色，我知道它是为我而盛放的那种红，观赏花瓶中的鲜花，从花骨朵开始期待，时间在替它复述一朵花一束花从凌晨到下午的命运，我在早晨观赏它时，也感觉到了它想张开花瓣时的那种热烈的渴望，下午，在不经意间，它们就集体式地怒放了。整个过程，充满了梦一般的链接，时间是万能的。唯有时间可以改变我们身体中那些坚固的东西，那些金属的、石头般的幻念，只要遇上时间，比如遇上了触摸和拥抱——因为触摸可以让金属和石头留下新的理念和痕迹，而拥抱可以让坚硬的心变得柔软。时间，亲爱的时间，在流水中生成的时间，满世界滋长仁慈、芥蒂的时间与我们心底的时间有什么样的区别?

我就在这些时间中沉沦着。回望我的过去，仿佛理想主义的精神在不眠之夜远行着。远行，永远是我生活的主题，更多时刻当然是在写作之中远行着，我的语词负载着我这一生不可能完全用生活来再现的理想主义的精神，同时也负载着我对这一世以及来世的思索和穿越，并引领我生活在远方之中。

3

忧郁，谈论忧郁似乎也是可耻的，因为天空那么蓝。云南的天空之蓝让我失去了去外地生活的可能性，很多年前，完全可能在外省或京城写作，但是因为云南天空的蓝我回来了，之后，就再无心结去云南之外的版图中生活。是的，云南之天空，于我来说是幻境中最湛蓝之恋，这种蓝是我在外省和异域无法寻找到的，比如京城，那么多人跻身其中择机奋斗，从而让自己出人头地的京城的天空在我有限的记忆深处总是浮载着太多的灰，那是一种被沉重而漫长之历史承载的灰蓝色，除此外，还有京城的大风中挟复的沙粒也是我难以适从的。云南天空之蓝养育着我的眼神，人之所以有眼眸，是为了与世界相遇。每天观云是从早晨开始的，天空中的蓝也会变幻，云朵总是像棉花和白色的巨浪相互簇拥。而对我来说，每每仰望天空之蓝时，谈论忧郁确实是可耻的。然而，忧郁就在这天穹下环绕着地心引力，我的忧郁总又像不同的种籽，只要落在尘埃深处总会长出不同的植物和果实。更多时刻，我观赏一棵树一朵花一片果园，无疑是因为看见了自己，我在一棵早年看见的石榴花冠中看到了我自己的疯狂，所以，之后我写下了《疯狂的石榴树》。万物可以映现出我自己，是因为万物具有巨大的神性，滋养众生的灵魂。

谈论忧郁是可耻的。因为纯粹的忧郁是无法谈论的。纯粹的忧郁，它们像光影移动在植物和流水的轮回中，或者像我们身体的血液中只为了那些日夜不舍的循环而低吟。谈论忧郁是可耻的，天空那么蓝，流水那么清澈，花朵那么绚丽……谈论忧郁是可耻的，所以，我今天要将忧郁这种情结埋在土里。真正的天堂应该在泥土里，只有它可以容纳我们尘世间疲惫不堪的肉体，只有它可以收藏我们的忧郁。当忧郁开花结果时，它们是什么花？什么果？对我而言，最忧郁的花应该是玫瑰，最忧郁的果应该是紫葡萄了。

4

对我而言，最深的秘密也不是爱情，而是未写的文字，未写下的那下一首诗，未写作出的那下一部长篇小说。爱情是短命的，没有一种爱情可以从生到死，从而伴随人的一生。所有的爱情故事都取自于某一年某一天某一刻中升起的背景或帷幕，缺少它们，就不可能发生爱情，比如在沙漠上，那里面有《英国病人》中展现的爱情故事，而沙漠就是他们相爱而分离的背景。我的长篇小说《碧色寨之恋》就是一部以碧色寨为背景的长篇小说，以一个法国少女和一个中国男人演奏而出的琴弦，终有一刻会折断。爱情中的所有背景，都是我们生于其中的俗世，它们像利刃和剪刀掌控着置身于爱情中的男女，利刃可以让相爱者遍体受伤，而剪刀则可以在特定的刹那剪断那一团迷雾和流水之恋。爱情永远都是短命的，这是一个出自身体的哲学关系，你试一试吧！

米兰·昆德拉说：机遇，只有机遇才给我们启示那些出自必然的事情，可以预期的事情，日日重复的事情，总是无言无语，只有机遇能对我们说话。我们读出其中含义，就如吉卜赛人从沉入杯底的咖啡渣里读出幻象。

我们的生是围绕一场又一场的机遇而展开的事件，当我此刻静坐在这里，则是为了等待。守候等待，并不意味着无事可做，相反，所谓等待就是前去面对风云变幻，一条鱼在水里旅行，遇上的急流险滩，数之不尽的万里征途变幻出了它们的水中风云，一条鱼要被撞伤多少次才能看见大海？而一个人的风云变幻就像咒语般无穷无尽地滚动，它改变了我们的笑脸和初衷，改变了我们的意志力和造梦的图像，改变了我们修行的路线和目的地。即使是这样，我也不再害怕那在路上等待我的一切。啊，这一切难道又是精神支撑着一切吗？精神实际上同样是一个空洞的词汇，是人的存在或幻念赋予了精神以更广袤的空间，在每一次出发之前，是幻念在先，然后才产生了精神，当我前去攀越高黎贡山时，我的幻念已越过枕头和黎明，而此刻，很有必要将我《国有殇》散文集中的序文放在这里，让我回望幻念是怎样与精神结合的。下面就是这篇序文。

我不知道为什么一次又一次地来到滇西抗战的主战场腾冲，我曾两次攀越过高黎贡山。第一次穿越高黎贡山时，我们沿着怒江而上，看见了江岸上一束又一束木棉花。我从小在金沙江畔的滇西长大，并不是第一次看见木棉花，然而，那年春天，我却用目光迎着江岸以上那一棵又一棵高大的木棉树而上，我的目光在那一顷刻间逢着了那硕大的花冠，那些红的花冠之上似乎还浸润早露。突然间，一朵木棉花落了下来，这是一番怎样的场景啊，我用双手捧住了那朵花冠。我并不知道那朵红色的木棉花为什么要落下来，尽管花总是要开的，也总是要变成落英的。我的目光有些哀伤，在我用双手捧住那朵木棉花时，怒江的两岸是祥和而平静的村庄。不远处就是惠通桥的遗址。就在那一刻，我知道，冥冥之中，有一种纠结我的东西已经降临了。从我手捧一朵红色木棉花到惠通桥，我们一直在怒江岸行走，直到我们来到了伟大的高黎贡山脚下，就这样，对我来说一场漫长的纠结开始了。诗人作家们的一生，都被无数言之不尽的故事所纠结着，每一次纠结，都是一次梦的触须，都是通向一首诗歌一本书的开始。

我第一次从山脚下仰头看高黎贡山时，那一场铺天盖地的雾正在沿高黎贡山层层叠叠的海拔前行。在云南，每座山峦、每条峡谷和盆地上都深藏着神秘的海拔。我每每与海拔相遇，都会聆听到生灵们在地上奔跑和天上飞翔的不同声音。沿着高黎贡山而上，我仿佛被候鸟牵引着灵翼，这里是世界级的物种自然遗产保护区，当我们越往上走，那场漫天飞舞的雾露突然间消失了踪影。太阳的光热顿然间在我们视野中的高黎贡山变得如此灿烂，那些从眼帘下荡涤出去的茫茫无际的繁花啊，就是我们内心的锦绣。

突然间，我的脚已经踏上了南方丝绸之路高黎贡山段的石板路，那些浑圆的马蹄印下不仅仅完整地保留着南方丝绸古道的遗迹，还在替流逝的历史吟诵着那述说不尽的悲恸。除此之外，在一只鸟的翅翼震颤之下，我突然发现了第二次世界大战的高黎贡山的遗迹，跟随着那只黑色的鸟飞行而去，我就能寻找高黎贡山上遗留的战壕。在一只战壕前，我伫立着，云就在我头顶自由地飘荡着，而我正在寻访那场云层上的战争。一座又一座日军战壕出现了，这些已经被植物和花冠年复一年编织过的战壕，早已失去了云上战争的血腥之味。尽管如此，我仍在芬芳四溢的植物花冠深处嗅到了杀戮的血漫遍了山野，漫遍了整座高黎贡山的海拔深处。

那一夜，我们夜宿南斋公房，这是春天三月的静夜。我们在火塘边讲完了该讲的人间故事以后，钻进了睡袋。那晚上，没有酒，然而，我是那么的需要一杯酒和一场醉意。从心底升起的伤怀如此的空旷，漫无边际的哀鸣紧紧地盘旋于内心，我钻出了睡袋，我走出了南斋公房，那一夜，我看到了被黑夜所完全笼罩着的高黎贡山的灵魂走向，那一夜，我倾听到了战争安魂曲的旋律。

5

我想起了历次战乱以后，每寸焦土上都蜷曲着疗伤的人们忧伤的眼神；我想起了水在壶里沸腾后必须进入另一容器保温的常识；我想起了剑锋随同佩剑者历尽隐或露的所有时光；我想起了书写者在不经意间将自己出卖后的一种败局，或者借助谎言来亲自消灭自我的一种幻念；我想起了一滴水直奔大海的旅程，以及它在汪洋中的哀鸣和痴念；我想起了展翅高飞者与守望者不相同的庆典，以及他们等待的焰花在远天四散后所面临的茫茫长夜。

他说，每个人都在不断的认识自己。认识自己最好的方式就是借助镜子，这镜子是他人，是历史，是环境，是跳出三界外，是不在五行中，只有这样我们才能看到演变的过程，这需要智慧，还需要勇气，快乐的时刻就是给世界重新命名的时刻。

好好陪你身边的最爱吧！幸福是属于你的。

请别相信我语言中的谎言，世界在加速沙漠化的同时，也在加速谎言的力度。

他说，我相信我愿意相信的一切。

他说，傻丫头，别这么说，我早已是个流浪的舞者了，星星知我心，好好吃饭，别胡想，你说过，世界就是沙漠，你我就是相互陪伴做梦的人。

他说，没有你，我无法去创造。给我力量，为我消灾增福，让世界明白，一切皆有可能。

6

勇气在今天显得尤其珍贵了。直到如今我仍然喜欢几年前为自己的存在或不在写下的那首诗：

我的历史就像沙粒一样挡在眼前
沙粒累积起我所呼吸之中的一种雾
它像翅膀一样载动着我从低处
往高处盘旋，所以，我看见了巍峨的山脉
我的翻身刹那间会覆盖我的历史
在我身体之下是温热的一只只土豆
在土豆下面是根茎彼此缠绕不休
我的历史在中间颤抖，除了为幸福而叫喊
我的历史从不喊叫，因为喊叫是无效的
我用镜子的圆平息了尖锐的语词
我的历史今天在云南的一只蝴蝶下面隐遁
它滑翔而去，从不喊叫，因为喊叫是无效的

7

醒来得很早，每天如此。不洗冷水澡是不可能的，因为整个身心都需要它，冷水从水笼头中逼射体外肌肤时，新一天垂临了。冷水澡可以在任何地方发生，哪怕是在德钦，梅里雪山外的旅馆里，在属于云南最冷的地方，冷水澡依然进行着，我洗冷水澡近二十年时间，冷水经过肌肤的时候，血管得到了畅流式的循环。血管需要体操式的锻炼，而洗冷水无疑是最佳的方式。冷水澡之后，身心就无比的纯净，纯净而将体温保持到鲜活后的状态。女诗人蓝蓝说：把一个人从抽象的绞索上救下的是你的体温。

是的，体温。我还喜欢蓝蓝的另一句诗：宁静，多么广大，在死后和生前。

在德钦的旅馆里洗冷水澡跟任何地方都不一样。从管道里流出的水，纯粹的冰山雪水，从脸上淋下来，从锁骨淋下来，从乳沟里淋下来，从双肋淋下来，再从足踝淋下来。我难以言说那种被冰山雪水洗沐之后的身体，从头到脚的冷之后，是迅速的热度流通了全身的血管。我就是这样日复一日地活下来的，任何人都无法替代我去这样活。在德钦，洗完冷水澡以后去朝圣雪山，那些雪一样的晶莹仿佛是你前世就拥有过的灵魂，你在此地只不过是再次寻找到它而已。那一次次朝圣，我的热泪就那样一直在眼眶中旋转着。之后，沿着澜沧江，我喜欢仰头将目光重叠在江岸之上，此生一直想写三部江水的传记，它们就是《澜沧江传》、《怒江传》、《金沙江传》，这是我生命中一部分难以舍下的文字，可以用散文或诗歌的形式记载它们的流程。

终有一天，这些水历经的沿途村庄，都将留下我的足迹。

我此生最难以忘却的记忆之一，就是面朝梅里雪山之下的澜沧江岸，将目光朝着江岸深渊的空旷朝上仰望和朝下俯瞰的场景，也就是在这片神秘的地区，我理解了伟大的诗人但丁源自《神曲》中的写作抱负和内心所经历的苦难。仰望深蓝色的石崖上那些被风雨铭刻的线条，再凝眸湍急的江水在深渊中回荡起伏，这是两种令你灵魂几乎完全窒息的场景之一。

啊，回忆，仿佛被行将焚尽的烟蒂烙伤的手，现在，那些苍茫时空的回忆将我带到了哪里？而我的手，在此伸出去，是否可以就此抚摸到那些致命的忧伤，它们在我身体的疆域中千回百转，只有在它们遇上剑一样逼近的山峦江流，它们才会通灵于那些忍不住的吟唱。

8

屈膝而歌对于我是另一种生活。怀着这种信念，除了写作，就是接受人世间的全部磨难。就像我自己的手从触摸中回来了，那些刺伤手的光线、荆棘和电流、玻璃碎片和来自寒川时代的重压，使一双手在此刻伸开合拢休息。而我的嘴也同样从言说吻别中回来了，警钟响遍了整个宇宙的城垣，荒草漫到了铁轨再漫到了奔速的车窗，无边无际的风水让我的唇日夜流浪，让语词再无法栖居。至于我的命将像那些随风而逝的民谣，随它们的音韵而飘荡，再随它们的定律而坠落。

此在，是我身体外的世界，它们拥挤不堪，这是一个二十一世纪最大的问题，人类因拥挤不堪将失去疏朗的车水码头，拎着提箱的人和带着地理版图的人们，将不得不在沙漠中造梦境。而我的心将越来越荒凉，去年我们的城市经历了漫长的祈雨期，而今年干燥依旧，雨一直就远离于这片云空。

此在，于我就是等待，我们等雨时也在节水。我们知道，这个世界很多东西都是有限的。关于水，我曾在云南多个区域相遇到不同境遇的水域，它们像人的命运般周转不息。云南元阳梯田的村寨到处是水，在我的散文《元阳梯田记》中，我写下了水的现状。现展现如下：

再次回到水滋养地——我们就会看到哈尼梯田的壮观场景，很难想象梯田缺水又是怎样的困境，所以，凡是我们出入过的哈尼梯田村寨，水是必需的现实。也就是说凡是哈尼人居住地，水就是哈尼人的生活灵魂。梯田之所以永恒，是因为水映现出了梯田的灵魂迹象。现在，我们前往水源地，去看一看水是怎样被哈尼人引到了半山腰的哈尼山寨，看看水是以怎样的流速前来相遇哈尼人的灵魂，又是怎样以水的柔软的、弯曲的、笔直的流姿前去浇灌我们的哈尼梯田。

雾也是造水的摇篮，每每遇到雾，哈尼人就告诉我说水的时辰又降临了。迎着雾往哈尼山寨往前走，雾是环形的、游走的、飘曳的，在雾中可以制作出一部纪录片和电影。纪录片中的场景像是考古学者们镜片下的世界，它们接近灰蓝色的调子，接近历史这个词汇。而电影不一样，如果有一天命运让我有机缘制作一部电影，我一定会选择云南高原地区的雾幕，它会自始至终成为这部电影的背景。云南的雾从所有世界之雾中跳出来。比如我遇上的哈尼梯田的雾，它可以用最玄妙的柔软和触须去穿越你无法追赶上雾变幻的速度，它刚在山顶，眨眼间已经在山腰。除此之外，它可以帮助人制定虚幻的场景。在雾中，任何视线和场景都是朦胧的。

雾帮助森林造水，越是植被茂盛的地方，也是大雾最浓郁的地方。当雾露飘浮过来时，你会感觉到造水的时辰已到。这样的时刻，如果你置身在山顶，你会倾听到水在繁茂幽绿的植被之下流动着，它正在盘旋的根须之下流动。山有多高，水有多高。哈尼人来了，他们引领着高山上的水来到了半山腰。

水是公正而慷慨的，它遇上了哈尼人的山寨，遇上了哈尼人的木头水槽，水过来了，水最早的时刻被哈尼先民的舌头品尝过，水就这样进入了哈尼人的容器。水遇上了哈尼人的梯田，遇上了沟渠，这些宛如生命血管的水路，是我此生见过的最美的水路。它们迎来了哈尼梯田的命脉，每条大路都是畅通的，也必须是畅通的。过去和现在，现在和永远，水过来了，它们越过了高山上万千的植被，越过了野兽们的领土，越过了邪恶，到达哈尼梯田的水门。当哈尼人的祖先造就了世界不凡的梯田以后，它将被世世代代居住在梯田边的哈尼人传承下去。水，再一次成为这种传承哈尼梯田的最主要的自然元素。

9

不知你在哪里奔波，是否已经将我全部忘记?

一颗子弹失效了，因为战争结束了，那颗子弹后来去了哪里？一个人消失了，因为帷幕合上了，那个人后来在哪一片幕布后等待出场？一颗心开始冷却了，因为炉膛的烈火已熄灭，后来，那颗心进入了哪一片冰川隐匿?

沉默是金。我的沉默已保持了多长时间，它将继续吗？一些新的东西在我体内已经开始生长。春风已来，空气越来越干燥，物事的变幻已在改变着我的过去。

在这个不眠的长夜里，无声而静默中想你。想你房间里堆集的书，没有崇高宣言的年华。想你窗前的帘，像遮挡着暗红色的墙壁。想你刹那间的轻狂或始终如一的优美。想你的某些怯懦之后的勇气。想你叙述别人故事时的忧伤及对自己命运的认同。想你爱上的女人以及突然中断的续篇。想你对自由的尊敬及崇尚的内心规范。想你脸上变幻的帷幕以及对未来新的虚构。想你醉生梦死的酒杯后醒来的黎明……

他说，我能成为自己，那是因为我的头顶有一股飘渺的青烟。有你，固化的也能变成一缕轻雾，我就是我，接纳不代表苟同。

10

曹语凡说：亲爱的，今天我读兰波的诗和信件，我的泪水一次一次忍不住。早前看到莱昂纳多演的兰波，一下子攫住了我的心，那么多情的少年，他的生命如流星划过，他的苦难和流浪，天啊，他和我多么相似。亲爱的，我热爱他，如同爱一个生命错过时间的爱人。

我说，亲爱的，兰波的诗集就放在我床头，他有那么多的苦难，我也爱他，爱他年华中的动荡，爱他早逝的面孔。我此生总是爱故人，爱那些令我的生命忧郁或燃烧的逝者。

曹语凡说，亲爱的，我想去追寻兰波的足迹，那如流星般划过的痕迹，我愿意去看一眼他目睹过的日落，我愿意像他一样去体验世上所有的不同的自己。这一年中我就像被兰波捉去了魂，太奇怪了。

我说，我也爱项羽，爱他的浪漫自由。亲爱的，在现世，很多时候，我寻找不到爱的背景。没有那些激荡我们心灵的辽阔背景，我们又如何爱？兰波当然会迷恋你，他年轻的的诗歌波浪起伏，很像你眼睛中穿透的世界。

曹语凡说，我也曾有一段时间特别喜欢项羽，我甚至恨一个人他不是项羽，我也不能是虞姬。但他毕竟太恋战场了，我最爱的战神是阿克琉斯，荷马把他写得太好了。

我说，项羽的美就在于战场，我喜欢战争，喜欢刺客和鲜血，喜欢战争中的爱情。我也喜欢我自己被利剑刺伤的终曲。然而，我看不到这一切，也不可能获得项羽和虞美人的那种爱情。轮回也不可能让我在今天遇上项羽。所有的爱情都是触不到的。

曹语凡说，你有这个气质，亲爱的，你适合埃及艳后的那种美。但我喜欢的是流浪，穿越沙漠的感觉。我迷恋生命的纯美，迷恋孤独和沉默。我喜欢你这句：所有的爱都是触不到的。亲爱的，我不想触到任何爱的本质。项羽确实作为情人来说是千载难逢的男人。

我说，亲爱的，沙漠是我所向往的意境亦是缔约爱之背景，沙漠中有永恒的流沙。希望我们有一天，在沙漠深处与我们幻境中的人相遇。

11

他说，透过这长夜的静默，我看到了你举步维艰的逃亡，只想告诉你，爱之于我，不是不死的欲望，只是平凡生活的梦想！

我昨夜生病了，一年中总是要病一次的，它使我不得不躺下，我自己配了药。不碍事。阳光那么逼人，地球太干燥，春天来了。不知你身边又簇拥着什么样的潮流，愿你开心！

他说，每一次跟你打完电话，胃就有一种潮湿的感觉，不停地蠕动，需要大量地吃东西，才能补足这种饥渴的感觉。这是不是一种被压抑的状态，所以胃就创造出了一种象征性的需要。

亲爱的，世界依然荒凉。我的许多精神已经在写作中被耗尽，光阴确实是用来虚度的，我们就虚度吧！你的智性是温柔而深情的，这也是我喜欢并沉迷的东西。

他说，世界没有变得荒凉，只是你已经脱离了混乱，变成了广阔无垠的天空，其实你的内心是充满的，我看到了那里有太阳，月亮和星星，你是光芒四射的，某种灵性把你融化了，注定了你所绽放的是异域的色彩。

仿佛被你的肩胛骨推入巨浪下的陆地，面对世界的辽阔深远——只有那一刻，天心月圆，月圆天心。

被我们所出卖的和被我们收藏的同样的永恒——在我们睁开双眼或闭上双眼的所有日子里。

我坐窗前，与早晨不一样。晨光亮起来时，一切都会退下，只留下词语，因为词语可以足够颠覆一切。而此刻我立窗前，是为了召集所有的黑暗，只有它们会进入我的身体，成为我的傀儡。亲爱的，当你有可能想我的时候，你的前额之上，将升腾起绚烂的烟花，而你到底可以留住哪一束烟花？又到了新桃换旧符的时节，回顾这逝去的年份，最值得回味的是在去年的深秋，你打开门时，我们彼此所看见的场景。

他说，你是一幕幕生动的画面，你所绽放的是火树银花，单独的画面无以展示你的全貌，青烟留不住，但镜头可以延伸，我的额头就是那幕布，你看见了吗？满布天幕的烟花？烟花儿漫天在飞，能有几人看到那是憔悴，隐隐感觉到在与你的舌尖碰触，与你身体的某个部位在碰触，我试着去融解，也只能在空中飘浮，我嗅不到花儿的芬芳，就连斑斓的色彩也瞬间颓化为黑白，一种空虚正以微波的方式散布开来。

12

今天是2013年2月9日，纯粹的中国人的除夕之夜。每到这个时刻，旧日子将彻底逝去，而新日子将到来。每到这一天，我都要为自己买一大把鲜花，我先是买了百合玫瑰，两种不同形状的玫瑰，红玫瑰，依然沿袭着传统玫瑰的的花形和红，另一束玫瑰宛如粉红色的番桃。我跟龙翔街买鲜花的女人已买了整整六年多的鲜花，时代变了，她依然在原地的台阶上卖鲜花，她的鲜花摊花种繁多，鲜花品质高贵。当我怀抱鲜花走在街上时，又遇上了一个卖山茶花的男人，我从他手里买下了剩下的四束山茶花。就这样，我成为了怀抱鲜花的女人，穿过了街道，这种喜悦，是任何东西无法给我带来的。我爱这一束束神造的鲜花，它们在轮回中陪伴着我生命的荣枯，香味穿透了我的书屋，我喜欢大年初一进入书房，看到鲜花怒放的那种感觉。书房中，没有鲜花是不行的，花瓣张开的美，是我的心灵所企求的那种美。鲜美的玫瑰仿佛又看见了里尔克的墓志铭：“玫瑰，哦，纯粹的矛盾，在无数眼睑下，你欢享那不属于任何人的睡梦。”

啊，玫瑰，抵抗着我对生活的厌倦，只要有一息玫瑰的芳泽在我身边，那些少女唇香般的花瓣就能萦绕我。而此刻，里尔克下面的这节诗，仿佛又让我送走了旧日子：

有树跃起：啊，纯粹的超升！
奥菲斯歌唱：耳中的高树！
万物沉默；然而即此沉默之中，
也出现了新的开端、信号与蜕变。

他说，在小的时候，我就明白一个道理，在梦幻的殿堂里有现实世界未有的东西，从那以后，我就喜欢躲进深奥、狭窄的小胡同里，做自已的美梦，并且小心翼翼地回避着人世间的各种问题，与现实产生了极大的分裂，我不知道如何去统一这个分裂的世界，直到遇见你，我才逐步看到了自己的显影，而此时你早已变成了一尊金轮，只有像蛇一样与你盘绕，我才能面朝阳光，在新的一年里，我要与你一起去谱写地那繁茂和诡异。

他说，我坐在阳台一隅的藤椅上，看着满是红霞的天空，眼睛里呈现的却是沙漠，没有路标的沙漠。远处的你留下的是徒步的脚印，这些脚步让我感到神秘，但你告诉我，这些脚步就是河流，就是树木，你说你会带我超越这平凡的生活。

我说，那时我二十岁以后，去朝圣一条河流。

他说，你喜欢沙漠，沙漠里有金子，闪亮闪亮的金子，易经说：金生丽水，生命的原点就在那沙漠里，你是来带我回家的吗？

我说，很久以前，在去敦煌新疆的路上，我经历了茫茫无涯的戈壁和沙漠。再后来，沙漠对于我就是晶亮的泉眼。你真是一个奇妙的大男孩，灵翼中渴望着那么多飞檐走壁的音律，其音通过之地，必有仙女来取你唇齿间的情笺，足踝下的印迹，跟你说情理真是奇妙无比。

他说，你是那帮我打开牢笼的仙女，你帮我重构了世界，带我回到了古老的自然家园，让我再一次去体验生命的高潮。你教会我的不是去索取，而是付出，我在勇于接受的同时，也开始渐渐觉知。

13

书房中那些玫瑰花开了，像天上来的番桃，还有百合山茶，我就是这么喜欢在鲜花中写作的女人。而他告诉我说，这些花儿一定是在你的舌尖上绽放开的。我一直都认为，你是在味蕾中去认识世界的，所以，即使没有光，你也能在黑暗的世界去摸索和观察。

每个节日，我都要给亲朋好友发短信，今年春节我发出了这样的短信：

银色闪亮的蛇，无处不在的眺望，引渡我们攀越高山峻岭，我们看到了星空的皎洁。褐色高贵的蛇，穿越了潮湿热带雨林的蛇，召唤我们看见了世界的繁茂诡异。青色妖娆的蛇，盘踞在人心奇境中的蛇，纯粹的天籁之乐音。白色纯净的蛇，中国话语中爱情的传奇盛典。蓝色碧壤中的蛇，与你吟诵神谕的蛇。祝新一年像蛇一样拥有自踞的天地，穿越时空的智慧和健康，像蛇样英勇妖娆神秘云游尽天上人间。

14

他说，我在读西蒙·波伏娃的回忆录，阅读让我变得安静起来，那些词汇仿佛是你，我把手机关了，以使我的头脑不再混乱，否则我感受不到你的存在，你的拥抱，感受到的只是你在跑，你在逃，你的抗争对我来说是难题，我只有进入这些难题，我才能感受到生命的流动，才能感受到你的灵魂，才能有一种信念，即使你是沙漠，我也要横穿过去。

15

年关终于过去了，看火树银花的时刻已过去。那一夜，我总是要站在露台上，将目光投向星空，我的露台可以以最佳方位观赏到昆明市体育馆内发射烟花的一幕，自始至终我从不放过这一幕：所谓烟花就是再现出了我们生命中憧憬的内幕，它从心的内核缓缓托出一个闪亮的虚无主义的轮回，它的升降直抵人间之上最大的宇宙之空，在倏然间，复活与升天，斑斓多姿的盛放在倾刻间冥绝。观一场烟花，无疑是在经历我们心灵中值得吟颂的理想主义的光芒，没有一种发明像烟花那样美仑美奂，让人心生喜悦又让人心在刹那间随同烟花在星空下永逝。无论是盛大的绽放还是惊人心的永逝，都是一场形而上的生命熔炼。烟花坠落于永逝的天幕之下，仿佛让我们的眼帘敛合，重又进入人生无常幻遇的路上，或进入与万千生命重奏的旅卷。就这样，我又寻找到了自己的命根，它是一些身边向前延伸的植茎，那些吐露芬芳的人类植物啊，还有岩石林立，峡谷隐现的球穴，就这样，在烟花之幕坠落之后，永逝的时间陪伴着我。

年关过去后，我将重新回到自我，去认真地善待我周围的生命，我将重又沉浸在写作的日常生活中，因此，观夜幕中的烟花对于我来说，其最终是将目光再次睁开，回到这个俗世。

在这里，我的目光又寻找到了博尔赫斯的语言，他说："很明显，这种人类时刻的数量并不是无限的。那些基本时刻——肉体痛苦和肉体享乐的时刻、接近睡眠的时刻，聆听音乐的时刻、非常紧张和非常松弛的时刻——都是最客观的。我提前作出结论：生活如果不是不朽的就太可怜了。可我们甚至对我们的可怜都不能肯定，因为时间在感觉上很容易被否定，但在理论上就并非如此了，延续的概念与其本质似乎是分不开的。于是，模糊的意识成了情感轶事，真正的陶醉时刻和永恒关于那天夜晚对我并不吝啬的可能暗示也就成了本文的明显特色。"

16

初二，平静的生活。此后，贯穿于时间的是旅程，无论是在家里栖居，这同样对于我也是一种旅程而已。我又想起了博尔赫斯的另一段话："时间是我的构成实体。时间是一条令我沉迷的河流，但我就是河流；时间是一只使我粉身碎骨的虎，但我就是虎；时间是一团吞噬我的烈火，但我就是烈火。世界，很不幸，是真实的；我，很不幸，是博尔赫斯。"

而我想说，时间就在我手的指尖上移动向前，在那些流沙之下，循环不已的时间让我战胜了内心的恐惧，每一朵被我感受着的忧郁之玫瑰，都是形而上的玫瑰。而在属于我嘴唇的那个世界里，我就是秘密和熔炼之长旅路上的那个旅人。我简单的生命，仅此而已，不属于任何人，不被任何人带走，也不跟任何人画地为牢。

去翠湖观茶花、郁金香。只有在这里可以感受到真正的人海茫茫是什么？令人窒息的人群，各种多样的面面相，世界的真相就暴露在这一张张风格各异的脸上，只有在这些人群之中，你才能意识到世界确实拥挤不堪，万千生灵在择机不息，也在挣扎不息。

17

在喧嚣之后重又回到孤独中，这就是我最为稳定的生活。对于我来说，孤独是不需要忍受的。从小我就追求着这种孤独的习性，最终它将我引向的是词语中的诗歌，很多人问我为什么写作？这是命。不错，写作就是一种命——我因此对我的前世异常的着迷，但我认为，在前世，我也许是一只野孤，因为我的身体中潜藏着一只野狐的跳跃或奔逃的命运。对于自己的前世着迷已经很长时间，而且，我对轮回的变迁也一直心存幻想，轮回是需要时间的，我经历过云南旅路上许多轮回的古址，无论是在大理洱海流域还是在独克宗古城，也无论是在古迹弥漫的澜沧江流域的村寨，我都能感知到轮回的前世和今朝的速度。但也有那样的时刻，我坐在梅里雪山以上的澜沧江岸时，我感受不到时间的流速，这是我一生中体会到最深的缓慢，我们知道那种从我们眼帘下经过的缓慢是多么来之不易，当整个世界都在抢速度前去占据地球上活生生的生物圈、动物圈时，缓慢对于我们来说已是遥远古代的生活。而在云南以西再西去，因为山高路远我看到了我生命中所向往的那种缓慢。

在梅里雪山下的那条澜沧江大峡谷，栖居在岩岸上的兀鹫的飞行是缓慢的，它们世代飞行于此地的足迹是缓慢的。在峡谷底部，江水的流速在我看来也是异常缓慢的，我看到了江水激荡起浪涛时的缓慢，它在跃过那些水中的岩石，遵循着水神训诫时的律法以及内心的刻度在转弯。啊，缓慢，我在澜沧江大峡谷所看到的缓慢，是一种前世轮回的再轮回，是铭刻在我心底的缓慢。它可以让心构居于此，驱散开那些纷乱不堪的快，那些令我们的灵魂痛苦不堪的快。文字可以让我的身心回到缓慢的时刻，就像我所记录过的一只鸟，从早晨到昼夜，一直以缓慢来飞行，从未离开过我的视线。

为什么我们在享受一曲音乐时要闭上双眼，因为只有在你闭上双眼时，身边的镜片中晃动的人影，嘈杂的脚步声，隔世的屏风，魔鬼似的圈子，阴阳交错的时光，错落有序的夜色，他人的阴谋，流水的声音等世界才会从你心底屏幕中退下。由此剩下来的是纯粹的音色，在一个你需要的音色世界里，只需要一颗心的跳动，一双眼的冥合就足够了。于是，我就这样闭上双眼，与生命中的一曲曲音色前去相遇。

轮回学，宛如面对一张情人的脸，如果你对轮回有幻想意志力，你就会在一个夜晚降临时，伸出手去触摸情人的那张脸时，想象出在很久以前或者古代这面孔上曾洒下了你的热泪，留下了你的指纹。

色与空手记C部

蜜蜂的甜源自诗人的嘴唇
那些取悦我们的时间来临了
年复一年的歌唱之后，她的唇在干燥的尘土中
终于获得了光荣，因为，斧子如雷霆劈开了阴暗
那些取悦我们的时间来临了
从内衣中绽放的花粉，越过了尘埃的根茎
企图占领纠结她嘴唇的那种黑夜的空旷
更加甜蜜的唇，伸向了蓝色的蜂房
那些取悦我们的时间来临了
蜂房中，女诗人的头颈垂立
犹如甜的雕塑，她背脊阴郁的线条
让看见她的人，产生出了象牙白的幻想
那些取悦我们的时间来临了
更加甜蜜的唇，终于伸入到蜂房的洞穴中去

1

西蒙·波伏娃说：我观察和摸索着，在黑暗掩护下我认识了世界。

在城北郊，阳光倾泻在这里的林子里。而我想起了流沙，它使手指显得柔软，在它的触角下，时间的真相随风而下。而他说，此时，我的某些梦幻已经无法忍受光线，我只能在秘密中追忆。

在正义路的意大利西餐厅，完全是年轻人的气息。我们一帮人置身其中，我要的是香叶辣炒牛柳饭。舒散的气氛，似乎在迎合着我在这个年关后的厌倦和疲惫。而你又在哪里？闭合的夕照，完全彻底地让人退步到朦胧的光线中去，我们人类就是这样在星球上跳出了舞步。啊，厌倦，我该怎样去复述这种心境？

他说，我现在只是一只幼虫，我非常混乱，我想成长得更高，我需要你的滋润，我要跟你醉在一起，我要吸收你的滋养，这样我才能变成一条毛毛虫。我还要有梦想，长出翅膀的梦想，我要变形为一只蝴蝶。

下半夜，是所有生物圈蜷缩在巢中的时刻。异化吧，各种梦的名义都可以穿透自己的身体。简言之，这世间，只有你自己的身体可以纯粹地承担起你像树一样跃起，像风一样涣散，像巨兽一样怒吼，像水一样无形，像蝶一样的斑斓，像雪一样静白，像炼狱一样幽暗，像手一样无常，像肺一样游戏，像心一样自由。

读波兰作家维托尔德·贡布罗维奇的长篇小说《色》，这是我头一次接触他的作品，他说写作就是艺术家为了自己的个性和荣誉跟大众进行的一场战斗。米兰·昆德拉对他的评语是：我们这个世纪最伟大的小说家之一。约翰·厄普代克对他的评语是：一位滑稽的语言大师，心理讹诈的行家，最深刻的后现代派作家之一。《华盛顿邮报》对他的评语是，贡布罗维奇是二十世纪最具独创性和最有才华的作家之一：他的位置处于山峰的最顶峰，在他旁边，是与他志趣相投的卡夫卡和塞利纳。而我，从一开始就进入了他的语言，读任何一本书，可以拂开的是语言的层面，这自始至终都是我可以不断读书的秘诀。我读到了这样的语言："我们乘车走，马车的车轮走进沙地上的车轱辘条沟，发出沉闷的呻吟；车走到山坡上的时候，渐渐显露出展现在低地最深处的广阔土地，这儿，天显得特别高，地面的起伏僵凝不动。远处有铁路。我不由地想笑。马车、马匹、车夫、皮革和油漆的暖烘烘的气味、尘土、阳光、绕着人脸飞来飞去的讨厌的苍蝇、在沙地上摩擦的橡胶车轮发出的吱扭声——这一切大家都熟悉，已经几百年了，这儿的无论什么、什么都没有变化的！但是，我们到了山坡上，宽阔平野的气息拂面而来，平野尽头朦胧显现圣十字山，这个时候，这次旅途的怪异才几乎捶打在我的胸口上——我们好像来自一张石印版画——像家庭旧相册上一张了无生气的照片——而在这个山坡上，在最远的边缘上可以看到早已废弃的车辆——因此，这块土地倾向于恶意嘲讽，生硬得傲慢无礼。已经死亡的旅途的怪异正好配合青色的地貌，这景色闪现过去，几乎全然受到了我们这次旅行的影响和颠簸。"

在贡布罗维奇的简历里，我看到了这一幕：他出生于波兰，曾在华沙大学学习法学，后赴法国深造两年。1939年横渡大西洋到阿根廷后，适逢二战爆发，滞留南美达二十四年之久。1963年获得福特基金会全年奖金，在柏林逗留。1964年，他到法国南部的旺斯定居，1967年获得国际文学奖。1969年7月24日，贡布罗维奇在旺斯辞世。贡布罗维奇用母语写作，作品被翻译成多种语言出版，由于他不接受二战后的政治体系，他的大部分作品都不得在波兰出版，直到1986年，波兰才出版了他的全集。他与卡夫卡、穆齐尔、布鲁赫被称为“中欧四杰”。

作家的简历中可以重现作家在时间穿越符号中的一切磨难。《色》让我第一次进入了贡布罗维奇奇异的小说叙事。在战争中的波兰，这是我喜欢的背景，两位年长的知识分子遇到一对少年男女，故事就这样开始，由《色》开始的一场厄运，是为了追逐青春之色，也是为了谋杀青春之色。《色》中弥漫着种种意念，它们是不由自主的、屈从的、阴郁的……

2

重复之云压过来，以从未有过的力量覆盖了今天上午，覆盖了书桌面，其中有小说家贡布罗维奇的《色》。厌倦是平静的，看不到也无法猜测的，然而，厌倦就在那里，在听到从电话线中传来的声音的质地里，在电话的另一端，是男人的嘴脸，是他们的合理的欲望，是他们裁剪生活的指令。厌倦就在那里，随同我的手在水里洁洗的内衣袜的泡沫，随同下水道而下，我以怎样的力量跳出那一格。厌倦就在那里，如同我每天经过的街景，每天看见的发廊，每天重复的日暮的汇合点。

这是我的新简历：二十世纪六十年代出生于云南滇西，十八岁开始使用汉语写诗，自此以后，她像女巫般行走于这片香草、峡谷、海拔、河流、热带和冷带的经纬度所穿越的秘境，缔造着她的语言之家，文学之国。她最迷恋的生活方式就是她隐于书屋写作的时候。一年中的三分之一，她会在诗歌中穿越，这时候，她是倦鸟、是忧伤、是悲歌；一年中的三分之一，她会写着心爱的散文，她会去纺织物与事的色彩，这时候她是岩石、是蝶翼、是生与死的魔法；一年中的三分之一，她会写小说，进入波浪叙事的时间，这时候的她，是女妖，是祖母，是幽转的轮回和面容闪烁的梦中人。海男就是海男，她以辗转不息的活力探索着世界的奥秘。她最喜欢的写作之语，来自尤瑟纳尔的声音："曾经经历人世间的危险遭遇的任何一个人都是我。"所有这一切，构成了海男写作的延续性，因为再也没有一种生活，可以取代这样精神之磁铁所熔炼的虚舟。所以，海男始终如渝地在她的边疆，写着下一首诗，下一篇散文，下一部长篇小说。

3

那一束像番桃式的粉红色玫瑰花，较之那一束传统红玫瑰，已经出现了萎谢的现象，它们垂下头来，低诉着它们的悲伤。

尤瑟纳尔说，要经历过放荡，要经历过爱情——在这个约定俗成的意义上——才能判断爱情；要通过历史，才能挣脱历史的陷阱——也就是说，人类社会自身的陷阱，历史只不过是它的一系列档案。到达那个没有人的时期。描绘深渊里的焦虑异乎寻常的困难，这种焦虑不是情感的，而是形而上学的。

尤瑟纳尔的《苦炼》于我而言，永远是一本迷人的书。我摘录下这些语言，书中写道：看，比这个村子更远的地方，还有另一些村子；比这个修道院更远的地方，还有另一些修道院；比这个城堡更远的地方，还有另一些城堡。在这些石头的城堡之上，重叠着思想的城堡；在木头的房子之上，重叠着见解的房子。在每一座这样的城堡和房子里，生活将疯子禁锢在墙内，却为智者打开出口。

《苦炼》中写道：泽农从这些穿皮外套的人身上看见的东西，就像豪门子弟在马夫或者饲养猎狗的人身上看到的：那是一个比自己的世界更粗糙也更自由的世界，因为它在更低的地方运动，远离概念和三段论，粗笨的活计和轻松的偷懒人心安地相交替，那里有人的气味和热力，充满诅咒、影射和谚语的语言像行会的切口那样隐讳，那里的活动不仅仅限于手握鹅毛笔埋头读书。

《苦炼》中写道：泽农从他们身上只记取了一样东西，那就是精神和肉体上的大胆将他们带往至远至高的圣地，正如禁欲和禁食据说将会循规蹈矩的基督徒带往他们的天堂。

《苦炼》中写道：尽管我们也许会将从前的事情抛在身后，尽管一个拐弯处可能会遮挡未来的事件，但是发生过的事情实际上是一些固定点，人也一样。所谓回忆，就是不时将目光投向成为我们内心世界的那些人身上，然而这些人并不依赖于回忆而继续存在。

《苦炼》中写道：变化是一次复活，甚至是一次灵魂转世。双腿交替行走的动作足以令心灵愉悦。他的双眼全神贯注地指挥自己的步伐，一边享受着草地的清新。他的听觉怀着满足记录下一匹小马驹沿着灌木篱笆奔跑发出的嘶鸣，还有一辆小推车发出的毫无意义的吱呀声。一种彻底的自由从出发中诞生。

炼金术格言说，走向隐晦和未知，要通过更为隐晦和未知的事物。

对于书，别人写的书，来到手上留下我指纹的书，有一种真正深入之爱。爱到不能松手。只有书有这种能力。这几天，搜寻到了许多好书，这些书曾经有，好书总是不断再版，我反复地买。《哈扎尔词典》又再版了，值得无限收藏的书——总是有一种不可思议的梦境。

4

在书城看到了诗人奥登的文集，但只有《战地行纪》，其余的诗歌集、文论集均未到。奥登绝对是一个让我心跳的名字，无数年里我一直在搜寻他的诗歌集，但未如愿，《战地行纪》是奥登与克里斯托弗·衣修伍德的合集，散文部分是衣修伍德所作，诗歌中的十四行诗由奥登所作。奥登文学遗产受托人爱德华·门德尔松教授说道：“《战地行纪》这本书由两位英国人合写而成，对于书中所述的这个国家及其文化，两位作者都所知甚少。因此，当他们在一个陌生的文化地理环境里试图摸索出自己的方向时，他们对中国的描述有时故作天真，有时甚至故意落入俗套，如此行文，目的当然在于强调他们作为欧洲人的身份意识。他们自1938年1月开始了为期半年的周游世界之旅，在此期间合作写出了本书。衣修伍德完成了散文部分的终稿，但他的创作全部取于他和奥登分别撰写的旅行日记。奥登完成了所有诗歌部分的创作，其中包含了他最为杰出的诗篇。本书最后所附的十四行组诗，采用了微缩的十四行诗体来探索那些与历史和伦理有关的重大问题。组诗前半部分是一部浓缩的世界史，每一首十四行诗都刻画了一种职业身份譬如诗人、士兵、农民等及其在漫漫岁月中的变迁。组诗后半部分是中国战事的系列画面，每一首诗歌都阐明了日本入侵和中国抗战所体现的道德含义。奥登和衣修伍德意识到，真实的战争史绝非如历史书籍所叙述的那般精简与单纯。但他们都深知，他们可以在响应这场战争的同时赋予其道德与智力的明晰性，而他们合撰的这本书已成为其敏锐与智慧的永久的典范之作。”

书中我看到了奥登与衣修伍德的合影，他们均穿着浅咖啡尼大衣，完全是英国式的发型姿容，那一年奥登三十四岁，衣修伍德三十一岁。他们开始了远航，正如奥登诗中的诗言：

终于孑然一身，旅行者在海风暧昧的
触抚中，在大海变幻无常的闪光里，
果真找到了美好乐土存在的证明，
如孩子们在石缝里找出的物事般确定？
不，他什么也没发现：他并不希望到达。
旅行如此虚妄；虚妄的旅行确实是一种病
在虚妄的岛屿上，内心无法掩饰也不会受苦：
他宽宥了迷狂；他比他想的更脆弱；脆弱如此真实。

奥登在这次旅途中创造了三十四岁那一年的《战争时期》十四行组诗附诗体解说词。这组诗歌，之前我从未读过，这次阅读让我无疑又是一次震惊，也就是，诗人奥登在他三十四岁那一年，历经了中国之旅的战争十四行诗。一个诗人的历练是如此重要，它成为了诗人在场务必记录的内心经验。

5

活着，这场具体的事件如此茂密。我知道茂密这个词汇可以让我想起青春的长发，那时候我十八或二十岁，有一头垂到腰部的长发，那确实是我身体最为茂密的一部分。然而，真正的茂密可以体现在一次写作的中途，其语词所破开的大雾之后等待你的永远是像生活一样险境丛生的旅途。茂密这个词汇直抵心底，纵身而去的却是枝头之树和地上的果藤，我经历中一次次茂密的生活来源于云南的原始森林，无论是在永德大雪山，白茫雪山还是大围山自然森林保护区，我都会与茂密的世界相遇。茂密中有雨水有海拔，海拔有多高，茂密就会有多深。活着，因其置身于茂密从而让自己身心也茂密，这是一种植物般的境界。

鲜红的玫瑰花，它茂密的花瓣层层叠叠。它让人心生梦幻，它也让人忧伤缠绵。

又去逛街散步，这也是茂密生活中的一种方式，它趋近身形，让人获得快感。一条令人喜悦的长裙散开的纹褶是茂密的，不可复述的。我就是享受它茂密的那个女人。我就是喜欢穿裙子的海男，我就是在一切植物叶片中，通向所有茂密语词中的海男。我就是我——隶属于时间的那一份茂密的传说。

6

霍桑在其小说《七个尖角顶的宅第》序言中写道：如果作家将其作品称作浪漫传奇，那么很显然，他希望在处理作品的形式和素材方面享有一定的自由，如果他自称写的是小说，就无权享有这种自由了。人们认为小说旨在确保时时刻刻的逼真，不仅描写可能的人生历程，还要呈现更仿真的寻常经历。浪漫传奇作为一种艺术形式，一方面必须严格遵守创作法则，另一方面又不可原谅地背离了人心本真。

然而，在很大程度上，浪漫传奇的作者有相当大的选择和创作空间来这样显现真理……这个故事之所以符合浪漫传奇的定义，就在于它试图把消逝的彼时和正从我们身边飞逝的此时连接起来。

奥尔罕·帕慕克在《天真的和感伤的小说家》中写道：我在年轻的时候阅读小说时，有时内心会出现一片宽广、深远而又宁静的景观，有时光线暗淡下去，黑白分明并且相互分离，各种阴影在其中涌动。有时候，我惊诧地感到整个世界沉浸在一种迥然不同的光芒之中。有的时候，余晖普照，含摄一切，整个宇宙化为惟一的情绪和惟一的样式。我知道，我爱上了这种感觉，我在书中追求的正是这种氛围。我在伊斯坦布尔贝西克塔什的家中看小说，当我慢慢被吸入小说的时候，我会意识到，那些在我打开书页之前实际行动留下的种种影子——我喝的一杯水，和母亲的交谈，浮现在心头的种种想法，怀有的一些轻微怨恨——正慢慢地淡化消逝。我会感到我坐的橘色扶手椅，身边散发着烟渍味的烟灰缸，铺有地毯的房间、在街上踢足球互相喊叫的孩子们、远处传来的轮渡汽笛声正在从我的意识中遁去，一个崭新的世界在我面前正逐词逐句地展现出来。我一页接一页读下去，这个新世界会越来越具体，越来越清晰，就像那种神秘的绘画，在倒上试剂的时候，就会慢慢显现出来。各种线条、影子、事件，还有人物进入了焦点。在新世界展开的时刻，任何推延我进入其中的事情，任何阻挠我回忆并想象那些人物、事件和物品的事情，都会让我烦恼痛苦……

7

有的男人总是抱怨、抱怨。女人的独立是属于自己的，我默默地倾听并注视着这两极——这是沉默的对抗，我们无法改变这一切，就像无法改变我们的性别。

年关终于又过去了，一切有秩序的生活将重又开始。我喜欢时间中的顺序，它使我不会荒芜光阴。今年要写的东西已经很清楚，它是一些我生命中渴望解决、重逢、机遇的语言问题。

已经好久不想谈论与爱情相关的词语，啊，厌倦，近期内对这些敏感的词语已经很厌倦。

爱情只有三天，也可以这样说，三天意味着前世、今世、来世。三天意味着昨天、今天、明天。

玛格丽特·杜拉斯在《爱》中写道：旅行者离开了岬角，向睡着的她走去。在她那坦然睡去的身体一侧，他坐下来，看着她。她双唇微张。睡梦中动物般的呻吟变得更加轻柔。头部完全是沉睡的。他俯下身，把自己的头放在她的胸部，听到交织为一体的孩童的呻吟和心脏的跳动，听到孩童的呻吟，心的愤怒。

杜拉斯写爱，我看见杜拉斯在复述着荒凉的、遗忘的爱。我也喜欢这样的爱。永久的爱是没有的，如果有这样的爱一定没有经过俗世的熔炼。只有那种短暂机遇又告别的爱，保存下来的才是称之为永恒的东西。爱，只有在传说中才是美妙的。

我在小说中叙述爱，那种爱让我辗转不休，只有在这样的旅途中，我才有可能将爱的故事讲下去。

我在诗歌中可以更直接地表述爱情的虚空，只有这样我才有可能完成爱的疼痛。

8

奥尔罕·帕慕克在《天真的和感伤的小说家》中写道：我相信，小说家作为创造者和艺术家的最高成就在于以谜一般的形式构造小说的能力——解谜的过程将揭示小说的中心。写作一部小说是要创造一个我们在生活里或在世界里无法找到的中心，并且将之隐藏在景观之中——和我们的读者玩一种虚构的对弈游戏。阅读小说的使命并非为整体景观作出一个全面判断，而是在愉悦中体验每一个幽暗的角落、每一个人、景观的每一种颜色和细微差别……是要置身于这个气象的画廊里，张开我们的感官迎接所有的刺激……对于世代的世俗化个人来说，要在世界理解一种更深刻、更渊博的意义，方法之一就是阅读伟大的文学小说。我们在阅读它们时将理解，世界以及我们的心灵拥有不止一个中心。

一直想写的长篇《边疆书》。这是一个与云南地域彻底相密织的题材，曾一次次萦绕心底，写小说从来都是我现实与梦想相关的生活。给我从容的时间和心底荡漾的激情吧，它使我可以抵达六百多年以前云南的移民、边屯的时间。写作的时间是周密的，触须式的，它令我的血管中循环着那一根绳索，它过来了，移近于眼前，这是人间朝暮的一个史实。写小说如同写诗歌一样，是我的梦想，此刻，喷薄的云南初春的阳光，使我想寻找到虚构的翅膀，作家如果缺少虚构或想象的翅膀，那么他们去如何飞行？我来了，给予我再次飞行时空或穿越时空的智性吧，我亲爱的神，无所不在的神。

一些复杂的情绪穿透过来，比如浮在水面上的那些花瓣，那些漂浮物，那些即将被时间腐烂的、埋葬的花瓣。人类的时间简史是腐烂或埋葬的过程，说得优雅一些，是遗忘的过程。作家和诗人的天职是将那些已经遗忘的生活或正在遗忘的生活复苏在眼前。真的想写长篇了，心灵的空间已经装载着那么多东西，多么想将那些虚构中被我看见的生活，展现在语词之中。

《天真的和感伤的小说家》确实是奥尔罕·帕慕克最好读的作品。一本用天真和感伤的语言，讲述小说家作品的书，就像天气那样清晰地变幻着层次，又像美食果味那样变幻着味道。帕慕克的所有作品都令我喜欢，也就是说，他语言中散发出来的那种天真的感伤的气息让我心醉神往。

我要写什么或不写什么都是命中注定的。今天的天气诡异，我一向就喜欢面朝诡异的天气，它们使我可以翻过高山，去看见大海。云南人将所有湖称之为海，海是世界上所有水路奔赴的最终目标。人心向往之大海，则因为只有大海可以展现出人的内心生活。

9

墨西哥作家卡洛斯·富恩特斯在散文集《我相信》中谈论爱时写道：爱情想尽可能久地成为乐的极致。在爱恋中，欲望在心里开花，并延伸到手上、手指上、大腿上、腰上、昂起的那块肉和张开的那块肉上、抚摸和跳动的脉搏上，延伸至无穷的爱的肌肤上，爱人们化为了与世界的相逢、寂静中的叫喊、万物的名字。在此时，我们什么都不想，只为了让这过程不会终结。或者说，我们想所有的事情，只为了不去想自己正在经历的事情，给肉体的快感以自由和最漫长的瞬间。这时我们认为圣奥古斯丁是对的，他说，爱是动物的死亡，但有一个区别：只有我们人类在做爱时是脸对着脸的。对于动物来说，则没有例外。对于我们来说，动物界的例外就是人类的法则。爱情的幸福感什么时候最大？是在爱的进行之中，还是在向前的跳跃中，还是在对下一场爱情结合的想象中呢？回忆的乐趣，被爱所增大的、对新的爱情行动的强烈欲望，这些就是幸福吗？这种快乐让我们吃惊，一个人怎么会没有丝毫的浪费和丢弃，迷失在爱人的肉体和目光中，失去所有的对爱以外的世界的感知呢？这怎么可能呢？该怎样支付这种爱、这种快感、这种幻想呢？

10

这几天除去写作之外，仿佛患上了一种失语症，不想再与世界和他人交流语言。《边疆书》已寻找到了叙述的结构。心灵是那么的需要着独处和寂寞。买回了卡洛斯·富恩特斯的《我相信》、《墨西哥的五个太阳》、《最明净的地区》，还有陀思妥耶夫斯基的长篇小说《群魔》，伟大作家的不朽在于每一次作品的再版，对于我们的心灵都会具有强大的吸引力。

安静，我不知道这几天为什么会显得如此的安静。任何人都无法走进这里的安静中来。一个饭局又被我拒绝了。有时候拒绝去热闹中显形露相，这是属于我的一种生活方式。只想静悄悄地面对这些书籍和已经开始的长篇写作。中午只要正常总会在十一点以后出门，去经常去的地方快走一小时。走路特别适宜我的身心，我需健康，只有足够的健康可以延续我的写作。

所有的东西都会偏离你，就像光线阳光一样移开。只有健康会带给你无尽的情绪，写作之前的情绪以及写作中产生的情绪都跟健康的躯体有关系。我的意思是说，对于我来说，只有在健康的躯体支撑下，我的身心才可能替我去构筑那些幽暗悲伤的情绪。

安妮宝贝在《眠空》的书中说：“背后那股力量已经把你推到悬崖边缘最狭窄幽僻的一条通道。穿过它，以全部的专注和心力。”她还在书中说：“万事万物，最终只有承诺和牺牲，会让我们彼此怀念。”

安妮宝贝的语言，也是我最近喜欢上的一种语言。她是一个具备无数情绪的作家，并且她有一种独特的能力，能使用自己的情绪造就语言的栖居之家。

伟大作家的情绪隐藏在他们的作品中，作家的情绪很容易被人们忽略，我认为，在所有杰出的作品中都是被作家奇异的情绪所贯穿到底的。春天，我在隐于心并且与我的躯体和心灵真正的和谐相处，这样的时刻也通常是我与语言秘密相处的时间。

我所需要的那一场场历练每天都在等待着我，它们从晨曦中露出接纳我的引力，我这一生都与生命中多种牵引力有神秘的关系。因而，我知道整个过程都是人间变幻无穷的晴天或雾雨，在云南，这样的天气变幻尤为明显。我将身体投向于这种历练，全身心地倾注于上苍安排我承纳的一切，它像是伫立或屈膝的一种影像，因为我深信什么时间死就像每天获得新生一样，是一种喜悦的纵横，像云雀样展开了翅膀。

以全力之心投身的必定是我们生命中渴望的境遇，等待我们的比我们为之期待的更辽远而寂寥，当深邈的星空注入我们眼眸时，世界已经历练过了我们的道或法之内心的准则。而我们一生无法穷尽的相遇，是因为我们拥有无法抵达的永远。我之所以出发，是因为确信你在远方等待着我。

11

保持着走路的姿态，将一条路走完必将有另外一条路在等待着我。这样的喜悦和现实充斥着我的生活。我知道，这一年对于我来说必定又是继续走路的过程。写或者默，说或者沉，冥或者思，念或者舍——这一切人生中固有的东西都将在路途来临，也必将在旅路中被我带走、收藏、放下或消亡舍弃。

尽管如此，我坚信会与你在路途相遇，这样的信念基于我所置身的立场，它载我去会见神谕留下的踪迹，让我在时间的遗迹中倾听到了神的布道。它也会载我面对俗世的万物，去亲眼目睹日月生辉时，万念奔跑的世界。在这样一个布满众灵的天下，我之与你期待着相遇，只是因为我的梦境早已浮现过了我们的古代五里一短亭，十里一长亭的图像。除外，相遇之人生图像，对于我来说也就是万千山水扑面而来的感动或喜悦。

或与一条蛇相遇，那匹风景或是惊悚、颤栗的摇晃，蛇移动着身体过去以后，你还呆在原地或者突然奔跑，一生中这样的场景如一条蛇在整片风景中缠绕不休。或与一座峡谷相遇，你面对着山下的路开始了质疑、追问和幽魂似的恐惧，很多年以后，你仍在那座峡谷中向下走或者向上攀援着。而我与你的相遇，应该是怎样的？美，如果没有了危机四伏，又怎么会惊心动魄？

与世界上一切美如幽灵的人于此机遇，是为了完成自我在破开黑夜之梦时的梦魇之谜。与苍茫视野间一切美如狐狸葵花露水的事物相遇，是为了让自己的前额抵达那些召唤你前行的箴语。与君子和小人相遇，是为了完成你命运中的修行，是为了看见皎洁的月亮穿透了你的肉身。

我期待着与你机遇，是因为我在打开的镜面中又看见了你。

一切有待时间去复苏更新。春天，我的桌面上又落满了玫瑰凋零时的花瓣，它们的形态比如波浪中的意识形态。一切未知有待于语言去探索覆盖或揭穿。春天，所有未知的就像芽胚已在树上隐现，它们的命运有待于风雨阳光去蜕变。

12

不可穷尽的是时间。沿着这磁针继续走下去，我依然会看见你在那里跳舞，那座七世纪或十二世纪的舞场，今天仍然是天下人的舞池，仍然有美人在用身体跳舞。舞，是肢体间的第一语言，是活力、浮力、欲求或美学的最直接的宣言者。因为舞，我们的肢体从古至今，创造了扑面而来的身体神话。

眼前挡不住的春光就在这些茂密的樱桃树上一路往下绽放，在我中午快走一小时的路上，到处都是这一棵棵的樱桃树冠——在里面，我发现了无所不在的春光。心灵所受到的召唤就在其中，那种粉红色巧妙地溶解着一丝丝空气中的忧愁。

尽管芽胚布满了春天的树，但云南的春天仍缺雨水。我在读大卫·米切尔的《云图》，我总是对英国作家小说着迷，早期的有《德伯家的苔丝》、《简爱》、《呼啸山庄》，近期的有《海浪》弗吉尼亚·伍尔芙的全部作品，麦克尤恩的全部作品……现在，我在这个下午说

《云图》,书中写道:“多么庸俗，这种对于不朽名声的渴望，多么徒劳，多么虚假。作曲家只不过是洞穴壁画的涂鸦者。一个人创造音乐是因为冬季永无休止，是因为如果不这样做，狼群和暴风就会更快地扑向他。”《云图》不是一部简单的作品，而是一部写作形式异常复杂的作品，这也正是它让我着迷的原因之一。二十一世纪的阅读期待着的正是《云图》似的革命，它挑战着我的阅读。

开始写《边疆书》了，我也想写一部与我的任何作品不一样的作品。它让我寻找着一个时代，距我久远的天幕，我是那个时代的一片云、一滴水、一个女人。

写作令人着迷，不为别的。只为了让我感觉到心跳和意乱神迷。如果进入这种状态，那我一定已经开始写作了。

《云图》长篇中写道：我最近的历险让我变得像个哲人，特别是在晚上，我什么也听不到，除了溪流用无尽的从容把巨砾磨成小卵石的声音。我的思绪就这样流淌着。我学着洞察历史中的活动，并构想出决定文明世界兴衰的规则，系统地阐释这些活动。但是，我的观点正相反：历史中不容纳规则，只有结果。

什么促成了结果的产生？恶行和善行。

什么促成了行为？信念。

13

黎明仿佛听见了一只猛兽跃过了云下天幕，那一阵阵的穿越从潮湿的原始丛林传来，再从晨光普照的石崖深境传来。勇猛的姿态撼人心魂，所有生灵都在付诸于行动，以其内心光焰喷薄潜力，引领自己全部的理想生活，再与其神性的力量汇合。人之实践是自已一生德行的探索，也是一生灵域的大熔炼。无论舍弃坚守都在引用潜游在生命全力，以其生，获得光芒和黑夜的吟诵，以其行，获得旅路漫漫的所向，以其灵，获得承纳万物的喜悦。

整个上午到午后的时间都在打扫卫生。

西蒙·波伏娃在她的回忆录中写道：我一直想获取我所理解的幸福，我之所以下定决心获得它，那是因为它老是离开我，我不能把它和爱情、友谊以及温柔相分离，我正参与一种“无可救药的孤独行动”，为了再度征服它，须得退却、堕落，因为在我看来，所有幸福本身都是一种衰微；反之，迎接喜悦并不受到禁止，它时常进入我的世界，我淌了很多眼泪，但是我品尝到了惊喜的滋味。

他说，没关系，最近，我也有一种不知名的心理状态，很奇妙，但又难以言吐，我把它定义为某一方面开窍了。一切都会好的，我们之间不用原谅的，只有理解。别担心，生活的精彩还在后面，愿早日能与你见谈。

他说，没关系，水之所以能够穿越沙漠，就是因为有风，有你的祈祷，绝望中也能看到希望。

他说，支配人者，活在混乱之中，被人支配者，活在悲哀之中，不如就像一团火焰一样自然地燃烧吧！脱离这混乱，免于悲伤，世界就会消失，而我将于另一种形式存在。

14

他，当然是另一个他发来了短笺：早安！一将眉峰作幽径，焚香数珠唤如来。

问他在哪里？他说，香城化骨铸金身。

而我在此刻与这些文字相遇：“水往前走，花瓣自动脱落，衣衫上丝线褪色断裂，手臂脉管凸起蜿蜒山岭。无常逐一升起和熄灭，我对你赤子之心永存。”

15

依然是如此的静，身体的每根骨头里，流淌的或存在的都是静水。只有在那些文字里，我正在飞檐走壁。我等待的就是这一场静水，它会滋养我也会放逐我。

在德克士喝一杯奶茶的中午，这里几乎全是假期中的中学生的面孔，他们中有的人穿校服，有的穿便装，这样的年龄是一生中最美好的一部分。我在这个年龄段度过的时间很快，几年没有多少记忆就已经消失了。我最有深刻记忆的是开始写作以后的年华，也就是我十七岁后的所有年华。

埃里克·法伊的小说《长崎》是这样开头的：想象一下吧，一个年过五旬的中年男子，对生活早已失望透顶，居住在长崎市区边缘的一栋房子里，四周是陡坡马路。这些蜿蜒起伏的沥青马路爬绕向山上，直到所有这些城市泡沫——铁皮、丝网、瓦片，还有我不知道的什么玩意，停在一道杂乱、歪斜的竹篱笆墙下。我就住在这里。谁？无意夸大，我本不是什么大人物。我养成独身者的种种习惯，它们被我用作围栏屏障，使得我已对自己说，实际上我并无太大的过错。

我就在这里。在这些语言叙述之下的任何一根线索和任何一束光泽之下，动荡着我穿裙子的身影。《边疆书》已进入了实质性的阶段，它是由一根绳索开始的六百多年前的移民生涯，由一个名叫苏修的女孩开始的开篇叙述。此书将由六个人的叙述，让六个人从六百年前轮回到二十一世纪。轮回，亲爱的轮回，写作这本书的过程必将使我寻找到人生轮回的许多奥妙。其中，开头的绳索之所以重要，是因为六百年前的移民是用绳索捆绑着从江南出发的，绳索使他们背井离乡，踏上了未知之路。轮回，所有的轮回之路都是用苦难历练的魔法，在我写作的这部与边疆相关的轮回书中，有飞禽走兽穿越远山近岭的轮回，有六个人在前世魔咒和命运中出生入死的轮回。而语言是记载他们的唯一的轮回形式。

最近一定会拒绝很多事，不见很多人。写一部长篇所需要的孤独必须是坚固或彻底的。我倾心的那一幕，也必将再现被我语言所机遇的那个世界，一切都是在水与火里的纯度熔炼。这是一部我所向往或追求的史诗性的长篇小说，题为《边疆书》。

想他，就会想到他的字，想到他书法诗歌中的前世，想到他前世的家族以及他现在的形而上追求。他的存在无疑也是这部长篇中的一个人的轮回——这也是必然的。因为他，从我血管里流出的一些文字永远都会奇迹般地再现出对他的念想。因为他，我所度过的这些人世间的时光会日复一日的与他机遇。他从六百年前的移民中出现，那时他是谁？他在地做什么？

当然也会写到他，另一个他——与他见面是有限的，因为有限所以我想在《边疆书》中创造与他机遇的机缘。他的存在与土地疆域有关系，通过今世的他我能感会到他在前世的踪影。在前世他一定是拓荒边疆的将士。

还有她，在六百年的前世，她是年轻将军的妹妹，因为父母离世便跟随兄长乘风破浪来到了边疆，她是仙女药师，也是现实的理想主义者之一。她说，一只鸟飞在哪一棵树上，与缘分有关系。

天空确实很蓝，春天，我所期待中的很多生活都会脱颖而出，期待着因写作而缘生的是草木风水的新风貌。而写作，是用每一字链接的秘密深处的波浪。早晨，写作开始了，花继续开，继续凋零，人心继续漫游，继续遭遇着未知或已知的终曲。

16

语词开始后就无法终止，就像水始终要奔向大海，语词要奔向它的深渊或它的天堂。这个世界就是我的社会和意识形态，一个人的心所趋向的应该就是真理。太阳又从暂时混沌的气流中露面了，宇宙之所以时时变幻，是因为被宏大的信念所承托着。人之所以在人海遇上心仪的知音密友，是因为由前世一切所缘所带来的。

我对这个星球存在的一切怀有神秘主义的一切幻想，我们的生与死都附属于我们的大地上那些蓬勃生物的存在。乃至人类所创造的声韵乐舞都只是对万灵的一种模拟。六百年前的移民是被绳索捆绑下来到了边疆，绳索是小说的开始，也是移民的风中之舞绳，也是轮回到二十一世纪一切文明进程的路上，人心欲望与金属色的捆绑。

他说，在这个夜晚，我在某种有节奏的音乐旋律下感实到了你绵延不绝的神性，我反复在阅读你的咒语，那些诗意的语言。我听到了你的耳语，你就是我，我就是你，这是灵性的交融，它超越了我的头脑，透过这种量子般的跳跃，我体会到了we are one的状态。你消除了我的心魔，你让我看到了人们所说的岁月不过是太阳的刻度，生命也就是些组合的元素，死亡成了一种幻象，欲望的加重却让世界变得面目全非，你让我放松些，再放松些，你要帮我去除那捆绑，你这种神秘的女巫，你让我重建精神的家园，禁不住让我有了一种狂喜。

17

和柏希一块看电影《霍比特人》，这是近期内我看过的最有力量的电影。很多时候都与柏希一起看电影，更多时候是自已坐在新建设的电影院中看电影。《霍比特人》确实是一部超越我们幻想中的电影，在将近三个小时的时间里，你感受不到视觉和身体的沉闷，这是一部景观辽阔深远，意境出入生死的电影，很喜欢影片中的男主角霍比特人，他因偶然的命运进入了一场冒险的角逐，同时也开始用自已的生命和本能中的智慧良善改变着生死攸关的黑暗。美国电影大都场面巨大，使用高科技将幻境制造得很炫妙，尽管如此，美国电影所追求的是将二十一世纪人们冥灭尽的理想主义抱负从电影的屏幕上重新复原的目标，从《云图》到《霍比特人》的电影跨越，我们的心灵将通过电影再次面临拷问？关于命运的偶然、勇猛之心的行动与穿越、良善与黑暗的较量、生命中有限的定数与日月之神的会面要经历多长时间的神秘和磨砺？

元宵节，最喜欢品尝圆而不腻的汤圆。我们生话中的每一种节日都赋予了寓语。今天以后，所有的节日都告一段落。时间会相对沉静些。品汤圆时，一边写东西——对我自己一生的这种命运无怨无悔。

三月是我一年中最为期待的日子，在这个月里，该做的事情都会开始，仿佛我所见的古老村落中的织布机上的线头已经初露端倪。在三月，一切心灵所向的定数会隐现在远方？那时候，我想见的人或风景都会在远方等待着我。我一生中该见的人和风景，需要我们付出想象和实践及勇气前去赴约，只有幻者或勇者相溶一体时，才能如愿以偿。

茨维塔耶娃的这首诗再一次历现在眼前：

作为一个命定长逝的人
我从九泉之下亲笔
写给在我谢世一百年以后——
降临到人世间的你——
我手里握着我的诗作——
几乎变成了一杯尘埃！我看到你
风尘仆仆，寻觅我诞生的寓所——
或许我逝世的府邸。
我还感到悲哀的是，直到今天黄昏——
我久久地追随西沉的太阳的踪迹——
经历了整整的一百年啊，
我才最终迎来了你！

18

虚构是作家的能力，抵达的地方也是现实中的一个世界。作家不仅需要造梦也需要有勇气盗梦。是的，我是造梦者也定是盗梦者，命运赋予了我这种能力和勇气。

静坐一片草地，樱花已怒放，柳树已成荫，池塘已蔓生水草，鱼儿已戏嬉过了春天。我在静寂中告诉自己，白云还将继续悠远，远窗外还有桃花，流水逝去外有竹林，君子乘浪而去的岸上有灿烂星宿。

歌德说，只有会憧憬的人，才知道我的哀愁。

歌德在《迷娘》中写道：

你知道那地方，柠檬花儿开放
香橙在绿荫深处闪着金光
从蓝天里吹来温和的微光
桃金娘悄然无语，月桂高耸
你可知道？前去，前去！
亲爱的人，我要和你回去

我所坚守的其实是我的文字——它从不会因生活的变迁离我而去，这些零散的文字，就像我一天的踪迹散布于偶然。

《霍比特人》电影中有一句让人热泪盈眶的台词：最大的勇气不是杀戮，而是宽恕。

色与空手记D部

从九月到现在，迷人的爵士乐
就伴随我开始伴随我猜测这忧伤的尺度
它们是一只西南方向的水井。我站在井边
朝下望去，井底的鱼，水中的音符
我必须试着告诉你一些距离
它们因大地上的或温暖或寒冷的季节递嬗着
足够的距离，是我们这一生
取之不尽的忧伤；我正奢侈地埋下头
犹如埋在你膝头上睡过去
我要告诉你，我要试着告诉你我是什么人
我到底是什么样的女人
她的旧地址如忧伤的爵士乐的雨粒
正无穷无尽地渗入她的肌肤
我到底是你的女人，还是他们的女人

1

昨夜未眠，整夜无眠也是值得的，那时候，许许多多来自身体中的词语是那么鲜活。一个人如果没有无眠过，那么如何去沉入水底？

失眠之夜再次读米洛拉德·帕维奇的《哈扎尔辞典》，书中写道：新的一周已开始，它用去了最庄严的一天，即你所说的始于巴勒其他的那一天，这一周一直充满戒心地保留着这一天，唯恐有失，然而，这一周的周转也到来。它违心地把这天一段一段地交出。去享有属于你的东西吧，去度你的安息日好了，快走吧。去见智者，把你想对我说的话全告诉他，这样你会更快乐。不过得注意这一点：一个人若要攻占一座堡垒，得先攻克他自己的灵魂……

书中写道，一个最古老的捕梦者的札记曾被保存下来，里面有这样一段记载："在梦里，我们一如水中的游鱼。我们不时游出水面，望一望世界的沿岸，随即又拚命地快速下沉，因为只有在水底深处，我们才感觉良好。我们游出水面的瞬间，发现一物甚为奇特，其动作要比我们缓慢得多，呼吸方法也和我们全然不同，其身体重量由土地支撑，它已丧失肉身的感觉，而我们的肉身感是存在于我们体内的。因为在水下，肉身感和肉身是不可分割的，这两者只能合为一体。水外这怪物其实就是我们自己，不过是一百万年后的我们罢了，除此之外，在我们和它之间还有个区别，这区别乃一巨大的不幸——它因把肉身感和肉身分开而备受打击……"

电话里的交流并非像从前那样愉快。男人和女人一旦丧失神秘感，所有杂芜的现场都会呈现，我似乎又看见了这个男人呈现出背景中的孤寂和灰尘，就连那枕巾上的污渍都会清晰闪现，与此展现的还有永远没有稳定倾向的气流。女人对于男人的一切，永远都是敏感的，因其这种敏感——那块不洁的枕巾和电视柜台上的灰尘，还有男人那无所事事的神态里面的空洞，尽管有他在那座深穴中的思想，却让这个女人同样感觉到了说不清楚的厌倦。

当然，男人也会厌倦我们。这个时代的男女之战役已经完全改变了方式。没有任何值得你投掷的催泪弹，没有任何值得你去从剑器中抽出的寒雪，也没有任何值得你去较劲的真理。于是，保持沉默和距离是最好的戒律。

男女关系这种磁场终有一天会被新的物种摧毁，那也许是在另一个星球上，那也许是若干亿年以后。而此在的现实，男或女，到底承袭下了多少古老的梦磁场？他们无论是在枕边厮守还是月下牵手时，是否在同一时刻将一场梦做完？亲爱的，爱是你的巨大的孤独和他人的谎言，我看到了你比桃花更灿烂，比弓弦更忧伤。但你的心之皎洁能照见男人们的卑微，骄傲的心啊，你要藏下你的玫瑰，你要为自己而歌！

一天开始，像是所有的宇宙打开了洞穴，迎候着世界上属于自我的那个已定格的时间。我在舒缓中又将接受文字的到来，这就是我的生活和我的状态。

他看了电影《霍比特人》后的评录：回到原始的源头，一个人就成了观照，孤山不是背影，不要逃避。逃避不仅制造诱惑，也制造恐惧，接受吧，恐惧就会消失。当意识之火变得明亮时，梦就会消失，那存在的就会显现。

他说，你是智者，你是翻译月亮文字的人。咒语属于巫师的世界，是一种耳语，一种能量，只有少数人能拿到。上天把这能量给了你，你又将变幻出多少生命?

亲爱的，所谓魔咒，是人面对世界时产生的对于理想境界的颂扬，对于邪恶的抵抗。每天的朝朝暮暮，我们都在创造形而上或形而下的咒语，所谓咒语，就是那个将玫瑰之香气引升到我们感官中的第一个人。

一切细节之良善构造了我们心灵之纯净和快乐，百花明丽，万事因春风而敞开。

语音像穿越在茫茫荒野的战袍，裹满了荆棘和黑暗，将每一帝国、每一族、每一性别、每一古堡的灵魂找回来，只为了让我们重新预测海洋有多深？镜子会不会破碎？燕雀繁衍多少朝代？星宿离心灵到底有多远？接踵比邻的雪山那边为什么有赤黄色的火焰?

在任何时候你都肯定我鼓励我赞美我，满足我对喜悦及对于忧郁孤独的热爱，这就是你跟任何人不同的地方。

2

心灵的全部活动依赖于文字去保存，这是一个不变的定律。

在昨夜的失眠中，拂开书的享受也是难忘的，这时候从床头随手翻开之书是加拿大作家玛格丽特·阿特伍德的短篇小说集《荒野指南》，阿特伍德是我喜欢的女作家，她首先是一位女诗人，才可能写出如此众多的长篇小说和短篇小说。在这个下半夜，来自诗人小说家的文字是这样开始的："服务生姑娘们就像一群皮肤光滑的海豹，沐浴在阳光下。她们粉棕色的身体油亮亮的。现在正是下午，所以她们都穿着游泳衣。在清晨和黄昏，有时候她们甚至什么都不穿，那时，像现在这样蜷在蚊虫横行的灌木丛里，偷窥对面那片小小的私人港湾，即使被叮得全身发痒，也值的很。这是阿特伍德短篇小说“真实蠢故事”中的开头。作家出生于一九三九年，现今已经七十四岁，阿特伍德一生中似乎从未中断过写作，像世界上那些为数不多的女作家一样，写作已经成为了她一生可以耗尽生命之力的最佳的方式。

记录之所以在一个作家那里坚持下来，是因为这是一场场文学的行为和思念，只有写作可以解决作家灵魂中的那一场场战役的整个过程，也只有写作让作家在这一历程中见到思念中的人或事。

色之迷人是因为遇上了眼神，这是我们身体器官中感知世界的第一神经。

日久天长的理想与生命的夹缝抗争，将越变越明亮。

坐在樱花树下不肯离去，花瓣儿飘逸到手机幕面上，对自然的心悦，是我生命中的一些瞬间。

本雅明说：讲故事的人取材于自己亲历或道听途说的经验，然后把这种经验转化为听故事人的经验。小说家则闭门独处，小说诞生于离群索居的个人。此人已不能列举自身最深切的关怀来表达自己，他缺乏指教，对人亦无以教诲。写小说意味着在人生的呈现中把不可言说和交流之事推向了极致。囿于生活之丰盈而又要呈现这丰盈，小说显示了生命深刻的困惑。

我正在写小说，来自叙述的意外也是故事延伸出去的——结果，是的，这是生活和时间相互缠缚的结果。它是我经验之外的更深的对于生命的致幻虚构，但当你进入每一步虚构的时间中去时，你无法放下它，因为你内心向往过这种生活，所以，你相信它是真实的。

昨晚的一场宴——又让我看到了每一个人的贪杯。包括我自己也是贪杯者之一。男人们都是要喝白酒的，而女人们大都喝红酒，但喝到中间时，两种酒就交叉着喝。宴席上如没有酒，仅仅是围着一堆东西在品尝，那么，这样的宴通常会结束得很快。但如有酒，那些食物后来就会被人遗忘。人们只要开始使用酒的魔力，那么无疑是在为自己梦幻磁力。酒，在微熏以后，促进了血液的循环，促进将致幻进行下去的勇气。很多男人女人在酒宴上都会将干杯进行下去，并且忘却黑夜和时间。

媛来电话，我们谈论男人，谈论情感的现在时，她说只要有波浪来，她就会重新回去。媛是一个质地非常特殊的女人，是我爱的女友之一。她美丽，善感，在逝去的时间和将来的时间中都将陷入她自己建立的那一场场守望等待或实践的情感历程中去。

写作在干旱的天气中进行下去，云南离海洋性气候遥远，所以这些年干旱得异常，雨，迟迟未来，天气每天都那么蔚蓝。每天写作，我都与这窗外的天气对峙，而你在哪里？在你眼前那片辽阔的疆域带上，在热带和温带的地平线，有水的蔚蓝和山的逶迤，绵延于你心底的是不凡的抱负，尽管如此，这个地球上的诸多的问题让你彷徨，天气那么干旱雨水那么遥远，云图之下是大地之脉是人心的缠缚，是盘桓在你身体中的边疆神曲在弥漫。啊，干旱异常，每滴水都值得收藏吟诵，而我是多么爱你！

多么爱你，如果我出入你的那片疆域，你是否会与我机遇？

相遇的主题是我一生倾向的理想主义的幻境所展现而出的叙述，它也是我用小说、散文和诗歌的形式——与时间相遇的主题。在更远的框子里，装的是图片，是油画、水粉画、美图是人和风景，它们与我机遇，是为了让我有所审美有所寓居。在更远的黑夜之幕下，有兽影的睡眠，有夜行人的降临，有宁静的星座，它们与我相遇，是为了让我有所冥思有所幻影。在更远的地平线，有旅途上的异类，有魅惑的水岸，有不测的消息，它们与我机遇是为了让我有所渴望有所猜测。在更远的时间里，有黑色的蒙面人，有上了膛的弹雨，有永不落幕的女人，有颤栗的玫瑰色嘴唇，有打开的笔记本，它们与我相遇，是为了让我有所畏惧有所忧虑。在更远的传记中，有沙漠中的永逝，有城堡中飞过的一只黑鸟，有散开如圆圈舞的皱褶，有水井里的月亮，有未抵达的箫声，它们与我相遇，是为了让我有所仰慕有所逃遁。在更远的黎明，有雾雨茫茫，有浅水和深水下的鱼水关系，有朗读者前额上的纹理，有忧郁的解剖，它们与我相遇，是为了让我有所虚空有所哀歌。我的相遇同样永不谢幕，他们像一个男人或女人一样正在从两个完全不相同的方向相互走近。

3

万物因静默如谜，这是辛波斯卡的诗集名。她说，我偏爱写诗的荒谬，胜过不写诗的荒谬。她还说，尽管问吧，我会尽可能说明？我的眼睛看到了什么？我的心为什么跳动？我的身体怎么没有生根？

我想说，炫光过去后的寂静才是长久的，也是我想要的超越整个生活和肉体的——战争。于是，我寻找收留我的房屋，那里面可以盛下我几万册书籍，它们像船帆从各个世界的波浪中漂向我，为了验证是生的快乐还是死的优美。其次，我在语词中轮回地成为诗人悲悯之心的眼泪，它们滚下面颊，使天气变得阴柔。除了你，我还能再去爱上谁？这个问题可以使我轮回到古代，那一年，杏花开遍了整个山野，是的，这是唯一让我们相遇的背景。

啊，杏花开遍了整个山野，这是一个古代的背景，之后，烈焰之下奔逃着我和你。我的心又开始一阵阵地一阵阵地，为那些来历不明的忧伤而慌乱。当杏花开遍了山野，这是我所转世回来的时代，之后，是一座庙宇，它坐落在水岸和荒远之郊，经书拂开的每一晨看见的生活都是那么宁静。需要的最大虚梦，就是让我在无常中获得无常的静寂。

缠缚这个词充满了动态。无意间在夜色中看见一对青春男女在拥抱，他们越拥越深，四条手臂就像藤一样越缠越深，其最终的目的是想将外在的力进入骨。小时候，面对过农艺师母亲养蚕的过程，最深的记忆历历在目，那是蚕的涅槃，它们抽尽了身体中的全部雪白的丝线，将其身体缚于一座蚕殿，这就是建造缠缚的动态历程。

突然的阴天，天和地是最大的神。我们作为灵的一部分在天与地之间行走，其最大的修行就是让自己臣服于天的飘渺和地的荣枯岁月。

我抓住了你是为了什么？那是我抓住的一只袖子，里面是你的肉和骨头，我感觉到了里面的血液在畅流。如果我抓住了一根树枝，是为了仰慕它所比肩接邻的更多树枝。

诗歌是什么？人类陷阱中的一部分吗？在这个时刻我眼前浮现出了属于诗歌中的一部分生活，它是伸向镜子的那张脸。

4

《现代家庭生活》王雨萌与海男访谈录

1、从你的经历中看出，你是一个有故事的人，那些过往，其实已经变成你写作的一部分回忆，是这样吗？

海男：是的，我是一个有故事的人，所谓故事就是我用生命所历经的过程，那些从出世以后耳闻目睹的一切都将成为我身体中收藏的故事。之后，是写作。作家之所以需要写作，就是一次重温一次次故事的历险过程。

2、看到你说，小时候，小弟弟病死，被装进一个小棺材里，这件事对你和家人有怎样的影响？这会不会使得你在成长的过程中带着内心的隐痛去看世界？

海男：小弟弟病死那一年我才有四岁，很多记忆模糊了我的眼睛，那是一段我的年龄无法真实而具体的承担记忆的时代。再后来，母亲不断地回忆并强化了小弟弟死亡的过程。小弟弟是因出麻疹而死，因为母亲工作太忙，再加上六十年代医疗制度的混乱，小弟弟没有得到较好而认真的治疗和守护，死亡是必然的。小弟弟之死成为了母亲追忆中永远的心痛，成为了我想象中第一桩最为强劲的死亡录。

3、说到干校，现在的年轻人恐怕都不了解那是一种怎样的情况，你能说说你那时的生活吗？

海男：我那时五岁左右，同父母乘上一辆大货车来到了热带的金沙江畔。只记得风那么灼热，我们一下车就跑到了江岸，我看见了砾石、荒草、丘陵下的江流，我赤脚缓慢地开始向江边走去，之后，这条寂寞而伟大的江流成为了我童年时代的乐园，成为了我们的避难所。在干校母亲和众多的妇女们都在养猪，父亲则和众多的男人们在垦荒放羊。我在金沙江还目睹了第二桩死亡，一个在干校劳动的年轻女人失踪数日以后突然从江流中漂上岸，那是我看到的最为真实的死亡，她那被江流推上岸的身体就躺在滚烫的沙滩上，裸露的身体就像雪一样白，完全的白——那是腐烂的白，死亡的白。这次死亡使我患上了神经衰弱症，很长时间我都会在梦里尖叫。在与此同时，这条江岸以上的自然是那样寂寥，秋天时，山岗上的野生橄榄树挂满了硕大的又甜又涩的橄榄，那味道是我品尝中的人世间最难以忘却之味。

4、一般来说，作家小时候的数理化成绩都不好，我印象比较深刻的是台湾女作家三毛，数学课几乎成为她成长的梦魇，而据说你小时候也很害怕数学课，为什么呢?

海男：不错，我的数学课一团糟，主要是一开始我就对上数学课没兴趣，那时候我已经开始写小说，我从哥哥那里寻找到当时所谓的黄书和苏联小说，每当上数学课时，我就在下面偷着看小说，这样一来，我对数字计算永远都排斥。

5、你是怎么开始对阅读产生兴趣的？其实当一个人开始沉溺于阅读的乐趣时，往往就失去了和他人交往的欲望，很多文艺男女往往比较宅和自我，你怎么看这个问题?

海男：热爱阅读的过程首先必须来自与书的机遇，我与书机遇在十一岁那年就开始了，它导致了我对数理化的抗拒。但真正的阅读是十七岁那年开始的，因为阅读我才开始了在笔记本上写诗。从那一年之后到三十多岁，阅读于我仿佛像一场疯狂的运动，两三天就可以将一本书读完，那是一种忘我而贪婪中的阅读，翻开第一页书恨不得马上就读完。是的，在这个阶段，我的世界是封闭的，许许多多通向外的门径似乎都已经被自己堵死了，因为读书我们由此滋生了许多虚无主义的情怀，它与现实是格格不入的。自我就在这种虚无主义的情怀中衍生而出，这是每一个文艺青年的风格特征。

6、你的身上，永远有着云南的烙印，蓝天，白云，清晨淡淡的薄雾和阳光，这是你的作品带给我的感觉，很想知道，云南这片土地，到底如何孕育出你这样的一个女子？能说说你成长的故事吗？

海男：我出生在云南滇西的一座盆地，那里有蔚蓝的湖泊程海，也叫星湖，之外是金沙江从这座盆地外的峡谷间穿巡而过，我从小就跟随做农艺师的母亲在这座县境中不停地迁徙，多数的时间是在一座叫三川坝的小镇居住，那些时光陪同我成长的是门前的石榴树和紫薇树，它们在我写作以后，成为了我作品中最为永恒的色彩学，美图，凋零和不朽的隐喻。在我开始写作以后，我的足几乎走遍整个云南的版图，正是它们的风和云所变幻的无常，让我对人生的命运和演变魔法开始着迷，这就是写作的开始，也是将写作进行下去的理由。

7、成为作家，是你儿时的梦想吗？

海男：我儿时的梦想，是想开着一辆拖拉机到荒野深处去开垦土地。因为那时候，拖拉机是我见到的最不可思议的庞然大物。除此之外，是因为我们一次次乘上拖拉机去另一些乡镇看露天电影。除此之外，我记忆中的一个美人就是当时的女拖拉机手，她是那个时期我的偶像。所以，儿时的我，根本没有梦想过，做一个作家。这个梦是我从十七岁那年开始的……

8、在你的记忆中，有没有让你终其一生都在寻找和思索的问题？无论是爱情，还是人生，甚至，包括一段挫败的坎坷经历？

海男：我一生着迷的还是轮回之问题，看电影《云图》时，我很赞同那句台词："我们的生命不仅属于自己。从生到死，我们和其他人相连，无论前世，还是今生。我们的每一个罪行，每一个善举，孕育了我们的未来。"无论是你生命机遇的一只鸟，一条河流，一座山岗，一片花丛，一首诗歌，一个人等等，都与你的前世因果结缘相联系。这个问题也是我用语言用行为所探索的问题，它影响了我的冥思，从而也将影响我对未写之书的期待。

9、在你的书里，我知道，你是一个热爱自然的人，行走无数地方，看过无数风景，有没有让你最不舍最难忘的地方？

海男：我走得最多的地方还是云南。在卡瓦博格（梅里雪山）之下，每一次去到雪山之下，我都是在晨曦前到达，让一束束万能之光引领我的视线，那是我为之仰慕的时刻，我会舍下人间之万念，与那座晶莹剔透的雪山机遇，而我眼眶里那盈满的也许是雪花，也许是经文，也许是眼泪。沿着梅里雪山而下，是秋天正午时刻的澜沧江大峡谷，是黑色兀鹫们盘旋的天堂，在这片地域中充满着令我灵域所不舍的那一束束远天中的青黛色，之后，一座法国人修建的茨中教堂会耸立于澜沧江岸，迎向我目光的是山坡上紫红色的葡萄架。在云南，很多地方都会让我不舍，比如碧色寨，那座百年前法国修建的火车站上有米轨，有黑檀色的铁轨和枕木，有建造滇越铁路的传说，之后，我完成了长篇小说《碧色寨之恋》。

10、有人说，一个完美的人生，必须包括三段爱情，爱过，被爱过，彼此爱，你怎么看这个问题？你有过这样完美的人生吗？

海男：人生的过程也就是遗憾的过程。爱过，被爱过，彼此爱无论长或短，都只不过是一场场虚无主义的记录而已。我想说，我爱过那些与我的现实没有关系的人，所谓男女之爱只应该去空中筑造，一旦落入地上，既不会长出根须，也不会像花朵在水上漂亡。所谓爱情，就是那些称之为浮力之上的光和影。我想说我爱过所有在理想和虚无主义的路上与我在梦幻中似曾相遇的男人，我深信，在这条路上我也会被他们所爱过，或者彼此深爱过——因为从未遭遇到俗世的伤害，它们成为了永恒的一部分。

11、能说一下你和妹妹环绕黄河流域近一年的漫游生活吗？当时怎么会萌生这样的念头？

海男：那是一九八六年，一种青春的念想上升以后，就欲罢不能。之后就是出发，诗人艾略特说，家是人出发的地方。我们出发了，抵达了巴颜喀拉山下，在茫茫无际的荒野深处有冻死的牦牛有二十多万淘金人。一条关于河流的记忆也是我们青春的冒险记忆，那时候似乎什么都不怕，不害怕茫茫冰川的缺氧，不害怕死，也不害怕生……

12、你的第一部小说是在什么情况下完成的？还记得当时写作的心情吗？

海男：一九八九年冬天的北京鲁迅文学院，我开始了写第一部中篇小说《人间消息》，之前，我从未想过我要写小说。也许是我身边的磁力——那些源自一群个性独异的小说家的磁场影响了我，我们同班的小说家有莫言、洪峰、余华、刘震云、迟子建等，他们在那个时代已经写出了非常优秀的小说。而我，就这样开始了写作小说的历程，这也是我命运中的命中之命。

13、你觉得一个女人最重要的品质是什么？

海男：我认为一个女人最重要的品质应该是瑰丽而优雅，然而，让一个女人变得瑰丽而优雅的修炼才是最为重要的。当我们说瑰丽的时候往往会看见一片盛放的玫瑰花和太阳下的向日葵，它们都是浑身瑰丽的象征或景物，而你一定会知道玫瑰和向日葵在绽放之前有过多少隐忍，那是一朵朵花骨朵的等待内敛，那是它们面朝风雨的隐忍时光。当我们说优雅的时候往往会看见美丽的孔雀开屏或者看见云端上的天鹅，因为它们都是优雅的精灵。面对它们，你一定知道孔雀在开屏之前要为自己的体身长出多少斑斓的羽毛？天鹅在飞往云端时又要为自己的旅路编织多少与云一样悠远变幻的羽毛？

14、有句话，叫“世界如此险恶，你要内心强大”，你觉得自己是一个内心强大的女人吗？

海男：我不认为自己是内心强大的女人，但我知道做自己一生最为喜欢做的事情，写作就是通向内心熔炼之事——每一次具体的写作，都必须用身体经历一次次出生入死的词语的搏斗，正是它们历练了我的怯懦和眼泪。通过写作，我知道人生就是行走的过程，就像我在云南的地貌中行走，在高山流水的迥异中，我忽儿会下到峡谷深渊，那里是热带河川，我会遇上奇异的植物果实，忽儿我已来到了寒川，这里有纯净的雪地，奔跑的兽群……我的心灵通过与这些丰茂而神秘的世界相遇，获得了享受寂寥的勇气，同时也获得了用其自身的力量，抵达或放弃的全过程。人，最为重要的是要学会与自己的身体和光阴和谐相处——因为世界在变，世界是寂寞的。

15、人与人之间，无论是爱情，还是友情，最好的方式是保持一定的距离，因为伤害，永远是来自最亲密的人，也只有最亲密的人才会带来伤害。你对人际交往是如何看的？

海男：非常喜欢你的观点。这样的距离是我期待的。但在更年轻的时代，并不知道距离有多么美，那时候，是在奔跑中逾越过这些属于友谊和爱情的距离，所以，年轻时所遭遇到的伤害也称之为美学上的近距离冲突。只有光阴虚度到了某个时期，生命才会从视觉和心理上与世界保持着足够多的距离，距离是我们取之不尽的忧伤，也是我们取之不尽的神秘和思念。

16、如果有来生，你会选择什么样的生活方式？

海男：哦，我相信会有来生的，我正在写作中的一部长篇小说就是关于轮回转世的故事。如果有来生，这个星球还依然存在的话，那就意味着依然有语言存在的空间。那时候，我一定还会写作，我深信这是命定的因素。

17、平时有什么爱好吗？逛街？美食？泡咖啡馆？

海男：每天早晨冷水澡，中午快走一小时。也喜欢逛街。喜欢云南各个区域的多种少数民族居住地的美食，因为很多野生植物都可以品尝，也喜欢喝他们自酿的多种米酒。

5

加缪在《局外人》中写道：傍晚如同忧伤的休憩，跟死亡近在咫尺，我体会到这世界跟我如此相像，又是如此亲如手足，因此感到自己过去幸福，现在仍然幸福。为使一切都显得完美，为使我不再如此孤独，我只能希望被处决的那天又见者如潮，并对我发出憎恨的喊叫。

他说，激情总在某个时间升起，其实是害怕那内在的声音，自我被一次次颠覆，好想有一次死亡让我化茧而生，去赢得一次蜕变，像你一样可以从生活中萃取灵魂，在记忆中也能找到出口，你的生命版图如此之大，让我有了一种惶惑。

他说，欣然接受，脆弱的枯黄也会变成一种美丽，这是刚从我的梦境中迸发出来的一句话，想你了。

6

阴天，但没有雨。昨晚又无眠，翻看意大利作家亚历山德罗·巴里科的小说《丝绸》，他是除了卡尔维诺、艾柯之后，我喜欢上的又一名意大利作家。巴里科的语言就像钢笔画和水粉画中的一种，更多时是两种画交替使用。我喜欢这样的画面："在星期天，他去镇上参加大礼弥撒。每年巡视一次缫丝厂，去摸一摸刚刚生产出来的蚕丝。当心里感到寂寞难耐的时候，他就去墓地同海伦说话。其余的时间，他就消磨在惯常的生活琐事之中，无暇去想不愉快的事情。在有风的日子里，他不时走到湖边，逗留几小时，观望水面上荡漾的波纹，他觉得是在观看轻松而又无法解释的戏剧演出，而那，曾是他的生活。"

我期待着去见你，你的领土上有深蓝色的湖水，有令人惊心动魄的波浪。有峡谷有热带异果，有古滇王的传说，有采撷不尽的漫歌。

她说，亲爱的，如果这次我看清楚了，我就什么都不想了。

她，是玫瑰也是兰花，她在建挑花源——当一个男人成为了她一生中最大的幻梦，她一生都将造梦。

穿上最漂亮的衣服，优雅地去接受一切生命中该到来的东西。这是我告诉她的话，希望她快乐。

今年会很忙碌，一切打开的道路通向的都是无极。要见到很多人，很多风景，很多事。要写下很多文字，要失去很多睡眠。要喝很多酒，要从一次次沉醉中醒来。要走过很多路，要换很多车辆。要去见峡谷，也要进入平川。要与很多人握手相遇再告别。

旅途，是与人和自然的缘由相关的活动。她要跟他去，我对她说，亲爱的，你不要有任何负担，生命中充满了许多变数，祝你找到自己的感觉，听从心的召唤。

她说，亲爱的，你是女巫，你是女神。你的思想你的灵魂唤醒了天下男女在黑暗中摸索爱情，感谢你在思想上给予了我无穷的帮助。

我对她说，亲爱的，爱情不是俗世，而是一种审美理想主义的践行。希望你拥抱到了爱情，亦如男人们拥抱到了云空里的天鹅。

7

一旦有杂事，写作就会停下来。今天，写作停了下来，这是一个小小的停顿，多么希望每天都能写，那些文字，那些穿越在我手上的波浪，那些历尽我身体中所有苦役和天堂境遇的文字，它们似乎始终在我生命的所有旅途中等待着我去践行。停顿，虽然短暂，却令人迷惑，很多时候，离开写作，空气中更多是雾水。写作，让我见到了心灵中渴望见到的那么多人或事，聆听到了那么多美妙的音韵，获得了那么多神秘的召唤，亲历了那么多时间的悄无声息的流动。简言之，写作让我感应到了心脏的美妙跳动，如同倾听到了雀燕们迎空飞翔的拍翅声。

今天三八节，是女人们的节日——如同春天的神曲已经在万绿花丛中衍生出的一种生命的喜悦。

他说，作家就是解释世界的人，随意地解释吧！只要心安，只要理得，只要你愿意，我做你忠实的听者，你的节奏就是我的心跳。

他说，你主宰不了世界，但你主宰了自己，你的洞察力让你变得格外高尚，有一种不寻常的美在你身上闪耀，相比之下，我觉得宇宙都开始变得渺小。

他说，人总是太长于记忆，便有了许多的累赘与痛苦，所以人们便在阴间幻造了一条忘川河，想在死后把一切忘掉，这不太晚了吗？何况人间有那么多美好的事物是不应该忘掉的，我们何不造一条忘川河呢？就像黑龙潭的清水塘和浑水塘，泾渭分明一样的，记住该记住的，忘掉该忘掉的。

巴里科在《愤怒的城堡》中写道，命运就是这样：它可以悄悄溜走，不留任何痕迹；也可以在后面出现。有些时刻，漫长一生中的有些时刻，在记忆深处闪烁，照亮了逃离命运的道路，它们孤寂地燃烧，只为了有个解释，随意的解释。

巴里科还说，恐怖和奇迹在这里。如果面前不是无限，那一切都无所谓。

巴里科还说，生活就是这样捉弄你，在你没有领悟到的时候，在你的心里留下一个形象、一种味道和一种声音，让你永远也摆脱不了。那就是幸福。你到后来才发现，但是已经晚了。从那时开始，你已经被放逐了，你已经离开那形象，那味道和声音几万里远了。

喜欢一个作家的理由就是喜欢他所发出的声音，意大利作家巴里科的声音，有充分的理由让我喜欢上那种模糊的忧伤。是的，忧伤——那种述说不清的忧伤才会入骨。

8

所有的一切都有可能插上翅膀的时刻，只要你愿意，在任何一种境遇中都有可能遇上天空，遇上你自己的飞行状态。我们之所以将目光仰向天空，更多意义上是为了找到自己飞行的翅膀，人之意念中的一次飞行可以解决许多问题，只有在你抽身飞起来时，你才可能真正成为你自己，这时候，有些东西可以彻底地放下了，你需要的东西原本是那么少，只要有一双翅膀已经足够飞行于云空。人这一生，要尽可能地插上翅膀往高空飞一次，只有这样你才会让生命越来越简洁，越来越简洁。飞行是生活在地上的人最高的理念和幻梦，但只要你愿意，你要相信自己能飞起来。

书架始终不够用，一直渴望有一套纯粹意义上的工作室。绘画是一定要实现的，除了写作之外，绘制油画的生活始终会在我生命中降临。房屋很重要，但目前的房屋改制，实现自我工作室的计划和梦想可能要搁浅一段时间。所以，只有在原有的小小书屋中再改进再增加书架。

每个人有自己的风格，活出一种风格来，意味着什么？总而言之，我们人类只是这座地球上的小小生灵之一。就个人而言，我们只是时间中的匆匆过客而已，用其短促的一生去体验苍茫的风光和繁花似锦的美妙，同时也经历思想和感情的深邃和疼痛的经验。所以，我们要用其心掌握人世间的那个定律，因为许多宿命都是与定律约定了前世的盟愿，同时也签订了来世的梦想。

前世、今世或来世——譬如春天的花，因繁枝上的盛放摇曳，抖落了满地的落英。倏然间，一夜已过去，春天已过去，春秋已过去。所有的时间都告诉我说，只有面对时间，并勇于在时间中穿行的人，才可能看见自己的前世，今世或来世中的自己。

书，整理书又遇上了约翰·伯格的《我们在此相遇》，还有另一本《约定》，这两本书曾在两三年陪伴我在夜里度过许多读书的时光，这是一位难以抗拒的作家，他在书中写道：总是有很多东西没有名字。在那个像翻过来的小船的房间里，我对自己说，那些上了亮漆墙面的木纹，是某种无名人物的图，我努力把它记在心里，相信有一天会用得到。无名的领域并非无形。我在里面找到自己的路——就像在一团漆黑的但有着坚硬家具和锐利物体的房间里一样。反正，我所知道和我所预感到的大多数东西，都是无名的，或者说，它们的名字都像整本整本我还没读过的书那样长。

9

不想让别人对我产生依恋，是因为我不可能有太多能力与这种依恋相融。时间对我来说，除了沉溺在写作中的太多时间，之后就是负载我与亲人朋友的爱和关爱。更多的依恋如果不是出自我内心的话，我只有选择逃离。人，不可能将所有事都做得完美，人，亦不可能去圆自己的内心并不被召唤诱引的许多梦。抽身而出或者滋长距离会让别人依恋你的情绪逐次减弱。

明天会送书架来，书房会有所变化。凡是与书相关的现状我都会认真而喜悦地去做。

四月是我期待的月份，我能见到你吗？你在哪里？在你的脚下是无数路的分界区域。我这一生注定要与许多路机遇，而你就在路上，因而我深信见你是命中注定的。命中注定的事太多了，但并不一定就与自己有缘——而我与你是有缘的。短促的见面，愉快的言谈——虽然很多事来不及畅谈很多眼眸来不及圆融很多生命的光泽来不及分享，尽管如此，与你的见面是多么美妙。

小师傅在书屋为我装书架，他来自元阳，属于那个县境中到省城的打工族，长得很帅气，低头专注的钉螺丝。一个人到另一个地方无论走得多无法脱离自己的家园，一旦他说出自己的出生地，就会想起那个地域的气候和声音的磁场来。

我们活在各自的磁场深处，它是我的安居之乡。只想安静地面对这一切，面对笔下发生的世界。又到了写作的晨曦，这全面铺开的晨曦，或春光灿烂，或阴雨绵绵——都会使我澄清自己或找到你。

你，当然就是那个种植在我灵域之路上的风貌，以从未有过的力量撼动我，摇晃着我的身体，呼唤着我的细雨和喊叫的那个人。

10

来了一场湿润了舌尖下的苍茫的细雨，它们显得微不足道，但确实已经湿润了我今天的舌尖。

又一次喜欢着米沃什的这首名为《礼物》的诗：

如此幸福的一天。
雾一早就散了，我在花园里干活。

蜂鸟停在忍冬花上
这世上没有一样东西我想占有。
我知道没有一个人值得我羡慕。
任何我曾遭受的不幸，我都已忘记。
想到故我今我同为一人并不使我难为情。
在我身上没有痛苦。
直起腰来。我望见蓝色的大海和帆影。

11

米沃什在《米沃什词典》中写道：“我们一方面沉浸于回忆，另一方面强烈渴望逃出时间，逃到永恒法律之乡，那儿的一切都不会毁灭。柏拉图和他的理念：野兔、狐狸和马匹在大地上到处跑来跑去，而后消失；但是，在天上的某个地方，关于野兔、狐狸和马匹的理念，跟三角定律和阿基米德定律一样，是永恒的存在，不会被混乱的、沾染着死亡气息的经验性证据所颠覆。”

弹指间我已爱你爱得水深火热

无数星群转绕着我的头顶。我似乎仍活在七世纪
那是一个我喜欢的世纪，我既是奴也是歌者
茫茫旷野，村庄亦是我们的古堡
我使用树皮织布，在水边，黑麋鹿梦一样过来饮水
你的剑影像月光般皎洁，而我的等待
同样像白银的熔炼期那样漫长
弹指间，我又沉沦了好几个世纪
当我学会抚摸时，我突然变老了
而爱你的历程才初露锋芒，它们像七世纪的雪
那样无妄，更像七世纪的冰川那样苍茫
弹指间，我已爱你爱得水深火热
沉沦了无数世纪后，当我醒来
哦，当我醒来，我们的村庄是否还是七世纪的古堡
那头忧伤的黑麋鹿是否还在水边饮水
弹指间我已爱你爱得死去活来

黄昏安置着我的情绪，世界有黑夜，是为了制止人再去历险。然而，世界与我的关系即便是被层层黑夜覆盖，亲密的奥妙仍然像音乐弥漫在我身边。人，除去衣食居住，那个称之为心的地方是被灵魂所管辖的，它从不受外界所牵绊，灵魂的辙迹收藏了人心灵的秘密。它告诉我说，灵魂想抵达的地方，终有一天会抵达的。

当某些夜晚过去，世界的容貌依然闪烁着无数征兆和神奇，它们摆脱俗世之痛，以清新的空气感召着我们的心灵。

生活与忧虑的艺术在于转换，葵花朝向了太阳，是一种阳光的转换，海洋将潮汐涌向陆地，是一种惊涛滚滚的转换……以此类推，每事每物都有拥抱和缠绵，它们追问生命，而生命便教会它转换的艺术，我们在转换中离凡俗的大地更加亲近。我们离不开繁琐，只有在繁琐中才能简洁，物与物，心与心永远沉浸在它们相互的教义、信念和关爱融洽中，这就是我们的俗世，也是生活与忧虑的艺术，早上好，亲密的冬天。

上午有一种冲动想画画，但终因天气阴郁放弃了，我还是喜欢那种自由的光线，后来又写作。绘画与写作实际上很相似，首先没有迷恋它们的人无法进入，其次是它们的延续性，倘若只有开始，而没有延续是无法完成的。所谓迷恋是一种日复一日的生活方式，对于沉溺者来说，试图中断是不可能的。又到了接近正午的时间，我把自己交给刹那间的发呆，正是这一刻，无数悄然而至的流水触抚过我的面颊，那些曾经致命的往事在忘却中像淡雅的书笺，而正是我生命中来临的人或事仿佛是一次即将面对的写作。

刚获知《速度与激情》主演保罗·沃克车祸去世，年仅40岁，不久前看过他主演的这部电影，生死就像速度，眼前拂过电影中的画面，英俊的保罗·沃克勇敢地奔向速度，死于二十一世纪的速度。

早安！平静的星期天，从书房开始的休息，发呆，词语，读书、迷津的景致，属于个人但从未离开缓缓移动的时间。时间之魔下是晶亮的细沙滚动，它们朝着陆地的村庄盆地滚动，朝着城市越来越高的玻璃大厦滚动，我们就在这流沙中生存着，但流沙之外是浩大的天空。

世上有这样的景致吗？美从来都是在似有非有中，以否定和幻念的力量存在的，玫瑰色的云层有闪电，照亮了我。

夜晚，停顿的思绪，多么渴望在茫茫海洋深处随风飘荡，任随波澜载我前行。

祷文后天就亮，世界如此干净，信仰又从梦境飞渡到现实。在梦书和现实接壤地，也是黑夜谢幕的时候，月亮是照亮梦书的灯光，太阳是铺展现实的长廊。在梦书里，人在黑暗中游弋，在一片银光中秘密地飞翔。在白昼的光热下，我们用四肢的变化无穷，同样在秘密地飞翔。银亮的飞翔在天上，白昼的飞翔落在地上，生命就是围绕着天上地下的一次次秘密的飞行。

而忧伤，是黑色的，也是白色的，更主要的是红色的，因为只有红色才能变成灰。

滋味，这个夜晚注定要用迷雾般存在的心灵去承担点点滴滴的滋味，而我血管里的血为什么仍然是殷红的?

早早的揭开雾幔，蓝天真相大白，万里无云，亲爱的祖国好。

忧伤是因为不可名状的语言问题。在我的生命中，语言可以让窗棱结冰，那些坚硬而白茫茫的冰会封住我的视角，使触角遇上更巨大的寒川。虽然这个冬天苍茫又苍茫，我还是要把那些喜欢的书读下去，把那些想写的文字写下去，把那些无限思慕者的灵魂继续思慕下去，把那些梦中之梦继续复述下去。

今天是昆明冷的一天，在这样的日子翻拂《忧郁的解剖》，光线暗下去，只有在灯光下才能阅读。罗伯特·伯顿，1577—1640，很显然远离我的时代，他一生从未远游，终身在图书馆，却解剖了世界的忧郁。我认为，忧郁不是一种病，相反，失去忧郁才是一种病，忧郁让我们更深地了解世界的变化，更深地与身体的灵魂亲近。

阴郁的天气，适度的感伤，写作者最好的调味剂。

因为爱你，我写作，女人写作是为自己或他人寻找依据，多少年过去了，我的寻找渺茫，也许这就是写作的意义。

今天将以我晨起心情去感知阳光密度、呼吸滋味、语词隐喻、色学渊薮、思慕远邈、神祇天语。早上好，亲爱的灵域线路，尽管你密障万千，我还是要随你远行。

世事以晨曦开卷，永远付出的代价是值得的。你会知道，因为时光流逝，我们也在流逝，我们所开始的一天，是以微光开始的。我爱慕智者，是因为我时常看到他们身上散发的磁力。

海惠刚送来的花，好神秘的花。感谢海惠在我脚疗伤的日子里，每天都能让我看见我喜欢的鲜花。只是这几天停止了画画，12月底准备在我住的附近租一套个人工作室，当画画与写作同样是我的生活方式时，内心充满了向往。天气阴郁，内心就像这些花束样蜷曲，生活以自己热爱的那部分为主要蜷曲色系，以自己的言行为魂结构，以自己与外在的物景气候为辅，构成了我们的个人历史。感恩生命，感恩我生命中那些犹如花朵般蜷缩的神秘的感情，感恩生命中给我支持鼓励的亲人朋友们。

醒来，读经，生活，写作，一切都按照我生命中应有的向往的图像去涂鸦，因为学绘画，它教会了我涂鸦的慢或快的艺术。因为写作，它给予了我记录、虚构或想象的生活方式……所有一切都需要延续和实践。

我将再一次地穿过这一层层的帷幕，告诉自己温度正好，光线很明亮，你仰慕的世界和人依旧穿着干净的衣服，带着祥和的目光与你的目光相遇。

今天见到的一枝粉红色樱花，午后的一枝拂过嘴唇面颊的花，相比那些宏大的事物来，我此刻更爱怜这花上孤立的美。它的艳丽并不奢靡，却可以惊动我此在的心。

我喜欢这样的景致，用直抵迷雾的肉身去获得我的灵魂。今夜，心情如此漂泊，我们的人生确实只需要一只箱子，从左手换到右手，朝着更激动人心的迷雾走去。

早安，从心底升起的葱茏，只有它们陪同我抵御那些阴郁的面影，不可名状的忧伤。窗外好天气，一天开始了，为了心灵中那些像小鸟样扑腾的声音，我们开始吧！

这些曾经湮灭我行踪的风景，终有一天将从我诗歌手册中像岩浆一样喷薄而出。

脚伤已经二十四天了。《心经》中说：揭谛揭谛，波罗揭谛……意思就是说渡过去吧！渡过去吧！我每天在渡，每念就是一渡，每思也是一渡。看着月光是一渡，看着白昼的阳光也是一渡，每分每秒是一渡，每一阵心跳是一渡，得到或失去是一渡，每个词是一渡，一首歌是一渡，喜悦是一渡，悲伤也是一渡，紫色是一渡，红色也是一渡……

周一，万事尽周转，我们也尽随云层周转，这是一个不变的真理。在这个泡沫化的时代有多少人丢掉了魂魄，只有灵魂依附于时间进程者，才能与天地共谋理想生活。我的魂再一次醒来了，今天我的魂将荡开一片云翳。

转眼又是中午，我的时光流淌，深紫色不是一朵花，而是我倾身看到的幽谷。很多人音讯消失又回来，宛如箫音中重又飞过的鹤，窗外灰蓝的天气变幻着多少人的命运旅途。

读几页书，让心沉下去，去到我喜悦的青黛色世途，逢我梦中人。

黎明，我的心云图像中有你，它使我继续变化，回到原初，寻找到我们举眸确认的方向。而在远方，田野正迎来它们立冬后的冬眠和苏醒，溪水环绕着冬麦蚕豆就像环绕着自己的冥床，而我们无论远离还是聚守，就像鸟儿们翅膀与羽毛，鼻翼与呼吸的亲密关系。

这一刻降临的新，正是我们在昨夜黑暗中期待的明天。早安，远方的君子，近处的闺蜜！此刻的我，同你们一样，只争朝夕，只为了与你们在漫长而未知的旅途中相遇。

海惠装点在我书桌上的秋菊玫瑰，每一朵都在吐露着各自的芬芳。又过去了一天，这一天在读书中度过。平静，无风无浪。远航的时日未降临，我亦趁着光影飞渡内心潜伏已久的虚舟。

在这世界的暗夜，不知有多少人在赴约、失踪、隐遁，外面虽然喧嚣，此刻，我的眼前只有一片星际，它引领我飞翅、化蝶，去拥抱我的至爱。

坐在阳台，让受伤的脚晒太阳，温度会让它尽早痊愈。只希望我能自由地出入我想出入的领地。离那个自由的时间已经越来越近了，感恩时间给予我过渡，感恩朋友们给予我鼓励，感恩亲人给予我关怀，感恩梦想给予我幻念。

午后，一切期待或赴约的都是载满我们命运的航线，因此，我等待着。

夜色无尽头，无论是在房间还是在风浪里，我们一直在漂泊。时针指向哪里，我们就在哪里。这一夜，将更加飘渺。

重又醒来了，新的一天意味着从凡俗光景里重又开始的，将是为心灵而寻找生机蓬勃的一天。天气会继续蓝下去，只要我们心藏明珠，所有的阴晦日子都会继而转亮。

安下心来，像种子安于泥土，月亮安于黑暗，这一刻手指最喜欢的还是拂开书页，安于这沉沉夜下的只是一日复一日的习性。

今天应该有晴朗的天空，广阔的地平线。窗外天空确实已经开始转晴，六点二十分在窗口观云层，是一件习惯性的生活方式。谨以这束玫瑰，献给我自己，献给玫瑰色的所有心灵世境。

我想念那些把我变成羽毛的伟大而神秘的天空。

我想念那些把我变成流水的柔软而坚韧的峡谷。

花如心瓣，丝丝缕缕沿心脉翻山越岭去触夜空中的闪电和皎月。

中午，很凉的脚手，时间未到，我不能奔跑，虽然爱你，我仍然是我，呆在原地。我屏息，就能渡过这忘川，我睁眼，已是春天。

早晨突如其来，天与地的距离只是为了保持明与暗的纯澈度，我们有距离，是为了在咫尺间以一生的时间获得深渊般的尺度、岩壁上的伟岸、赤峰上的攀越、露珠在阳光下的圆融。距离，这道可以打开关上的窗户，每日让我拥有自由的精神思慕你，让我用犹如四季般再生再灭春去春来的意念感知你。

思绪的迷茫与游离与这个冗长的秋雨必须结为一体，静如止水的磨砺，可以让命运像古铜般冷却。

所谓空中楼阁，就是美——美到人无力攀越触碰的那根弦。

晚安，这垂向时间光明和黑暗的最终格调！

这空中眩晕，只是为了让你深信，我存在着，于尘埃中向上，也许是一种迷雾，但也会钻进你怀抱，成为笔记本，一页一页地拂过后，是漫长的惊悚和忘却。

每天这一刻，有一种隐隐的激动和忧伤，这种情绪比如我掀开窗帘一角，看见了晨光初晓与我的关系。世界是多么慷慨和公正啊，每一刻光线的明与暗都伸入到每个角落每一双眼和手的看见和抚摸中。

黑色的星期五过去了，这一天曼德拉的去世让我从凌晨到此刻的神思恍惚，为一个杰出的人悲伤是值得的。这个世界什么都会过去，什么东西都可以忘却得那样快，无数国人都在修同一主题：放下舍弃等等。无数人都想进入避风港，曼德拉的离去让我们沉思，如果每件事都放下，缺乏担当和勇气，那么世界只可能悬挂着繁花而无灵魂。人之所以有灵魂就是用来与身体承担磨难的，而一个失去磨难的民族史是没有记忆的。

我们舒朗的一天就像开始于菩提的骨蕾，它为之绽放的理由只是为了一个喜悦的生，只是为了一个明亮的幅度。失眠的沉睡的人都会醒来，因为白昼是明亮的。每一轮光线都会伴随我们繁琐的人生去寻找一种简洁的尺度。但每一种简洁，都需要人去渡过。明亮和公正的光给予了每个人都是公正的，神的照耀也是公正的，我们的因果延续了我们的每一天，每一存在，舒朗的一天开始了，只有当脚落在大地上时，你的心跳才会充满力量。

陷入城中窄壁，翘首远天之蓝，胸中空有诗书，又寄寓何方辙迹。燕回首，人辗转，窗外风呼啸，远方云图变幻，只待明朝，我顿悟了山水，山水渡过了我，岸壁立，群峰之上，春暖花开。

外面的世界离我已经在咫尺外，我平静地注视着这些郊外的苇草，不远处有人藏在里面正在安心地垂钓。今天因为东欧文学想起了小说家昆德拉，诗人米沃什，还想起了钢琴诗人肖邦……眼见枯色的苇草在蓝天下荡漾，眼见苇草下的水不再是百年前的清澈，灵魂中仿佛穿梭着一种悲凉。

天空如此纯蓝，我们只不过是这世界的旋转。但昆明的冬天实在太温暖了，每每想到过不了多长时间，我受伤的脚就会来到这些阳光下去到我想去的地方……心灵中的诗歌就会冉冉升起。太爱你了，这蓝天空，以及飘到我身体上的这一层层阳光。

妖精王医生与海惠刚离开，这是她们馈赠的百合、野菊。平静的星期天将结束。一些文字隐现出的人生是静寂的。我喜欢这样的静寂，宛如血液的流速之上覆盖着一些无名的细花瓣……

夜中风铃，穿过我耳畔，弄皱了千池水，万碧波，即使世界千万遍地改变初始，我仍回到源头，与你相遇。

早上好，人类的心魔应该回到我们古老的原初，回到碧水玉波，耳垂风铃的历程。安静的心，请回到源头，那里百花明丽，众鸟歌唱。

黑夜褪色，帮助我们修炼蓝天星宇下通灵的脚印，任何脚印都是我们走出来的。昨夜有微星雨，天神让星斗捎给尘世的问候。每件突如其来，来历不明的事件，都是神秘宇宙中绽开的经脉。我们亦如此，在世间浮尘中会遇上我们命运中的人事，这些关系则是我们身心熔炼不息的因果。早上好，深情的天地，温柔的絮语。

如果我的灵魂转而飞逝，遇到的杀手是谁？致力于我的心，也就是致力于一幕一幕的练习，就像蜂箱一旦打开，成千上万的蜜蜂致力于采撷芳菲路径。而此刻，我倦于去游走，我倦于在荆棘中显露自己，也倦于赴约，倦于彻夜酒吧长谈。而此刻，我坐在这一隅，沙器在风中如同水沸腾，亦同时离开了秋树。

南无观自在菩萨……一切如梦如闪电……

我热爱这个早晨给予我生命暗示的，对于生命周转不息的所有奇境和因果。我热爱这个冬天我必须感知的所有力法，并愿意倾听到并顺应天意的召唤。在每一天每一刻与我的灵魂厮守，从而有更多的爱去拥抱我挚爱者的灵魂。

冬至，午后天空云朵追逐着云朵，观测天空的历史和演变的无常和神秘，就可以感知到一部巨大的横空变幻史。而在这天空下，人心既是一张白纸，也是沟壑江流，梅花桃李，翠竹玫瑰的标本。

安于眼神，是为了明天遇上更重要的决定。我喜欢这星空，它使我变得完整。人生的消遣是自己寻找的，也是心灵需要的那些主题。我能感觉到四周有银亮的翅翼，这是夜晚让我获得的另一些快感。我感觉到有一种无限的静澈，仿佛面对的是一道波光筑起的壁垒。

又回到这安静的下午，继续上午未完成的写作。云图已改变了上午的阴郁。写作一点点地耗空那些游荡的垂影，是为了让垂影倒映在水流的波纹中。这些无尽的光阴，像是我前世未了情，不间断地缠绕着我的触须。写作者通向的每一点阴暗和明亮，就像爱情中的一场磨难，它必须用时间熔炼你全部的等待守望。

夜晚，想起曾经走过的这条小路……夜晚，我们有强大的精神体系回到自我中心，这浓烈的黑，足可以让我在许多世界的虚实中消失，而当我回来，已是黎明即至。人的迷失只有在诗歌般的艺术背景中才可以寻找到隐喻。这是唯一的答案，人只有在精神旅途中遇到闪耀的灵魂显影，才会情不自禁的迷失。

幽蓝的色光，我此刻的光芒，它拒绝一切，隐蔽在这天地的角隅，静静的垂下眼神。准备着在午夜以后看星空弥漫的流星。

又将是暗空万里的一天。千万里处有江河巨流、群山无数，近处有无限的呼吸，花蕊的竞放，每一天都是以自我为主题开始的生活，只有带着这个主题，才可以融入社会整体。所以，每个人一天的主题格调无疑是一天中最终呈现的色彩和风景，你的言行决定了你一天的轶事录。今天我祈望我的心灵静好，同样也相逢于心灵静好的万灵。

钢笔画《云南热带雨林的尺度》。从昨天到现在雨未断过，我的心似乎一直在那些海拔变幻的密林中行走，也许在这条路上，我可以遇见琴手、药司、仙精和古刹。

我囿于这不是领地的房间，听不到潮水奔涌，人与鬼擦肩而过。我的一天是一杯水。它可以静止生命飞渡。很久了，那些春花秋月的的故事离我已经遥远，我的一天是看一朵花从瓶上凋零。我的角隅或窄长，都是我生命中凝悬的此在。这些窗外雨，街道上过往的车辆告诉我说，世界依旧以喧嚣与寂寞平天下事，说万种纷扰。

昨天到现在，雨未停，这是秋雨，每个时代的秋雨都被人们赋予了形而上的意境。雨未停，它们要力图制造秋风扫落叶的序幕，雨对于这几年的云南人来说，怎么都不肆虐，因为那些水库、良田、沟渠都等待着雨。雨就像酒一样需要蓄存酿制，方造就人心灵永不枯竭，使沃土不枯裂，使江河水畅流。

早上好，玫瑰色的地平线，因为有了你，时光向前延伸，继续延伸。梦和现实继续延伸，品性和蔚蓝继续延伸，跃起的众树在秋雨中继续延伸，寂寥的时速和颤栗的转折继续延伸，命运的转折继续延伸。

我一直在爱，爱是我的能力和权利，我一直爱着那些像桃花妖精一样的美丽女人，她们是我亲密的花朵，陪伴我，给予我绣花布，诡谲和同类的护佑。同样，我也深爱着那些像冰山、烈火和乐器的男人，他们是我呼吸中的遥远风景，是折磨我的时光，也是绵密的屏障，是弹雨，是我生命中的呼啸，是长河落日尽头后的长相忆。

热爱黄昏上升后的夜色，甚至也爱我脚上受伤的绷带。心，早已磨砺得坚硬，柔顺。我就是我，没有戒律可以说服我，我有我自己的信仰，那就是爱。七点半钟天就黑下去了，许多人在玩穿越。我信奉刹那间所爱上的流水，我所逃逸的飞行，我不害怕皱纹年衰，我害怕的是对色没有空想的色念，对行没有飞的翅膀，对味失去迷失的能力。我知道除了写作我什么都不会，所以我心系词语，哪怕困死、渴死、乐死我也愿意。每天这个时段，都默默地凝视着窗外天空，不是为了飞，而是为了空冥。

平静序幕揭开，这凡夫俗者的天下，人们奔跑行走顿足，均是为了填满光阴的空隙。阴郁的天气下，笼罩我们的定是每个人的信仰。生活从早晨开始，结缘吧，我们的每句话，每个词每个行为都会影响我们的未来。

一天过去了，活着是一双筷一个碗也是一杯水一首诗。在这寂静的夜色里，疼痛区域逐渐过渡转移，取而代之的是空无。

早晨多以起居推窗观天气望远舒怀为第一，以昨夜梦境的主调和现实风铃，为自己演奏一阵喜悦乐音为第二。之后，便是行为的延伸，这是一天中通往自己或天宇的魔杖，每一变幻将直抵灵域的境遇，方称一天中第三曲。

钢笔画《云南的树在低吟》，平静的下午就涂鸦了这幅钢笔画，这是我记忆中云南的某一棵树，我之所以迷上了画画，与云南的地貌、植物风景色彩有关，这些东西潜伏在我的身体里，总有一天要让它们出来低诉，我没有学过绘画，只能慢慢来。在我时常忧伤的个人情结中，它引领我私密地复述着对于遥远事物的怀念。

从早晨到此刻，在语言中又过去了一段时间。心情是如此的沉静，山高路远，这或许是我人生中的一个真实的处境。什么都会过去的，我开始习惯于与这个处境作搏斗，这同样是一件奇妙的事情，它让我想起普鲁斯特写作《追忆似水年华》的那些寂寞的时光，以及作家对空气、湿度、味道、体温都过敏的生活状态。写作及作家为此所度过的每一寸光阴都是作家在特定时间中的深穴，正是它酿制了蜜，同时酿制了痛苦和寂寞，这些东西都是写作者身体中最重要的东西。

钢笔画《旋转》。风来了旋转，雨来了润物，花开花落，物事长久。这幅钢笔画中有许多败笔，不想修正它，下次我就明白了。

活着，朝向夜晚天空和星宿，上面寒冷清冽。你是否抑制得住爱或恨。活着，朝向大地，麦浪滚滚秋色盈盈，你是否扑向了众鸟之巢，你是否同我一样悲悯后再坚定。我在无数年华飞逝中看见了你们，在逝水外，世界开阔如白银升腾，无数阴晴圆缺成为我们莫名疼痛之秘密。而如今，浮华世界依然向世界出卖着人生最大谎言。你们在哪里落脚在何处避万刃剑，梅花血？而如今，又近中秋，月圆心圆只能是梦中理想，活着，最大的历练不是面对着疼痛爱情与欲望，而是用人生勇气历经出伟大的空。

献给我们自己的奇葩，以及与这个世界伤痕悲情相拥抱的一个正午。无论生活如何进行下去，这些消磨我们光阴的花朵，仍在不倦中致力于祝福与美的崇高使命。看见它们如此绽放，我坚硬的心又变柔软了，这就是花朵进入奇葩的美学历程。

经过这条小镇集市，有红石榴、绣花鞋、芋头、青椒、烟丝、水烟筒，世界零零散散，五花八门，在这里，我感觉到了人们的幸福指数多么高，世界远远没有我们想象的那样绝望。我喜欢风俗的民间，这里有遍地物产，喜悦的面貌。

何谓风景就是我们抬头就能看见的树，叶，水，云和风。在风景画家段玉海的风景里也许没有赤裸裸的贫瘠苦难，但他力图创造和发现的都是自然的初始。它让我们喜悦、静思、慈爱、微笑、相恋，在他风景里没有喊叫、眼泪，但有强劲的内心锦绣。

紫色，这个黄昏的主色调，仿佛窗外而来的礼物。原来紫色是如此瑰丽。啊，瑰丽，它仿佛是神用指头画出的一圈，它太巨大，丰饶，令人窒息。它来历不明，仿佛天外来客，会使我想起阅读《神曲》时的那个多年以前忧郁的春天，永恒的女人引领我们而上，这紫色就是但丁的雅斯贝丽尔，它更像我喜欢的另外一个女诗人萨福。

没有什么是不可能的，花依然开，心依然蜷曲起伏，所谓活着就是每天战胜自己的弱点，与空气、背景、生物、语音、消息和谐相容。

总是这样的夜色，总是这样的人间天上，天上人间。明天一定会正常起来。那些像流沙似的一阵阵的忧伤，既没有抽屉锁定，也没有暗盒收藏，有的只是流沙似的来来往往，永无定数。在夜晚没有黑或白的对比，一切都是深不见底的黑，只有冰是透明的哪怕黑夜无尽，水仍然像眼泪那样干净。喜欢夜，喜欢夜里的流沙，喜欢永逝之幕，只有它可以让我安心。

我厌倦城市的嘈杂声，厌倦我的耳朵听见的各种不悦耳，为此我保持着沉默，这就是我接受世界的方式。我希望我的韧性像流水历练得更柔软，像花瓣向各种神灵向生命敞开，我祈愿……

微雨中的昆明，什么都忧伤，来往的友人，像打开相册将身后的一幕幕故事陈述。雨中的眉梢闪烁暗垂，格调中仿佛有水途经我们的膝头。我推开窗，仿佛又看见了远方柿树下鸡群们的喔喔声穿过低洼的山地，而那只金黄色甜柿栖于碧绿叶枝，即将被人类的嘴品尝。

偶遇这座升起在地平线的山岗，奇异的柿园，秋天最后的柿果挂在雨后的柿树上，还有山坡上的淡绿色烟花，紫红色的牵牛花，倒地的玉米杆，孤单的植茎朝向灰蒙色的天空，还有褐黄色的泥土。这些广袤的色彩曲线将教会我变幻无穷的色彩学，将赐予我内心的道德，起伏的奥妙，夜晚眠床，白昼的变幻。我踩着满地的湿漉漉泥土往前走，这些就是我的偶遇。在这个被现代文明所催枯拉朽的世界，我在这里看不到人心的监狱，看不到举杯的毒药。我需要历练到多少世纪，才可能像这些世上的心灵史那般的丰盈？

云上的高度，天与地的思慕，我们只不过是天与地间的颗粒、叶枝和冥幻所浮生的一段曲调，我们只不过是水上的湾流，尘土上的豌豆，宇宙间的幻生幻灭。我们只不过是一场拥抱，一次救赎，一生的脉息荡漾。在云下，又一次沦为叶或枝，曲与调，因与果。

午后如此的简单，光阴的身前身后都是我的传说
夏天已遥远，秋天书已被蝴蝶的标本覆盖
而冬天的境遇中我正加快速度，才能追随你们的
脚步。此刻我伫立河滩，明晨我将翻越山脉
明晨我穿上了干净的牛仔裙，像梦一样明亮而游离
午后，我永远等待的阳光，从激流中上岸来到我身边
抚慰我，像是带我出发，又像是分解我的秘密
而水在流淌，像经书一样不分昼夜地
为劳顿者、游离者、迷失者打开远方的天窗

午后，阳光穿过房间书页。这个秋冬对于我来说确实是一场最好的考验。转眼间一年就要结束了，这一年我相逢了许多旅途和人文地理山水，相逢了许多影响我一生的美好景观、自然、人物，相逢了许多值得我珍藏的私密幻想。这一年我进一步地在练习隐忍，孤寂的能力，同时也了解爱，并学习悲悯、良善的艺术。这一年，语言仍旧带

着我渺茫的人生探索发现我与世界的亲密关系，这一年的秋冬我迷恋上了绘画。时间确实是魔法，在此魔法下，每一个体都会用颜色调出自己的每一段旅程。

新一天，水在耳根下晶亮流速，去帮助我穿越雾障，语词助我寻找到失去的星月。

天空突然晴开了，没有任何意义地晴开了，习惯性地晴开了。所以习惯对于我们来说很重要，每个生命都有习惯，它是自觉自愿而形成的，尔后就成为了我们生命的现实。阳光越过了昨天的冰雪，照亮了屋顶，星期二好！

所有轰轰烈烈的集体记忆过去后，还是要回到局部，人生短暂就像一场雪来雪融。我大约已经习惯了重复中做一桩事，重复中感受厌倦，之后我就找到了我。那些众手捧住的光炫离我越来越遥远，我的故事就越来越自由。明天依然是重复的，我的生命就是在不间断的重复中，使其自身成为一粒沙，这粒沙也许会变成石头，也许会成为种子，也许会成为磁力……所有这一切全依赖于我能重复多久。

窗外有了积雪，昨天差不多整个云南区境都迎来了铺天盖地的雪花，云南多盆地、峡谷、丘陵，如铺上雪花不知该有多么壮美。感谢这场雪让孩子们戏嬉不尽，让少男少女们知道冷暖拥抱的滋味，让老人们在世间又一次见证云南雪花的记忆，让诗人们诗性饱满穿越了前世或今世的风花雪月轶事……雪花堆积在窗外栏杆、盆景……

寒冷的大雪天小哥哥给我从斗南花园带来的一大箱玫瑰、百合等。所有日子最终都将逝去……无论寒冷忧伤，所有骄傲、欢喜、鲜花、爱情、痛苦……

昆明下了一夜的雨未停。在这个冬天，喜欢雨，在雨天心灵是彻底敛集的，就像爱，将点点滴滴沿着自己的血管秘密地畅流，以不倦的循环献给自己的心灵。

外面下大雨了，听到了雷声。雨确实很大。很久没有听到这样的风雨声了。人的心灵需要这样的风雨笼罩。有些话，有些决定一旦上升，就无法改变。有冷雨的夜晚会想起许多事，会牵挂你想牵挂的人，会更加坚定即使是忧伤也很坚定。

过去的时间和现在的时间都回到这一刻，我静静地守候，譬如我在多年以前阅读艾略特的诗歌《荒原》、《四个四重奏》，啊，那样的美妙年华，虽然屋顶上白雪未融，屋檐下春燕们却用嘴衔来了春光开始筑巢。而如今过去的时间和此在的时间汇合，构成了个人命运史上的时间。阳光又冲过云层在下午四点半钟出现，这些纸上的时间是否会与你在辽阔的某一时辰相遇，人生中有限的生命跨越中停顿的片刻，就像让你回到古代的一座房子里居住了有限的一夜，遇到了前世的许多故人，然而你还是要周转而出，接受这命定磁场中有限的时间。尽管黑夜和白昼都是无限的，人的每一个瞬间却是有限的。是的，我有限的生命是用来与许许多多来历不明的词语相遇的，与词语的关系就像在有限的生命空间里，我找到了汪洋大海中另一个漂浮不定的自己。是的，我有限的生命中有你的存在，我总是想翻越高山峡谷，在有限的时间中探开雾障，确认你到底是谁？过去的时间和现在的时间都是在同一座舞台上历现的时间，而我们将怎么寻找到有限时间中的台词？

慢或快都要过去，远古的脚步声已过去，我们是否可以在一天的某些时刻，坐下来倾听自己的声音，它避开了外在的讨伐，正像地球是浑圆的，我们是否可以重温自己的许多地球记忆，那是属于一个我们与地球的秘密往事，也许是片断似的，却是我们用慢或快的节奏安抚下的一种诗意之怀。我们的地球记忆是从母体坠地开始的。从那一刻开始，随同我们独立的行走，我们出发的地方也正是我们与地球产生多种交往的地方，无论是我们的爱与恨，还是生命的搏斗，痛苦的滋味，都与这个地球系为一体。而如今虽然地球越来越破碎，正像我们的历程越来越苍茫。纵然生命尽头只是一场虚空，而我们在此重温着自己的意念，无疑是进一步地筑铸我们的信念。何谓信念，它是你疲惫和无望时，坚信自己在黑暗中会点燃的一盏灯，它是你在孤独中已经看见的一片繁花……重温自己会让你了解爱，爱是无可名状的触摸，是出自你与这个地球断守维系的给予。爱也是迷离惆怅和疼痛，正是它们捍卫了地球人心灵的磁场。

生活与忧虑的艺术在于转换，葵花朝向了太阳，是一种阳光的转换。海洋将潮汐涌向陆地，是一种惊涛滚滚的转换……以此类推，每事每物都有拥抱和缠绵，它们追问生命，而生命便教会它转换的艺术。我们在转换中离凡俗的大地更加亲近。我们离不开繁琐，只有在繁琐中才能简洁，物与物，心与心永远沉浸在它们相互的教义、信念关爱、融洽中，这就是我们的俗世，也是生活与忧虑的艺术。

窗外是渐渐西撒的阳光，此刻在外面有无以计数的面孔，闪烁着不同的表情，在结束一天的日志前夕，还有无数人奔赴黄昏，为自己他人演奏黄昏的曲调。尽管如此，即将缓缓降临的黄昏是复述者和沉默者相峙的空间，它缓解着一天的倦容，制造着进入黑夜前夕的新的迷离，同时也带来松弛的舒缓，仿佛乐音跳过了激流，来到陆地上隐藏并结束最后一个慢板……

缓慢的时光，我的爱在这黯哑的时光中，静悄悄地飞渡，如古代的信使正翻过一座座驿道，而前方是未知的村落。天渐寒，不知桃李何日在春日绽放?

冬天的灰白色天气如果加上了诗人的诗句，只对于那些在梦境中的人有杀伤力和催眠曲。缓慢的时间背后是疾飞的时间。纳博科夫在《说吧，记忆》中写道："人能做的仅仅是在朦胧和幻想中瞥见前面的真实的东西，正如天生具有在白昼能力超乎寻常地持续活动的大脑的人们，在最深沉的睡眠中，在错综纠缠和毫无理性的噩梦的痛苦以外，能察觉到醒时有秩序的现实。"是的，在我书柜的层次里，有无穷尽的梦，每一本书是一座牢狱同时也是一座天堂……眼观外面的喧嚣，就像今天的天气，阳光变幻着阴郁，阴郁变幻着阳光。而我的思绪走得并不遥远，它就在我小小的空间，宛如溪流环绕，我发现了屋子里有另一些神秘的使者同我在一起，我们一直在玩一个巨大的游戏，倾听到的风声来自沙漠，后来变绿了，池塘里的水倒映着我们的叠影。是的，无数生灵彼此牵挂，只是为了消遣这人世的秘密……

正午，我最喜欢的时刻，如果脚疗伤好以后此刻正是我走路的时间。而此刻，让写作停下来，确实，写作满足了写作者渴望并发现的迷离、游走、冲突、明亮、黑暗中相互隐藏或揭示的生命的神曲。我爱我的时代给予写作者的背景，一个写作者越是被他们所置身的时代遗忘，他们的语词将走得更远。也就是说，应该隔离众人的娱乐运动的背景。写作者最适宜的好光景就是在无意义中找到意义，写作对于作家来说就是一场渴望和无可到达的拥抱。当普鲁斯特写漫长的《追忆似水年华》时，他不时地穿过花园前的斯万家并躲在另一个地方看人们的社交，更多时间是他创造了似水年华中的每一景致和人们的在场和不在场的关系……这就是普鲁斯特的时间，它阴影密布，转而又将是窗外阳光密织……

永远就是睁开眼睛梦就离你而去，永远就是等待你的那一页页纸笺中的未解谜诀，永远就是冬天来了春天已经不远，永远就是一个词语推动了另一个词的命运。永远就是天空会黑下去也会亮起来。永远就是花开花落又花开了，永远就是一列车开出去又回来了。永远就是我永远爱着你。永远就是你就是你我就是我，永远就是月亮逝去了太阳要出来了。

明天依然要为永远寻找证据，钥匙在开着锁，雨永远只会从天空落下来。我永远爱着你是因为我永远走不到你身边。

午后，休息一会，然后继续写作或阅读。脚日渐好转，我能感觉到那些受挫的骨质在慢慢恢复。中午让脚晒晒太阳，补充太阳能，一个人的身体只有与你融洽时，灵魂才会叠折或行走。再坚持一些时间，坚持就是我的明天。

清晨就见菩提开花，修行将开始。写作中遇到的每个词汇都是一次修行的过程。劳动，织物，远行，歌吟，疲惫，疼痛，关怀，思念，布施，节制，忍耐……等等，都体现了修行的个人化生活。修行，即用自己的内心引导自己的行为，以此在命运的航行中，留下自己的痕迹，就像我在云南的无数古道中看到的上千年马蹄印，直到如今仍然让我聆听到了上千年以前一支支神秘队伍经过的旋律。人活着以自己的足迹修行自己的灵息，空中鸟以飞行修行自己的航线……我感觉到菩提花的红，是我今天喜欢沉迷的一种红和色状，我的修行从这束四散的色状中开始……

写完了三十七首十四行诗《我身体中的云图》，一切都是过程。在这阴郁天气的笼罩下，每个词、隐喻、呈现或逃离都是生命中潜游过来的细枝末节，都是我所面对的生活。

窗外有雨，离小雪很近了，哈尔滨早已下过第一场大雪，昆明能降下一场小雨，也会润干燥的大地。今天会有些冷，需要拥抱关怀的朋友们注意保暖。时间如此快的进入冬季，我们也将进入冬季。时间不会为任何事而停留，只有心灵会驻守在某一刻，所以我写作，写作者永远会回到那些流逝时光篇章中去。

阴天是写作者最好的天气，它的空茫更适合写作者去调制忧伤的味道。从某种意义上讲，写作者就像调酒师，竭尽全力地调出某个黄昏、午夜嘴唇所需要的味道。

我不害怕阴郁的天气，但我害怕这些禁不住光阴的流逝，它使我敬畏时间，敬畏伟大的神。

下午四点钟以后的我，莫名的情绪特别适宜乘一张游轮，完全的海上生活。这世界有三种风景永不厌倦，其一，是在海洋中随波澜起伏前行，只有大海在变幻中给予我们许多未知的承诺和保障，使用波涛滚滚变幻你的触角，并用海洋承诺和保障我们的梦想和远航的时间汇合。其二，随同云端下的呼吸寻找方向，云会载你去会见一座座古老的村寨，只有在水牛耕耘的田野上，你才会看见穿过风声的白鹭，你才会知道古老的时间通向村庄的小路，在这小路上你的目光永不会厌倦，因为你永远也不会厌倦人类最原初的传说就像在一座村庄可以复活。第三，是面对黑夜，只有漫漫长夜可以满足你对于孤独、音律、诗歌的渴望。只有黑暗可以让你找到灯盏……这三个不相同的世界，事实上彼此相连，从海洋到陆地就可以寻访到村庄……它们随人类的活动在变幻，却永远是存在之母，永远在我们心底长驻。

几乎是全部打开的花蕊，这个角落，是我唯一观望世界的方式，紫或粉色百合，并非摇曳，因为它在室内就是我的伙伴。从十月九号起在闻一多先生遇难的通往钱局街的坡下跌跤骨折到今天，我的生活始终在室内。海惠每周给我送花，以此延续我书房有瓶中花怒放的习俗。室内生活写作习画，我经历了在疗伤期间的许多厌倦绝望后，面对着这些瓶中花族。

在我一生中走过许多云南的非旅游的边缘地理乡舍，在下雪的火塘边蜷曲，在满山遍野自由的妖娆野花中行走，在被人类文明所遗忘的古村落夜宿，在兀鹫们盘旋的天空下看澜沧江的蓝黑色……面对云南疆域我以为它就是我身体中的全部，无任何版图可以代替它在我身体中的锦绣。而此刻，我的脚失去的自由让我理解了能够行走奔跑，是一件多么美好的人生。室内疗伤生活因写作而减轻了忧伤颓靡，因目光与这些瓶中花相遇而变得心悦。

花，云南花族的繁茂不仅仅在各个层次的海拔、地域展开，而且也在乡村庭院中自然地开放。昆明郊外的斗南花园的鲜花基地通向国内重要城市，同时也通向亚洲的许多国家航线，这瓶内鲜花就来自斗南花园。女人恋花是因为在多数时间里，花显示了我们心灵中的一种现象。花可以拯救我们晦暗的生活，因为每一枝花都是那样干净芬芳。

感谢花神赐予世界的悦目，感谢瓶中鲜花笼罩下我所穿越的这条僵硬的地下通道。

天亮了，花骨朵要张开脉络了。今天要去医院照片，看看骨折的地方是否已经接上骨了。今天是左脚踝骨折的第34天，所有磨难都会随同时间消失，每一次心灵和肉体受挫的过程，同时也会让我们用自身的经验去感知他人和自然的过程。天要亮了，生命就是一次又一次渡的过程。我每晨轻声诵读《心经》、《大悲咒》也能感觉到那些观自在菩萨，行深般若波罗蜜多时，照见五蕴皆空，度一切苦厄，舍利子，色不异空，空不异色，色即是空，空即是色……是的，渡的时间和渡的心灵历程，让我们平静而自然。天亮了，让我们渡吧！繁星已过去，黎明至，从夜到昼这一次周而复始的渡，我们始终在渡。我们在命运的旅程中渡，在鲜花和苍茫中渡，在天上和地下渡，轻盈而沉重地渡，坚韧和懦弱中渡，勇敢地渡，在水中渡，在棉花和岩石上渡，在喜悦中渡。

正像我所预料中的一样，已经接上骨了，谢谢市中医院的陈医生。接上骨了，但足踝中的有些骨空隙还需要生长，所以还需要包中药。感谢好朋友们的牵挂关心，云南的天空仍然蓝，我的好朋友文润生每天在大理洱海边看云，有时甚至饥饿着肚子也要看苍山洱海云，每日微信都要展示洱海云，这个世界是需要精神的。此时此境，我的很多朋友都在践行理想，担当着各种生命中的责任，虽然远隔山水江川，远隔几条街景，想念你们。

布面油画《云端上的天鹅》……画完了屋子里最后一只画框。外面天空蓝得让人窒息，而这只天鹅的飞翔在云端的色彩中驻足。绘画真的好愉快，它一点点让我去练习我自己的涂鸦。

什么都挡不住黎明的到来，认可这一刻时，黎明已初露唇印，将大地从沉睡中唤醒。醒来虽然是常故，却是生命的再次礼赞！醒来后的意念告诉我说，今天又将是温习生活每一景致每一习俗每一寂寥每一敬仰每一隐忍每一诗词的时刻。向生命致意，从来都是践行和担当我们生命来来往往的故事。叙述故事都是从第一缕晨曦开始的。我看见夜晚静合的花心又张开了多种色彩的心脉。夜幕退下，我又出场，与我生命中热情的事物相遇。

夜静如弦，不再发出音律。异常复杂的白昼过去了，剩下夜晚让我阅读并以睡眠来修复身体。最近以来确实很迷恋紫色。过去也很喜欢，但没有溶进去，只是它的观赏者。而近期紫色于我不再置若罔闻，而是身体中的精灵，眼皮下的忧喜。夜晚过去又是黎明，这反复不定的人生，多数是重复的，令人生厌的……庆幸有文字相伴，使我渺茫的生命探起头来，仿佛小溪在空谷穿行。突然间发现了奔向海洋的路，事实上，小溪汇入海洋是命定。关上窗帘，退回到我的夜晚旅途，我们到底相遇在何方？这是我未来长篇《梦中人》的主题……而此刻，我随茫茫夜色在流亡……

海惠刚送来的一束紫色的水莲，此花我从未插过，蓓蕾中的紫色恰好就是我渴望的。喜欢花已经二十多年了，在我写作的地方没有花，内心会显得更荒芜。二十多年来，一直是我献给自己玫瑰、百合、康乃馨，这种生活方式令人愉悦，也很容易满足自己喜欢一座空中花园的幻想。花，尤其是花瓶中的花更显孤寂，很多时候我为它们存在一个空间，它们在我不经意时已经开放，其盛放的美曾经历练过我内心，而当某一夜我醒来，看见它们已经开始凋零时，恰好已是我埋葬某种往事的时序。我与花存在的那种默契，比如你在偶遇中抬头凝聚的一团明亮光泽，或者是你在暗夜中隔着雾霭，感受到的一秒钟一秒钟里袭来的那种奇异的力量……

今天似乎经历了太多的心理路程，即使在室内仍然感觉到荒沙弥漫中有无数的巨石翻滚，我目视着那些铁灰色的前镜头，逐渐地让内心又一次安静下来了。今天又进入了另一幅深紫色的画面，心跳仿佛沉入一口深井，云南很多乡村都还保留着这些古老的井窖，我曾一次次将身体趴在井口往下看，里面是深不可测的静水，再就是峡谷之辽阔和险峻，我曾在云南版图上走过无数的峡谷盆地，正是它们培植了我身体中的抵抗力。尽管如此，在很多时候，我的心离坚韧是那么遥远，当纷至沓来的许多东西以风中传来的碎片掷于眼前，这一刻就像有无数黑郁色的妖魔在跳舞……之后，是悲郁，对于生命的再一次沉思，仿佛眼望着一场风暴过去后的沉寂。就像坐在一片风景深处，目睹了一场狂风肃杀了所有的树叶，脚下是满地的褐黄色落，而空中的每一棵树身都是那样干净，赤裸着弯曲的、笔直的躯身等待着遥远的春天。

纯粹的紫迎向我的脸，而四周虚去。这一时刻，黄昏逐渐开始在西斜的夕照下，准备露面。每一时每一刻都为不同心境的人准备着礼物。世间所有礼物都有分类，有名称，有大小等类，而在此刻，我仍沉溺在一天的紫色中。已经很长时间了，那些喧嚷似乎已经与我隔离，在这沉醉的从紫色到紫色再紫色的日子里，不仅仅是过渡，也是我练习很多心灵小品的阶段。嘘，这是我从众多层层叠峰的荆棘和鲜花中看到的天边云层的变幻，只有它可以告诉我，我们的生命所获得的永恒快乐就在你忧郁的眼眶深处，那些永未得到的，正在被你一次次地在嘘声中触不到的意念里。

早开的书桌上的睡莲……刚读过了经文，每晨如此，必吟诵。之后，心静谧，神气清朗，揭雾霭，必有大好景致入我眼眸。再之后，是蹁跹弄影，是与山河平川共享劳动的喜乐。早安！亲密的关系，手足相连的兄弟姐妹们。

垂下头来，完全地沉下心，听到自己的屏息声声，这过程犹如农夫贴近土地。在幽蓝的澜沧江岸，这样的情景每天都在进行着。而在城市，人们的脚步纷乱，仿佛有忙不完的琐境，追不完的欲壑。每到这刻，就想念无数古道，今年夏天我去过博南古道，汉武帝开拓边疆的那条幽幽漫道就是一部书的前窗后窗，它通向江流或大海，它让空中鸟遇上了万千屏障而殉难，它让杨升庵的流亡史遇上了大江东去浪淘沙，它让徐霞客的游记遇上了伟大的沧江浪……

阳光西移，菊花香仍在弥散。是的，让我们回到儿时的慢，吮吸一根棒棒糖的慢，将一双袜子穿过了几年还没有丢的慢……让我们回到成长的慢，写一封信贴一张邮票的慢，绕很多路去邮电所打一次电话的慢。是的，让我们学会慢，用剪刀时慢一些剪去枝叶、绳子，让我们的舌头慢一些品味一只苹果、石榴，让我们拥抱时学会慢些用力，吃饭时慢一些地咀嚼。让我们学会慢……让我们慢一些地思念拥抱，再慢一些地吻别。让我们慢一些地体验艰涩和醇香，再慢一些地挣扎搏斗。让我们慢一些地觉悟，让我们慢一些地去天涯海角，让我们慢一些地转身再慢一些地华丽。

爱，是必须的，一直以来，我们的爱从来不是虚拟的。如果住在城市里，我们的爱是从冰冷的钢筋水泥上倒映出来的，在前呼后拥的街景中，寻找到的个体和群体间的抗争与搏斗的关系，更深的是在蜗居中也能探测的光明。我们的城确实伤痕斑斑，就像我们所经历过的某段往事，里面充斥着铅灰、墨迹、水印、手指、梅血……然而这就是我们人类的城堡。

如果我们住在乡村，那是另一种命运，我们可能会守护土地，这是传统的习俗，尽管年轻人也远走出乡，但总有一些人要留下来。守望与等待从来都是历史上最漫长的信仰。尽管如此，我们仍然爱着那些泥土上的小精灵的变幻曲，它可能会让我们贫穷，同时也会让我们富有。

我们爱，这个世界上每天林立不尽的那些创造与寂寞，我们也爱那些被忘却的往事。我们爱这世界的无数勇士，尽管这个世界造英雄需要战乱的背景，然而，我更爱在玫瑰色和沙漠化两种背景中出世的英雄，他们勇于担当，并以灵与肉奔赴没有战争的沙漠中，寻找着人类的甘霖。

更多的物已有残败的现象，宛如城市伤创的一个疤迹。即使呆在屋子里，我仍然跟随这个时代在前行。今天练习了一幅画，写了一些文字，但灵魂并没有在此完全安顿下来。我们所有的历史在时刻警告我们说地动是因为人在动，天旋是因为风在旋。也就是说人在地面上走，它必然惊动神宇，天旋地动是我们历史中的一副副众生态，但更多的众生像是在宁静中变幻着命运的明天，这个世纪的走向混乱而孤单，每个个体都在惘然中失去自我，这将使全球更加破碎化。此刻，在这个星期五晚上，阅读像是轻柔的云，将我笼罩其中，这渺小的肉体依然与我和谐相处。是的，除了文字，我们的避难所又在何乡？我并不认为这是一个异常悲哀的事实，而是一个值得欣慰的处境，就像你突然拥抱住了一个梦中人。

消磨在语词中的时间好快，转眼又是中午。今天喜欢的色彩是紫色，玫色。每种色彩都暗喻着一个人心气的走廊和语词的走向。甚至一个人对某种色彩的长久迷恋会蜕变我们的命运。写作的适度展现的也是语词的生长状态，一个人一旦成为写作者不是因为崇高与渺小，而是因为宿命。当你此生此境被词语弥漫时，你所陷入的将是一场持久的战争。没有任何人可以教会并训练作家如何写作，当你开始写作时，只是在倾听自己，另一个自己……所有文学艺术门户都是如此。如果无法倾听自己的灵魂，也无法倾听万物的声音，那么最好的选择就是放弃走进这门户的可能。写作就是独立地在你的战壕、荒漠、丛林、深渊，面对时间的妖魔鬼怪和伟大的神，只有它们会帮助你完成一次又一次战役。

孤单是写作者的职业生活，因为写作不是一座喧嚣的舞台，写作者也不是在幕后导演，而是独自一个人去经历在沙漠上寻找甘露和绿洲的故事。作家自始至终，都是独立的夜行者，在作家写作时，只需要一间房子，它就可以通向海洋波浪，通向宇宙的惊心，通向近邻远方的呼啸和黎明。

时光涂鸦着我，我在时间中涂鸦着，以此消磨了许多莫名的感伤。此时，昆明的天空蓝得令人眩晕。时间让我们的生命充满了无穷无尽的谜底，时间穿过了我们的身体，穿过了楼梯、走廊、穿过了纸片、土豆、西红柿，穿过了朝暮的光线。尽管如此，时间也同时验证，我们今日的生，将来的亡……简言之，时间是罪恶和良善的分水岭，时间是挥霍掉的光阴，时间是错过的拥抱，时间是唇膏，是失语，时间是我等待过又流传而去的风谣，时间是忘却，时间是我此刻的彷徨，时间是我永远等待的玫瑰花……

一切穿梭的、停顿的、握住的、松开的、悲伤的、喜悦的、所投身的并非是索取真理，而是不知不觉地陷入生命过程中的一个时刻。写作陷入的这个漫长过程，只要心在跳动，就没有结束的时刻。

关于爱情，我曾说过，在很久以前说过，谈论爱情是可耻的。除非我们在炼狱的时间中突然破壳而出，像水一样从清冽的源头跃出，去勇敢地奔赴海洋。

这个冬天，对于我来说，是困倦，是围栏中的自我囚禁，是哀歌的缠绵，是与心慕的人和风景隔离的时光。尽管如此，这个冬天，对于我来说，也是镶嵌藏匿……

一天的风景又落下帷幕，我们每个人都有自己的风景。创世界以时速的变幻不断改变着我们的去向。这一刻，大自然的风景，无论是用炼狱造就的，还是用天堂历练的，都安静如婴儿的睡眠。确实，这个世界有鲜红、黑色、也有绿色或紫色、蓝色……世界的辽阔给予了我们不同的选择、发现。人面对风景，那层层叠加的涡流、幼芽、碧水芳草……必将与心灵接壤。这一夜过去，我深信每个人都有曾经回到自己身体中的风景的追忆，无论它是黑红蓝，还是云絮、泥土，它都是我们身边或远方的摇曳和雷电，也是春风和惊悚。美，最美的艺术和诗歌的境界，从本质上讲是无意义的。它从不改变任何东西，所以，我看到的美风景，已经是我灵魂中的一部分。它存在着，如同水浮来，血在底部流淌。

下午收到了莫言师兄为我将要出版的新诗集《忧伤的黑麋鹿》题写的书题，此墨宝我十分喜欢，谢谢师兄！

睁开眼，世界由静止到运动，比如从静水到流速。我们始终是这个世界的一部分。早早醒来，在黑暗中专注听雨，仿佛将耳畔倾向雨幕，那是一些十分悦耳的音律。生命中有许多微不足道的东西，构成了我们情感的元素。今天又该是一个阴雨天，对于云南的每一个天气循环，我都异常喜欢，相信那些野外沃土上的庄稼定会与天气融洽。存在就是合理的，就像我们的命运，一生中该遇上的人，该失去的东西，该受挫的肉体和心灵，该接受的喜悦和神性，都是我们生命中的存在。这个秋天到冬天，注定我要彻底地栖身于我的心灵，但从我前额上升的那束光告诉我说，今天和明天的接壤，会演变我们所向往的现实。所谓乌托邦并非是虚幻，而是我们日夜秉烛追求的理想生活。

简约的一天过去了，喜欢黄昏折射出的这份宁静。书桌上有剪刀、笔记本、打开的书。书房还成为了简易的画室，这个消磨我魂灵的空间，虽然窄小，却是我最喜欢呆的地方。城市的喧闹离我是那么遥远，我沉淫于这个世界，它装下了我身体中全部的体温、血管的殷红色小径。啊，是的，还有我卷曲待飞的羽毛，只要呆在这小屋里，我才意识到，我所需要的东西是那么少。

中午，小憩。天上人间，我不奔不跑，因为你，我会舍下烦忧，会下这白茫茫的逝水。适度的感伤，宛如古老的信笺经由手的翻拂，触到了远方的鹤翼。

又是窗外雨，以它密织的声音告诉我说，秋天将逝，等待我们的是像忧伤一样，可以在冰凌中穿越过的小雪、大雪。等待我们的是每个人身体中的一团火，它将以血脉遍布肢体的力量，让每一天的意念挺立。

夜晚，我们栖居，只是为了在重复中温习昨天的动作、姿态，然而，明天却不一样。秋天的风啸大了，冷度的威力袭向前额，更重要的是我依然爱你，爱着你们。明天的明天，我依然是你牧场上的牧羊人，我依然有劳动的权力，爱情的忧伤，幻想的浮生。明天的明天，我依然离开回来，我依然有化妆品、银色的手镯、皓色的窗帘。明天的明天，我依然地疗伤，练习着怎样巧妙地在幽暗的时间里，寻找到我自由的独行，像从前的我一样，自由得像音节，可以出入于荒野，出入于灵魂所有的赴约。只是为了明天的明天，我醒来，我走出去，感受到全世界的灿烂。

生活就是从自己的身体中筑起明亮和黑暗的堡垒，在里面虚拟的那个世界是我们的灵魂，现实的那个世界是我们的肉体。两者之间是否可以亲密无忧，取决于我们有多少推开远望的窗户？有多少可以将水晶沉入泥沙的勇气？有多少可以从黑暗无常中改变玄机的武器，除此外，还取决于我们对生活的悲悯和感恩。

所有的祈音就像山岗上的皎月映现出梦的又一个尺度抵达的远方。所谓远方不是茫茫无涯，而是我们的唇齿相依，是我们的血肉缠绵，是月与昼的拥抱，是今天我们的魂牵梦绕。

太累了，必须休息。明天依然早起，推窗观云阅读，使用我的母语，校正生活的位置。明天依然是另一天，另一朵云，另一束云滚动。明天依然是简单的生活，就像看母亲织毛衣，每一线每一丝物，世界有形必变，为自己坚守者将获得神的拥抱。

天空已出现了晴好的预兆，终于看见云层变幻了。多少天的绵绵秋雨终于止住，阳光就像是我们的兄弟姐妹。早上好，一切未知和已知的会通向我们的命运，感恩万灵的存在和心灵的游历，感恩我们在人生的幻境和搏击中机遇相知相守的此在和未来。

窗外，秋雨正缠绵。没有什么可以禁止人让手融抚事物的浓度和冷却。简言之，所谓人生的个人史，就是反反复复地历练自已心灵的指向，以此达到热烈和冷却的过程。平静的雨幕下，我们醒来了，起床了，如同鸟巢里的翻身、嬉戏、拍翅。人，则从早晨开始完成一个未被诠释的梦，这就是我们生命继续延长的痛或快感。

雨，没有谢幕，仍在淅沥着。早早地醒来听雨声，如果是在那些寂寥的村寨里，听雨声恍若隔世地周转不息。如果是在那一座远山古刹里，倾听万树婆娑而来的雨声，内心定已经随经文随山河凝练出了闪电。如果是在从前。啊，从前听雨声是那样自由，可以随雨幕抵达一个想投身的江湖。而此刻倾听雨声，内心苍茫，雨幕无涯，灵魂只是一种纸上野兽，奔跑于弹指间，又回到我体内。早安，亲爱的灵魂!

完成了布面油画《火烈鸟的幸福飞翔》。一个人迎向秋雨遇上一只鸟飞翔的遭遇，蜕变成了幸福的飞翔。尽管技艺拙笨，忍不住还是又画了一幅。不好意思，画面的梦想遥远，像这只鸟激情洋溢的飞翔生活。

上午写作，语言入境，感动自己。时间在我身体中织物，远天外看不见云层，花的叶扇面面朝我的呼吸。只想在疗伤期间，隐入这个单纯的世界，就像叶脉紧倚花朵。过得多快的一个上午啊！在写作中转瞬即逝，所有的心潮起伏在语词中都只是时间的暗涌。

窗外有秋风吹拂着露台上的盆景花枝。天渐亮，心开始从黑暗中跃出，已经是10月18号了。日历是最为古老的时间术，只有它可以告诉我们时间最为真实的证据是什么。我感觉到了树叶在每一寸凋零中都是时间的过程。秋天每一阵肃杀也同样是时间的魔法。而我们每个人都心存一个属于自己的魔法……那就是坚韧地守候自己的时间术，以此让时间生水生木生土生金生火，这是宇宙的定律。温暖和满足来源于这定律，欢喜与希望者看见了古朴的定律。早上好！

没有波澜惊心，这是过渡的生活。疗伤意味着在一所房间里要看见世界的话，就必须打开窗户看远云游动，就必须压低声调，就必须推开云里雾里的屏障，就必须面对万能的时间，求助于伟大的时间，解除你身体中的窒息和灰暗。这几天都见不到太阳，但内心的那团微暗光束，照亮了我房间里的动荡。

安排我们在夜色中隐遁的神啊，从无数黑夜的星宿中可以看见是你在感知我们的存在。因为有了你，任何险恶的梦境我都可以走出去。因为有了你，忧伤和喜悦成为了我心灵中最大的庆典。因为有了你，爱是蓝色的，尘土是金色的，时光是可以流逝而拥抱的。因为有了你，嘴唇是玫瑰色的，秘密是紫色的。因为有了你，任何我所遭遇的，变幻莫测的命运中都会有你的启迪。因为有了你，我坚韧而柔软的肩膀上永远有天笛召唤我沉睡而又醒来，只有天与地知道我是多么爱你。

很久以前在闻一多先生遇难的通往钱局的坡头重重摔了一跤，坐了好半天，站起来。脚踝应该没断，但还是痛。这是恍惚的结果。这一生不知要跌多少跤。闻一多先生不知是否看见我跌跤？诗人最容易在秋天受伤，昨天温酒刚受伤，我们要学会让脚步稳一些。

果然是足踝骨折了，很平静地接受这一段现实，它会让我呆在书房中安静写作，学绘画并与拐杖为伴。也许会有一段显得灰暗的日子。但这同样是生活。一生中走过多少云南山貌，曾两次翻越高黎贡山，淌过澜沧江、怒江、金沙江水岸，走过多少云南的陡峭与兀鹫对话，曾被形形色色的海拔引领向上或下到热带盆地。而此刻，最现实的问题就是每天不能洗冷水澡，不能在中午快走一小时了。我感到忧伤，但必须学会使用拐杖，以此减轻足踝的压力。尽管如此，该承担的必承担。刚阅读过玛格丽特·阿特伍德的一段话："阻碍，默默无闻，空虚，失去方向感，暮色，灯灭，而且还经常伴随着一场斗争，一段道路或一次旅行，虽然无法看见前面的路程，但是感觉到前面有路，于是往前走，走着走着终于见到了光明，这就是许多作家描述写作过程中提及到的相同之处。"生活也一样，我在安静中接受这一幕，生命如此脆弱，我们只能遵循自然的规律，接受命运的无常。正像诗人曼德尔施塔姆所吟唱"为了欢愉，请从我的手掌里取走少许阳光和少许蜂蜜。"

中午钢笔画《一只鸟在葵花和秋树栖居》。上午到中午过得非常快。只要你写作，任何漫长的时间都会转瞬即逝。面对生命，我又想起了纳博科夫《说吧，记忆》的音韵："摇篮在深渊上方摇着，而常识告诉我们，我们的生存只不过是两个永恒的黑暗之间瞬息即逝的一线光明。"

早上好！开始于晨晖的时刻，吐露着万物朝向阳光是必须的湿度、温度，这一天到来，意味着生活有始有终，才能开花结果。我们，也许迁移或游离，叙事等待，其过程都是一个叙事过程，开始讲故事吧，亲爱的人们。

所有美学的探索和践行都要遭遇磨难，身体的，行为的触摸就像天籁和爱情遥不可触，深不可测。我尝试着，空气中充斥着白云的距离，风的走向，魂的离合。

自从文艺复兴的绘画发现了背景后，树，人物、风尚兀立而出，我一次次地被我们所置身的背景所撼动，渐渐地我开始重视一个现实，一个人置身的背景，就是他们的生死之谜。你、我、他有着一生或某个时代所断守的背景，比如庙宇，那是一个人的菩提路的神性之地，进去了就会走得更为遥远，比如乡村，你如果一生居住在乡村，你一生中采撷改变的都是土地和粮食的命运，甚至你的口腔中散发的都是麦芽的味道。如果你的背景是沙漠，那么你永远是另一个渴望水的幻想家……背景就是我们的镜面，映出了我们的神性和奴性，照亮了我们一生所寻找的真理。我们的背景是什么呢？这是一个简单而又复杂的真理。有时候我的背景中只有玫瑰，有时候是灰烬，有时候是树影流光，有时候是筷子、台阶、布匹、绣花鞋、彩陶、诡谲……它们就像疼痛一样不确定。因为写作而不确定，而现实却是白昼和长夜，这是一个永远的背景，只有它永不更改。

阳光好强烈。每一天都值得我们回味，感受这个平凡的世界。最好的一点依然存在，脚的疗伤过程不会影响写作、阅读和绘画。

今天刚给足踝换过中药。过去的我在诗歌中喜欢运用足踝这个词，或许它可以让我前行、转身，跑起来。此刻，它让我体会到了缓慢，只有脚慢起来后心才会慢起来。缓慢，是的，我体会着云的缓慢、速度的缓慢、语词的缓慢……

早上好！从美丽女人到女作家到诺贝尔奖的八十二岁的门罗，祝您幸福吉祥，这新的一天，我们每个人的小世界就在生活的细节和存在中延伸出去。推窗是风景，屋内是栖身，远的是空灵，低处是像孔雀开屏的个人生话，祝心境碧蓝，世界辽阔！

多年以后，会想起骨折的遭遇，一副拐杖，一些暗蓝的情绪，无奈的眼神，跑不起来的脚和我两眼中的茫然，对于自由如轻燕的响往。多年以后我已彻底年迈，一头银发随风而飘散，穿过挂满茄子的旷野，不知到有谁还会在天边尽头叫出我的名字？

笑话、轶闻、创口、琐屑、玫瑰、发丝、麦秸、草垛、钢笔、插图……它们中哪一个词汇可以更深地抵达灵魂？谈到灵魂，我们就笑或忧，在米兰·昆德拉的所有作品中都有灵魂的笑、轻或重、忧或虑，它们更像那些艳阳高照下麦芒对于肌肤的刺痛，或者是阴霾笼罩下人在群体中的窘境。昆德拉在《帷幕》中写道："我们后来还是朋友，但再没有真心相互喜爱。对我们初次见面的回忆就像是一把钥匙，让我明白了我们心照不宣的长期误解：将我们分开的是两种美学态度的撞击，忍受不了媚俗的人碰上了忍受不了粗俗的人。"时光朝前走，我们已无法回去，这是最为严重的事实。我们每天在夜里睡下，时钟确定会回到原点，但早已不可能是我们出发的地方。味道、拥抱、厌倦、爱恋、写作、禅心、灵息都一样。过了这一刻，就再也回不到从前。而此刻，哪怕我们朝前走，是去与沙漠赴约，也要走下去。

看到赫本的美，已逝时光的美，让我感到忧伤。有些美不是为了庆典、喧嚣、狂欢，而是为了在落寂中随同时光慢慢感受。在这个下午，风动水动，而我心却停留在这个被忘却的，重新重视的美学中。她的美和永逝让天下男人失去了一个梦，让天下女人再一次惊叹而渺茫。

我的黑白钢笔画系列《像众树那样生长》完成了。天晴了，假期将结束，所有生活将进入正常循环，心灵与生活如何缔造一个美世界，全凭我们个人去周转。尽管日常生活是一个永无尽头的渊源，我们还是要把自己的故事讲下去。好几天的阴霾散去，才感觉到阳光如此美好。

心灵历程中的最终进程，仍然回到稳定中。变或不变都只是一种习惯的坚守。我守着月光，因为月光已容纳我，给予我白银色的幻变。我守着太阳，因为阳光已给予我光泽，温暖炎热雪凉。我守着我自己，是因为我与万物有搀扶、缔结的痕迹。我守着神灵，是因为内心的神给予了我菩提明珠。晚上好！

只有这夜晚可以依倚，像火投向燃烧、灰烬、冷却。亦像果树盛开色香而惊魂世界，之后是挥手谢幕，是隆重的凋亡。我的眼前依然是一堆书、一团暗光、一种取之不尽的寂然，我倚依这黑暗，像细数我与水的潋滟，我倚依并信赖黑暗告诉我的每个词，每句话。黑暗中我坐下，我厌倦喧嚣，也厌倦浮华。我的手像麦秸，也像苔藓，更像通往长夜深处的血管，其血脉凹凸不尽，像一条属于我一生必走的天边路，我倚依光影、水波，倚依着朴素的高山流水。我倚依着枕头、白昼、谎言、怯懦、羞辱、崇高与渺小，我倚依墨水、睡衣的皱褶，我倚依身体中隐隐约约的痛感，我倚依对黎明的期待，我倚依着明亮的围栏，像羊群样奔出厩栏，去寻找牧场。

晨如秋色，斑斓如心，等待我们去追索和践行，谜底在果实深境，答案随云层波涛砾石变幻，而呈于眼神仁善而清澈如水的生命面前。光阴似箭，没有回头，箭在远方，脚下云尘升腾，空气有浊有清，人有踪有迹，亦有无影无形，全凭自己的信仰去呈现、周转。

我喜欢这些人类的甜品，不喜欢任何加工料品的浮华色泽，我们的一生需要的是那样简洁。每当想起我们地球上工业文明的黑色浓烟，内心就会很严重的分裂。我们当中有多少人可以抵御这一幕的污染，包括我们的身心是否可以经受住来自二十一世纪的挖掘机般的，轰轰烈烈的，对于我们身心的蹂躏和摧残？静下心来，面对这些古老的事物，面对这些身体上长疤的原始的果木、月白色、檀香色……静下心来，让我们静心中品味那些被文明所抛弃的那些我们在前世种植的谷物瓜蒂。静下心来，让我们回到从前，回到我们的前世舌尖上所品尝的味道，让我们像前世样吟诵月光流水。让我们像前世一样因为有了芳草碧水而相爱。

出发，去一座僻静的边壤去看最寂寞的民间风景、写生。带上心情出发，带上水和安静出发。

天边云召唤我回去。我一生中见到的美，只可能铭刻、书写、表达、低诉、收藏。只可能赴约、聚散、缅怀。记住我的人忘却我的人都是我生命中的远景、静物和淡雅的水墨画。爱我的人被我所爱上的人都是因果循环。此情此景，是我们用脚绵延出的路，车轮在飞来，时间在疾飞。我们只是在用一杯水验证我们的情怀有多深。远窗外，羊在奔跑，宿命派遣我，感知我，改变我。我依然是我，为了变成水，我可能会一夜成白发，为了变成叶，我会在秋天蜷伏。阳光重又升起在高速公路上，自从人类发明和创造了高速公路，我们离古代的春夏秋冬已经越来越远，我们离心慕的恋人更是水中花，镜中月。当月白色的幻境带我逾越，我的这颗心是否有资格有尊贵有诗韵有热力再去爱你?

路上又完成了一幅钢笔画《栅栏里的葵花》。又见黄昏，山高水远，我凡俗的一生，只是为了与你相遇。这个假期，在路上，只想抬头看风景，那些淡雅或像诗人艾略特《荒原》中的纯云南风景。另外，只想画黑色钢笔画，这些东西产生了我的缠绵、迷恋、沉静。而我是多么爱你们，那些眉梢下的蓝，给我纯净。那些疯狂的植物野草给予我内心的苦难和磨砺的韧性，那些沉入大地的黑夜和晨曦让我重生和爱恋不息。

昨天看到的将出现在我油画布上的风景，大面积的苇草野花占据了原本开阔的湖面。除了忧伤，这些在秋景中荡漾而出的色调，无疑是我最好的色彩学老师和魔法。新一天降临，我的心再次垂向深厚的地平线，云南区域的地貌曾经一次次给予过我诗歌、小说的语境，现在依然如初始，仍保留着令我沉醉的风貌。

无论如何，我的绘画开始了，它是我所尝试追求的一个梦。关于绘画，名垂千古的好画家太多了。从一开始，我就只想复述梦，所以我的这些没有技法没有规则的画，充分暴露了我梦游状态的一个时刻，这些事物在现实中根本不存在，它只游离在我梦乡。这是一个诗人的小小练习曲……

我安详的祖国姿容，有瓜果悬于空中召唤我从梦中醒来，以此面对这场秋事的过渡、丰盈、凋落并将迎接更大的悬浮和妙律。除此外，有路通向脚下，我喜欢这条充满黄尘泥土的小路，两边是巨大的绿荫迷津，我乐于走上这条路，它古典的泥土色容天下，可以引水也可以畅通地气，可以让我继续走。走到你们身边，是为了共同谋事取土种植，是为了天下锦绣扑面而来。每当我驻足面对这些人间平凡奇境，它们像道德一样质朴而遵循了天命的准则。我又遇上这一丛丛替代我们秋天呈现出虚无主义精神的屏蔽，它的红色如此柔软地承载着天空中的一部分秘密，大地上的一部分飘逸。节日好，亲爱的祖国好！

黑暗让人有充分的理由隐逸，古代的人们以隐于山水田园而自娱无穷，而现代人将隐逸何乡何壤？这是一个关于心境的修炼时代，时时刻刻它都在指点江山影响我们的命运。心境更像一片农人的田园，它可以缔结青涩繁茂春秋，也可以是荒芜凋亡者的哀歌。我们无论逃逸多远，哪怕置身于这茫茫沙漠浩瀚原始森林，也必须面对自己的心境，也就是一个人的战争。黑夜可以呈幽蓝、玫瑰色、紫色、澄澈……只因为我们可以赋予笼罩我们的长夜更多的元素。我们有充分的理由即使面对一幢幢金属色的大厦，内心仍然可以像梨花那样白，桃花那样绚丽。即使面对全面败退的某一小时、某一夜，手中仍然拥有古老的种籽，在风中捧住神秘的秘诀。气馁、厌倦，绝望和悲伤袭来时，我们应该倾听到窗外的西风颂，应该直起腰来，像诗人那样饱含着渴望的热泪，像画家那样倾身迎来呼啸的色彩……人生是一场场宴，更多是秋风起，春去春来的风景。黑暗给我们寂寥，给了我们屏蔽，给了我们烛影，同时给了我们星转斗移的好时光。晚上好！

晚安，一个人足可以在雨声淅淅沥沥的午夜，建立起自己的城堡、古刹、村舍。对于世界，我们的存在和索求只是一座古城堡的形影相随的梦书而已，无论翻开哪一页，都可以在故事中出现和隐居。而对于古刹来说，它永远是黑夜旅行者不知不觉中渴望进入的神性之地。而我们又将怎样与亲爱的神机遇？村舍是我们疲惫厌倦后最终抵达的乡野，水中的鸭子，四野中的飞禽走兽们将告诉我们，哪一条路可以抵达朴素的原乡。晚安，我的一盏灯、一场秋夜已过去上半夜，剩下的是下半夜。

我们的时代每天都有怨声，男人女人都在不知不觉成为抱怨的奴隶。我们不可以选择生，但可以选择怎样去修正自己的人生。每个人都可以从头开始。我说的从头开始是认真地为自己的心灵史做一件事情，从细节开始做，就像绣花针从第一针开始绣，每绣一针都很重要。每一针都是一秒一分，一夜一白昼。时光令我们忧伤，因为我们不可能什么都抓住、占有。我们最心悦的永远是灵魂的故事。雨下大了，这个秋天，我意识到有许多陌生的事件等待我去做，许多复杂的美学等待我去尝试、摸索。绘画的那些幽秘色彩让我初陷其中。我又想起了18岁我在永胜写作时的慌乱、热烈，尽管如此，语词已在我身体中旋转。多年以后的今天，我的指尖上不经意地弥漫着油彩，这是我命中的另外一种局面吗？人生，多数时间是与自己对抗，成为自己的敌人和心腹。雨声如此悦耳，我的内心有一种平静的坚定，它确定着我的明天将往何处去？

秋雨，我喜欢的不是它的抒情，而是它作为雨水的节制。夜景是没有月亮的，雨不会再滂沱，这就是秋雨的初次寒瑟。之后，是秋的寂寥，首先将自己彻底地凋亡。我们轮回，像自然那样安详。

静，它细如岩纹。倾听窗外秋雨，无风无韵无弦无月无歌，剩下的是冷却，它是我身体中最顽固的一种东西。

今晚注定要失眠，读奈保尔的《幽暗国度》，看不到星空也没有秋雨，时间在我眉宇下流动，世界是沙漏，也是浩瀚的沙漠。世界也是碧水天蓝，使我们在失去寻找的个人与集体的习俗中，进一步地过渡、肯定和放弃。每个人右手和左手都竭尽全力抓住或放弃，每种信仰都遭遇着茫茫无涯黑夜的拷问，每个人都是自己的捕手。晚安！

每天晚上阅读是必须的，我希望从十一岁培养的读书习惯继续坚持下去。纸质书带来的缓慢阅读比如剥开石榴慢慢品尝的习惯。有一种强烈的画油画的冲动，愿神赐予我力量。生命的习惯是需要培植的，我已感觉到有一种奇异的力给我色泽光影，还有前所未有的芳菲。晚安，剥开的石榴慢慢品尝，移动的黑暗在我体内鸟巢般蜷曲。晚安，秋天的美石榴，粒粒细胞深处显现了我的唇色。秋天是丰硕的色世界，我像男人一样好色，所以我将圆融万物色块。晚安，我们的心脏，过了这一夜，我心仍为你而跳动，因为色就是空，空就是色。

安静如初，进入房间，放下回忆，将经历过的风景寄存在诗歌手册，将与好朋友度过的时光藏在心底。今天迎接暮霭，好好睡一觉，明天醒来写作绘画阅读。

车窗外是秋天的田野，在中国的版图上没有一个省份像云南那样较完整地传承或保留下来了农耕文化的基本特征，由于山高水远，小盆地上有村庄田野，那些在北方平原上的新农业器械无法在这里驰骋，所以在田野上可以看见水牛耕地，犁铧下是褐色的曲线，正是收割季节，草垛垒得越来越高，妇女们在弯腰割水稻，狗们自由地穿过田野。我喜欢这古朴的农业现象，我希望地球的速度不要太快，让地球人有耕耘的耐心，阅读的时序，做梦的习俗，远航的信仰。

早安，就是无论天气怎样变故，俗世如何纤云翻转，风景怎样乱世飞溅，我们都应该从晨曦那刺破黑暗的力量中，获得清新而稳定的戒律。

每天这样的时辰，是我们重新从冥眠中醒过来的时刻，也是意念被梦幻带到现实的时刻。早晨，可以决定我们见什么人，结什么样的善缘。早晨决定我们穿什么样衣鞋，造什么样的志向。早晨很平静而淡泽。之后，随朝阳或雾霭会变幻我们的因果关系，无论出发、驻守……我们吐气酿蜜或神性，是为了真正的秋高气爽。早安，祝你心气弥漫，意境幽远。

无论你在哪里修行，我在何处磨砺，对于现实来说世界是流水泡沫一场。而对于明月和太阳来说，世界就是太阳下的牧场和天堂，世界就是月光下的梦幻浴场。晚安，可以看见的或看不见的君子小人，可以携手或松手的因果关系，可以盛开或凋亡的春夏秋冬，可以揭开的谜底或可以蜕变成化石的秘密。

世界安静下来了，我又回到了这束幽蓝色中，这是诗人的天下，我爱这个世界。这一刻我又回到了那种虚无，它是天籁，是幸福的黄手帕，是悲泣的爱，是追不到的天边尽头。

美是崇高的，我们需要美学，大自然潜伏着令人类学习敬畏的美学，它的荆棘可以战胜邪恶，而绝妙的色彩学，大地深处水渠缠绕的灌溉使我们看到了自然的生长魔力。我正在学绘油画，它对我是另一种敞开，除了写作之外，是我对心灵神秘活动的另一种守望、践行和发现，所以，我愿意一次次造访自然。

我躺下去，大地就在我下面，我依稀感觉到你们的召唤，我无法睡去。深玫瑰色、孤单的蘑菇，所有这些大地之母，叩引我再一次日夜秉行，只为了倾听到远天的晨钟。而此刻，我像雪一样苍白，是否可以再经历一次浴火重生？

天与地在黑夜中心心相印，而我们人类在这一刻是否已经深深相拥？成为一棵树、一池水、一双眼眶？

下决心带走它们，让它们毛绒绒的羽毛替代我笺书的虚渺，让我的心更柔软，永不冥灭的跳。下决心带走它们，让它们的骨朵垂倚碧绿的江湖四海，让我的余生有含苞的回忆，永不萎靡的黄昏。下决心带走它们，让它们的丰饶秘典成为我枕边的花园，永不背叛的诺言。

可以潜藏在我生命诗歌手册中的小世界，它们以芳菲年华在我眼前出现，它们的身体有弯腰、谦逊、梦幻的特质，它们拂过了我面颊口红，以恣肆丛生的本能占据着天下一隅。对于我来说，它们就是我们身体中的一部分记忆。

早上好，推开窗就看见的土地，密织如画的土地……看见这一匹匹锦绣版图的土地，完整的秋色，心灵会变得很平静。早安，亲爱的地球，此刻的我看不到你的破碎悲歌，看到的只有可以让种子发芽的黄褐色，这是古往今来的土地色泽，也是伟大的魔法师，为芸芸众生演变历史的基本主色。面对这些色块，一颗颗卑微渺茫的心灵显得多么羞涩。早安，平整的土地，完美主义者的曲线，犁沟里的黄色，风景画家的天堂，诗人们的吟唱，游人们的喜悦，农夫们的故园。

天亮了，秋分临，这一刻开始后，秋意浓不再是诗人们的情绪，而是层层叶扇从空中形成的强大的涡流。秋意浓意味着硕果们逃逸了原乡，将自己献给秋天的君主和俗民。此刻，我的视线清冽，偶有些伤怀，偶有些泪花闪烁。更多的是面对因果的时间，今年以来，我们经历了春夏以来太多的轶事轶闻，每种心跳都与我们的时代背景结为盟约。

天亮了，我祈愿天下太平，人心纯澈，地球的盆地、高山、城池都装得下人心的每个愿望。我祈愿神灵在心中，在出行远游，劳作耕耘、吟诵歌唱中到处是菩提路。我祈愿生命像春秋有春光满怀秋阳高照。我祈愿百花明丽在四季轮回中交替绽放，心中明灯照耀我们穿越每个人的茫茫雾霭。我祈愿，今天以后，碧蓝天宇，葵花般摇曳弯曲缜密的地平线，继续为一代又一代人历练梦幻境遇，与诸神机遇。我祈愿，世界来来往往，有青鸟探访，云端天鹅。有地下溪流，紫蚕织物，野兽奔跑，万灵显现。

海男祝你秋分以后，心绪向阳，灵息飞舞！

看到了月亮，皎洁直面人心，我的心在月光下，在月光照耀的土地上起伏，顿足，这一轮月光啊，月光！

二十一世纪人心的孤单和游离问题越来越多，一波未平一波又起，王菲问题是今年秋天的一大焦点，我想在此刻说的是即使王菲换了另外的男人，除了谢霆锋、窦唯、李亚鹏外的世界上最有潜力的勇士、音乐人和艺术家，对于王菲来说，婚姻只是一场爱情故事，一首歌曲的传唱，一种生命中的奇异而已，因为她可以自由的飞翔。婚姻使更多人陷入其中，就像我的作家朋友胡性能所说婚姻就是将一个陌生人培养成了亲人的过程。

王菲出来了，我深信她还会有新的爱情故事，也会唱出新的歌曲，遇到新的传说。因为王菲就是王菲，无论她用哪一种生活方式生活，去云端天堂、尘上宫殿，都无法逃离这三种生活方式。

在这个秋天，艺术家忙于浮想创造，诗人忙于在虚幻中追逐天鹅，商人们忙于造金铜世像图，农民忙于收获庄稼，歌手忙于演唱会，权力者忙于改变世界，医生忙于治病救人，旅人忙于赴远方……希望每个人都能倾尽生命全力，校正自己的生活倾向，这个问题非常重要。正像王菲那样可以校正爱情、一首歌曲、一种奇遇而活着。我们每个人都应该有自己的故事、歌曲、奇遇。早晨好，朋友们好，在这秋色渐浓的日子，我们每个人都可以理所当然地用生命的分分秒秒去演变自己的故事，寻找自己心悦的歌曲，创造与自己相关的一场场奇遇。新一天好，我们应该成为自己，成为翻开日历的我们自己。在这个越来越丧失灵魂信仰的今天，我们要为自己首先寻找到内心冉冉上升的光芒，尽可能驱逐来历不明的那些阴霾困境。每个人永远是孤单的、唯一的、也是独立的。

但愿人长久，这一句人长久在天与地之间让我又看见了溪水密流。我在这个夜晚手足冰凉，仿佛林中候鸟在栖枝中看到了树梢的苍白。月亮是皎洁的，是为了思念友人而升起的。月光不是汪洋激流，也不是高山盆地，月亮是阴柔之花，是河流的镜面，是女诗人的眼神。

今夜，月光皎洁处，我请你陪同我迷失于月下踪迹。天渐亮，我的心已启程，无论你在前世举杯邀明月，那前世明月下必定有我睁开双眼，与你低头抚露水马蹄，抚绵绵锦瑟万里疆域紫竹月梢。而此刻，有我们的今世，无论你与我离散与聚，我的呼吸将迎向那轮明月，愿在你明月下成为一首银光闪烁的诗词。辗转处，也将有我们的来世，那月上光芒，直抵云霄，直抵我们手牵手的来世，那时候我们依然举杯邀明月。那轮明月之下，我依然是你夜色朦胧月光下的诗人……

安静下来，将行李箱装进柜子里，休息，节日、庸常的生活。明天是中秋，一定要用明天的日子，好好看月亮，思友人。

下午就回昆明，此刻在弥勒新哨山兴村午餐。秋阳艳丽，从蒙自到弥勒，整个过程像是一次艺术活动，值得我收藏与好朋友们共度的好时光。人生以强劲的速度改变我们的今天与未来，我们所度过的速度改变着我们的今天与未来。并为通向下一时辰注入了美好的渊缘，也正是这一切，帮助我们战胜了人世间的怯懦和孤独。

我没有时间去忧伤，这个世界滋养我生命的东西太丰富，我个人只是途经这些世界的一种风谣。我放不下也无法舍弃对这个世界的爱。所以，我写作，它是唯一的帮助我解决爱的问题的途径。

这一刻的我，是你的什么人？还是称谓为风景、流水、笺注、插曲？还是称谓为遗忘、手帕、紫藤？还是称谓为秋分、古刹、燕窝？还是称谓为剪刀、菊花、轻吟、玫瑰、蝴蝶？还是称谓为轮回、今生和来世？

来蒙自参加会议，又来到了我长篇小说《碧色寨之恋》的原乡。这条百年前的滇越铁路曾经使我会见了碧色寨、人字桥，看见了法国铁路工程师在百年前碧色寨的故事。这个夜晚，我的心显得恍惚，尽管离写作《碧色寨之恋》的时间已经转眼过去了三年。许多事已变幻，住在天缘宾馆又想起了我奔赴碧色寨、人字桥的那些美好时光。感谢红河州的土地和朋友，感谢百年前的碧色寨。

这个世界的问题是因为男人与女人的战乱，始终是一部纷扰、零乱、诡异和悲伤之书。还有欲壑难填的问题，这是人生全部的核心过程，有了它，世界是公平的，以此可以揭开人生的内幕让我们抵达每个人拥有的明天。除此外，太阳和月亮是公正的，它公正地照耀着每一颗心灵。松手吧，在这样的早晨，什么都美好，只有当你松手时，世界祥和如初。笑靥、爱情、果蔬、旅途、诗歌、电影、歌剧、民谣、传说都已经从蓝色地平线升起。

关于作家的线路，他们必须走或者去一个地方。我喜欢写，大约也是我的线路，它们就在这些诡异的属于我手掌心、或足踝可以触摸到的距离里。在里面，我甚至透过一种叶脉也能猜测生死之约是人类的重大问题，而一条峡谷下的江流告诉我，雄鹰可以在峡谷上空飞，可以俯冲而下啄穿奄奄一息的肉体。更多时候，作家的线路除了地理的版图，人世间的抗争与搏斗，更多的时日是在体会怎样生？如何死？作家的线路是脚印，也是心痕，语言将出卖每一个作家的秘密、生死妄念，灵魂出窍的每个故事。更多时间，作家的线路是如此幽暗，仿佛在沿着一个根本没有尽头的隧道往前走。

这些意犹未尽的花尚未用尽魔力，它仍在陪伴我的朝夕。世界太喧嚣，我倚候在它们的意识形态领域，只有它们可以自由地盛行，不被黑猩猩、豹子的呼啸声湮灭足迹。而我的柴门，仿佛通向了遥远的汉王朝，在它起伏的山河土地上，我可以沦为奴，也可以沦为诗韵，沦为百花明丽的春光。

尽管公众人物王菲与李亚鹏离婚了，2013年9月13日的星期五成为了人们拷问爱情的夜晚。此刻天即亮，不管相信爱情或质疑爱情者，都会迎来最平凡而奇异的一天。因为星期六来临了，是的，面对花的锦簇，我禁不住再一次告诉自己爱情让我们遭遇创痛，犹如滚滚硝烟撤离战场，但毛主席告诉我们说战地黄花分外香。爱情是在不断的轮回中遇到新人新风景譬如遇到波浪滚滚海洋，爱情有惊心的波涛，再一次地带我们去蔚蓝海洋中乘风破浪，寻找陆地。

因为爱情，是我喜欢的一首歌曲。王菲与李亚鹏离婚了，这是现实。今晚，人们回过头来思考爱情，我注视着这一朵朵紫色鲜花，这是属于爱情的一种颜色。爱情有数之不尽的颜色。所以人们热爱它，被它诱惑。爱情是世界上最大的虚空，像远方样丛林百障，雾雨弥漫。爱情是神创造的一个词汇，交织着烈火冰山。

我们需要的一点点烛光，其实就是从碗筷厨房、调味品、卧房、男人或女人、银行、生存与死亡、媚俗与崇高、谎言与真诚间看到的一点点光，那些光只取悦于个人相遇者的目光。久久的，我凝视人世间的这些花棵植茎，我感觉到它们像是我身体中的某种为之渴望的倾向，而我想倾下身去，呼吸到它们那用奇枝异体所包藏的最为真实的气息。世界多么奇妙，当它们突如其来时，我也许正感觉到某种疼痛和忧伤，而当我眼神转向那些紫色中包藏的火，绿色中潜进的水，黄色中流动的液体，白色中飞逝的黑，红色中潜藏的蓝……这一刻，后有的过眼烟云对于我都是星期五的时光，那些用之不尽，取之不尽的好时光。所有这一切仿佛都是一部电影的上演，都有可能是一部长篇小说的虚构。所有这一切都是我诗歌中的时光。我们每个人都拥有转瞬即逝的好时光，以此重温并享受着一种来自简单事物的快乐和沉迷。

这些花枝存在于世间，倏忽间，我觉醒道：我之所以如此恋花，是因为它具有强大的神性魔力，笼罩着我身体中的那些属于善与恶的禀性，它是我在这个地球的支离破碎中寻找到的最慑人心魂的存在。

很快就要出头，这些密林重障的日子，这敞开像孔雀翼和面具的日子，更多的是陪同那些异灵异兽们煮酒论英雄的日子。更多的是喝茶水的日子，水面上荡起夕阳的日子，更多的是一首诗歌秉载于那野狐样巡视大地幽谷深处的日子，更多的是这心醉入迷的紫蓝色的日子。正午好！

可想而知的结果是没有神秘感的，我们所有的人生风景中充斥着我们的焦灼疲惫，发现和等待，甚至这一生都是为了一个与灵魂相遇的主题而活着。我喜欢一朵突然绽放在天边的骨朵，或许是一只奇异的蘑菇，它存在吗？美和忧伤相互交融，爱与哀愁永远是彼岸之窗。此刻，天空呈灰暗的少许蓝，就像我们的内心有了温度必有冰凉，就像厨房有水必有火，宇宙阴阳交错。星期五好！

我们与世界的关系，拥抱与松手，就像阅读中眼睛里的光明与书中语词的阴柔相爱，是靠不断的呼吸荡漾朝前推进，共同完成的乐章。

一天，简单地说就是开始，是我们重复中穿衣系鞋带时，整个地平线在等待着我们。穿衣起居看起来是重复的，不重复的只是心情而已。当我们的心情是葵花时，阳光已经渐次而来，当我们的心情是水晶时，凝聚在那透彻晶体上的就是我们的垂影。当我们的心情是苹果时，就可以用心痕抚慰一切皱褶，当我们的心情是海洋时，乘风破浪于我们是一件多么快乐的事情。当我们的心情是慈悲时，万事万物都可以像青麦那样起伏，当我们的心情是蔚蓝时，阴霾只是一首插曲而已。早上好，我的心情！

黄昏让我避开很多坚韧壁垒，现在的我吮吸着凉开水，发呆让我回忆许多面孔。我的心较之艳阳高照，此刻变得如此柔软。黄昏以后总是夜，一个永不改变的规则。夜让我避开醉生梦死，避开了逢场作戏，避开了时代的战场。此刻，手情不自禁地碰到的是更柔软之书，尽管多少个世纪后，纸质书会消失，就像爱情偶像会被机器人所取代，而今天的阅读就像分秒针沿着我灵魂的需要区域前进。

每个人生命中最孤独的那部分东西，都必须由自己承担，没有人需要你的孤独。而更多时候孤独的人，可以离星月更近一些。那些残冷的气息，纯澈的光芒更热爱孤独者，更愿意萦绕在孤独者的身边。

虚幻与现实之交的又一个时刻：虚幻主义者们为梦境圈上了记号，那些梦里生雾的场景消失，在梦中人可以腾云驾雾，可以破开春天符咒秘径。在梦里人可以像麋鹿一样跑，而此刻是现实，在三轮车与跑车间，速度永远在大地的犁沟和水泥路上前行。虽然城市与乡村只隔着一条河流，我们的旅路却十分漫长，就像咫尺间的知音依助于高山流水才能机遇。

累了，因为累了，世界绽放为遍地烟花。我坚信，一夜睡眠后，稻谷已饱满。门前水果摊上有我喜欢的桔红，穿高跟鞋的女人不再像鬼样魅惑。我坚信，天一亮，我会让嘴唇继续呈玫红，我会继续自由如轻燕。我坚信，黎明前夕我会醒来，继续用神秘的魔法占卜，我会为前世今天的我，复述灵域那未尽的缘，未了的情，未结的果，种上苍茫的树，移植辽阔的幕景。

累了，如在海上，会将身心倦于帆影桅杆下。累了，如在陆地沙岸码头，会赤着脚踝寻找一座渔村。累了，如在密林幽境，会借一线光看虎豹们纵横黑暗。累了，如在回首往事间，会忍住泪眼朦胧看世界怎样巨变。累了，因为累了，我在闭眼或睁眼间，意识到那些光泽正暗下去，即使是永恒月亮的皎洁也无法照亮她的梦境。

天空终于揭开了它的蔚蓝生活，在它的真相中最为重要的是以蓝色为主题。天空下，是我们的呼吸，它正在从阴霾中走出来，大地倏然间充满了美好的信仰，仿佛迎候着伟大的神。

晚安，是一个很大的词，大到世界的沙漠，太平洋的涛声。晚安，又是一个很小的词，小到一顶蘑菇似的帐篷，一朵米粒似的花骨朵。

莫名的惆怅与云霄可以接壤吗？一次次的发现我是那么渺小啊。这城市没有野狐、云豹，也不会有孤独的狼穿过荒野，但有在尘嚣中一颗颗迷失自己的心，在彻头彻底的暗夜引用各种途径，涉足浅滩和深水，与另一个自己相遇。每当这一刻，我就禁不住想起一个人、一朵云、一句经文，它们在另一个世界或许遇到的是万能的香烛，直上云空的缭绕，担当一切生命善恶的勇气和力量。世界有河流之界，有群山之界，有人心和春秋之界。我们彼此遥望，直到变河流为化石，变群山为化石，变人心和春秋为烟飞烟灭。

就我个人来说，用一瞬间观测云图所获得的同样是我心灵波澜起伏的一部分。我的宁静不是死水，而是在汪洋滂沱中寻找到破浪前进的智觉和勇气。我的激情也同样不是日日夜夜的喧嚷，它是使用生命力量所不断逾越的远方。关于云图，我又想起了电影中的《云图》，这是一部我喜欢的电影，而小说同样令人心醉如迷，作家大卫·米切尔写道：什么促成了结果的产生？恶行和善行，什么促成了行为？信念。

在微信中写上的不是诗也不是札记，而是我光阴的顿足、感念的片断。我就是我，譬如雾水，遇上光就散，遇到墙就隐，遇到水就成波。遇见我自己就打开了门窗，看见了另一个我。

今天要爱上的不是一个男人，而是从秋风中荡漾来的那种凛冽。那是我从密织的缝隙中触到的一种可能。我慢慢朝前走，接近那团青黛色的光芒。为了它，我忘记了全世界有可能存在的世俗的力量。

黄昏给予我的那种安静，无人可以给予。世间存在着很多力量，最为神秘的力量取自内心的冰山和炉火。

下午这个时刻，总是会让我意识到一天快过去。大约在很久以前，当我还是一个18岁的女孩在滇西永胜县城写作的时候，并不知道孤独与写作是相辅相成的。很难想象，一个不能接受孤独的人会将写作进行下去。再后来，孤独和写作就成为了我的天气云图。当然，也会有许多杂芜，但完成那些零乱的东西以后，我就会回到里面。对于我来说，孤独和写作已经成为了日久天长的生活习俗。此刻，天空的蔚蓝又消失了。取而代之的是灰调子的云层，每天的每天，我们力图过得轻松些，但是肉体经历的故事不仅仅是喜悦，更多是乐于用绳子将自己捆绑。今天，全世界都在谈论修身养性，对于我来说，经历一条漫长的孤独与写作，就是我此生所接受的探索与觉醒。

早安，这些伴随我出入荆棘、险川、感念的玫瑰。这些一动不动的玫瑰，只有在忍不住喜悦、疼痛的时辰才盛放的玫瑰。早安，化妆室、假面舞会、衣帽间的玫瑰，出入我春夏秋冬四季咏叹调的玫瑰，凛冽而妖野之心的玫瑰，象征爱情短暂易逝的玫瑰。早安，镜子里的玫瑰，花瓶中的玫瑰，用左手右手怀抱的玫瑰，为晚间新闻带来闻香识女人的玫瑰，从不骄傲的玫瑰，庄重而热烈的玫瑰，划破诗人里尔克的玫瑰，令诗人死于心碎的玫瑰。早安，让我们新一天美起来的玫瑰！

夜晚没有皎洁月光穿透枕边书，然而恍惚间有一溪流从高山而来。我无法去痴迷宪法制度里的中国汉语，但却偏爱枕边书萦绕我秋天的温度，去虚拟一座永不存在但早已在我黑暗中升上云霄的殿堂：只因为你来过了，你来过了。你是从云层来的，也是从大地上来的。噢，这彻夜的漫游者，你来过了，你来过又走了。这就是世界的迷途，在我心灵的笔记本上，你究竟是哪一个词汇？而我将老去，飞速的谢幕。

所有世间物景，没有企图，只有存在。每天都要在街景中与人擦肩而过。人的陌生带给我们是更自由的前行，更多时辰我们是依赖于充盈于芸芸众生的影像气味获得整个世界的安抚。就像盐、矿泉水、辣椒、葱姜味、红糖与白糖的关系。

每个时代都有自己的玩偶，二十一世纪初叶的超级玩偶是手机，我们不能改变这个现实，但缓慢的阅读对人群中的少数人仍是不可缺少的章节。读书应该属于在天堂一隅的生活，纸质像玫瑰的层层花瓣，娇柔而坚韧，犹如这粉红色的三朵玫瑰，有棱有角，有暗香袭人。我们无法改变这个轰轰烈烈朝代的法规准则，亦不能改变全球人类文明的进程。我们唯一可以做的就是改变自己的心灵，厮守心灵天堂一隅何其辽阔！只因为它是天地间我们唯一可以搭起的帐篷。就像遥远世纪的营地，我们栖身，渡夜，黎明出发，黄昏抵达。

早晨，依旧这样平静，我喜欢这些从昆明近郊团结乡出土的苹果的祥和。星期天我需要缓慢的艺术，需要缜密也需要推开门窗看见的邻人、街景、天气们的状态。我爱自我，这是因为通过渺小的我，我可以在芸芸大众们的身上感知到时间是如何流逝的，故事是怎样开头变幻的。虽然有好几天都没有看见云空蔚蓝，相信我们对世界变幻的天气云图，充满了等待。那种并不萎靡而不放弃的等待，因为天意是载入心灵的。天意会爱每一个人，我们的每一天，每个偶数与奇数，每个喜悦与迷茫，创造与发现，每种惊心与舒卷，每个拥抱与松手都是天意的安排。海男愿你们心灵明亮，情意绵长，细水长流，天意伴你们前行。

夜，最魅惑人的是香气穿过的走廊，外面有一页空白的注释符号，一首诗歌像沙漠般深入到饥渴的咽部，一次私自结下的旅途之约有铁轨海洋、一匹丝绸像水样叛逆出境、一双靴子长到膝骨支撑着秋冬、一条披肩像紫气般游离出去、一双手使葡萄突然充满圆梦的旋转、一个人突然来了又像画皮样消失、一种口诀述说我们的爱和爱无定数、一行秋鹤飞尽天幕只为了戏嬉人生……

知道我念想的只有雨中百合的皱褶，获悉我音讯的只有来自古代的信使，满载我黑夜的只有白银辉映的灯盏，倾听到我心跳的只有穿过屏障的夜行者，触碰到我的只有驰骋过危崖的前世琴音，穿过我耳鼓的是昼伏夜出的秋风秋雨……

迎来黄昏的色泽开始在微雨中递嬗，一条又一条街景中充满了雨伞，这些属于时间中的时间，不多不少刚好使一朵玫瑰萎谢，使一群人在街角拐弯处消失。世界是重复的、陌生的。黄昏朝前奔去，直顶那雨夜蓝布景，直抵那乌红色的灯火。只有无畏者将双眼睁开，观一场秋的肃杀，到底要湮灭哪一朵花？只有真心是卷曲的不可肃杀凋零的，像微蓝的夜晚，诡秘而不可触摸。

一个人的声音、一句话就像一首歌曲可以让人活过这秋天，活够早上下午黄昏午夜黎明。看呐，阴霾中奔跑着秋色妖姬，没有人像她那样可以穿过流沙，眼睛越来越魅惑越来越明亮。

许多故事需要红起来，也需要黑下去的板块，绿起来的清新，紫起来的忧郁。我们每天都用细节讲故事，弯腰是为了劳作，仰头是为了思慕。细节决定人生故事的成败，更重要的是在每一个微不足道的细节里，体现出了我们个人命运的沉沦或上升。此刻，波澜在大海那边波涛起伏，神造海洋是为了让渺小的人类感受波涛的辽阔致远。正像神造爱情是为了让人类有地球与天堂的境遇。我们的故事就这样讲下去。在红的版图上，黑承载着长夜漫漫，绿承载着春的消息，紫承载着我们的忧伤。星期五好！

我迷恋这些人生中的刻度，可以到达或无法抵达的地方，我迷恋手触不到的爱。那种一触即逝的美使我呆在原乡，像天底下忠贞不渝的牧羊人圈守着一方牧场和羊群。尽管东风在呼啸，西北风也在肆虐，我仍呆在原乡，像傻瓜样看着那些花开花灭，春去春来。

秋天是失忆的季节，从水底打捞记忆需要伤痛或大美的勇气。

秋天是复述的季节，无论是低诉朗诵都需要将自身投入到秋风扫落叶的肃杀中去。秋天是思慕的季节，你会逢着高山之巅的流云群峰下的牧歌。

秋渐凉，层层叠叠的树叶充满了玄妙地旋转，直奔向一个主题，要让身心一层层地黄下去。于是，我看见秋树在上空晃动，人在下面行走。为一个凡尘间的生命过程而活着。雨的痕迹渐消散，大地上的落藉覆盖了脚印。这个早晨，我的灵域只需要一杯茶、一阵寒瑟、一段来过又远遁的音乐。

世界是一个幻象，它支撑着我们的一切，包括意念和韧性。一个人要走多远？才能在树梢看到残月又看到月满人间的时辰？如果一个人为内心的幻象去生活，那么在深渊里他们会寻找到天梯。无论是苏格拉底、玄奘还是庄子、李白都是被世界幻象推向天幕的人。幻象是什么？在你用视觉放大的属于远方的幻象里，它们是云和水，是无常的变化。而在你身边，所谓的幻象就是镜面上你自己。苹果红、树叶绿，门前台阶下暗藏的青苔、钥匙的孔道、孔雀的开屏、雪白的盐、辛辣的味、靠不住的甜、流星的明亮、黄昏的恍惚。下午好！

无与伦比的早晨，总是像鸟翅拍击拂过尘埃，这是湿漉漉的秋晨，无论亲爱的你们生活在此处、别处、它乡，无论你们是驱车行走，还是蜗居吟诵读书，还是在绣花缝衣密织，穿越高山流水，无论你们是勇者还是哲人，也无论你们是雅士还是伊人，走吧，继续爱、搏击、静思，这就是秋雨绵绵的人间一景。

眼前的雨幕都是我们置身的世界，我们经历着这一切，泥浆覆盖后的地面，停顿或继续前行的时间，好消息和坏消息像花簇一样层次分明，它们谁也代替不了谁。我热爱这地球上的分分秒秒，热爱水的冷却和壶口冒出的水蒸气，我热爱形影无踪，心上人的每条秘径，我热爱有平静有纠错的天气图像，我热爱那些燃烧生命的人，也同时热爱像冰雪耸入的云端。

《如果云知道》是许茹云多年前的歌曲，直到如今我仍然怀念倾听那首歌曲的心情：那种排箫似的爱和忧伤。今天阵雨刚停，光线场景都显得素净，最喜欢早晨，许多事有待我们去编织。早安，这个词越来越明亮，它会让我们穿过阴晦的星期二的秋雨，穿过自己内心的走廊。今天早晨看不到云，但天气是最大的魔法师，它从来没有穷尽过变幻云空的力量。而我们也可以创造自己的魔法，其核心是为了在千变万变中坚守自己的立场。

我们在差异中趋向于某种时刻，然而这是一个错误。每一种风格差异都是为那个人而准备的，这就是无论白昼或夜，它们从不雷同，无论多少古老的剑簇刺破了风中幕布，也不论是多少悲壮的史篇哀鸣着英雄的孤独，白昼与黑夜依然保持着永不逾越的距离。正像孤独和狂欢，水与酒是两种完全不同的存在，差异和风格是无法校正的。这个下午，天空中有薄云，大街上人来人往。

噢，雨夜，静止的标笺宛如一帧蝴蝶的标本，需要睡眠和冥床，累了要躺下，就像躺在流沙深处，只有流沙可以告诉我时间是什么？时间就是那些让我们学会遗忘的过去，时间就是让我们回头发现我们踪迹的原乡。时间就是让我们朝前走，日夜秉持抵达有尽头有流沙的远方。

今天一切事物都平常如初，水在耳畔下轻柔地沁人心脾，城市与郊区的接壤如一群蝗虫们来来往往。手垂落而下找不到亲密的痕迹，满城的机械金属色锈蚀味道随悲郁秋色传播又聒噪，声名狼藉的风云人物们潮起潮涌。这一天，一切事物都平常如初，我的衣裙穿过市井的洼地巷尾，远天的乌云遇上了迷津无法让天空转蓝，我的足踝我的脚印遇到的都是坚硬的水泥路，而我的目光这两眼的深池水渊是否会沉沦如初始，渐次明亮后遇到自己的平常如初，像是剥开桔子平静地将它送到启开的嘴唇。

我依然起床早，因为明月黑暗伴我是为了将梦带到黎明。我喜欢推开窗户，看田洼秋天们的又一色一景的变化，最重要的是我像一个农夫样习惯黎明早起，呼吸到像经文般起伏的大地深处的禅心秘语，尔后是劳动耕耘。生命的快乐源于劳动发现，就像农事书发现了春夏秋冬的演变录。早安，亲爱的祖国！

沉溺于黑夜尽头者无非是三种人。其一，不眠者，他们热爱夜色像白银样穿透人心，舍不下这深渊的明暗。其二，冥思者，他们已经习惯厮守夜晚灯烛度智者的生涯。其三，痴迷者，大都是虚无主义者，利用夜色浪迹天涯。

对待黑夜的最佳准则，就是在适度的忧伤中提炼适宜自己的风尚，它们或许是一首镜前诗，一种明月恋，一曲能召唤自己的乐音。

尽管棉花糖的甜不再诱引我们的舌尖，我们还是要在这个世界上将糖果屋重建于山顶和与果园比邻的地方。说吧，舌尖上的甜，说吧，久违的蜂箱！说吧，遥远的棒棒糖！

这紫色的风暴和邈远，是我一辈子想过上的理想生活，就在那直抵天边的草垛和峡谷以西的地方。尽管荞麦已收割了，荒草仍在疯狂地长。在云南，在我的边疆，我是从紫色中出世的诗人。秋意浓，在我前额上有今天的忧伤，尽管如此，我的目光仍在上升中，寻找着我亲爱的生活，这些雪白的盐水浇铸的陈年往事，那些古道遗梦，哪怕隔江隔水，仍然拍击着我的肩上。秋意浓，我该怎样才能找到你？那一幕幕紫风暴的天下？那些王者黑袍下的尘灰，那些秘而不宣的我的爱。

秋意浓，一点点的浓，四季分明于土壤中出世的谷物，季节像人类的舞台，有揭幕与谢幕。秋意浓，在我眼前一点点地浓下去。最爱秋天，爱它演变的金黄树叶，爱秋天的菊花香，爱这秋意无尽中的别离与聚守。秋意浓，像织锦般将一匹匹秋天的景致敞开……

夜，被一阵阵的细雨洗过了。终于静下来了，白花花的寂静，就像流水。神创造了黑夜，除了睡眠，冥修，除了关闭门窗，除了将身体中最为沉重的盔甲放下，除了让自己变轻后像一只夜鸟，除了拍击着梦的羽翼飞。除此外，黑夜对于我们来说又意味着什么？

而这束花让我想起了荒野深处的峡谷崖顶，每当这一刻，我仿佛在召唤自己，将我身体中那种狂野的力量重新给我，让我回到那四野茫茫不见前人也不见新人的荒野深处——只为了途中与你相遇。

秋日天气显得有些闷热，很显然明后天气将会有变化。时间像发丝拂过面颊，但转眼已不再是昨天的时刻，无影无物收藏时间的流逝。所以诗人说，只为了途中与你相遇。途中等待我们的永远是未知，这正是感召诗人的力量。我看见了这束玫瑰的红，它的红令人眩晕。世界各地的玫瑰感动了一代又一代诗人，只因为玫瑰具有夜晚的梦幻和摧毁一切梦幻的力量。

无论怎样的人生都要开始于早晨，开始于一杯水一线天一种叙述。云层不够蓝，地面上穿梭着凡尘间的声音，茫渺的我自己同这个世界融为一体。

黄昏是用来怀想的，我的怀想之中最心仪的是刹那间的美，就像雪刺破了蓝，就像雨在眼窝筑居。我怀想中最忧伤的不是惊雷滚滚卷过的云帘，也不是风摇秋树满地落英的时令。无以名状的喜乐与哀愁，像菩提树结缘的未尽诗词。

我爱秋天，在闪电之间，不仅仅暴雨降临前有惊悚闪电，在现实与幻念间，有闪电。转眼间，已是彼岸和天涯。转眼间，闪电还在天上，人间已被一束闪电照亮。当我目光西移，已是下午，转眼又是黄昏即至，像是纤细的缝衣针结上了线头。光轮继续西移，西移于星月斗转，在闪电间，转眼又是花木荣枯，转眼是秋风在帘外。在闪电间，忘却和思念，哪一场戏演得更长久？

这云彩云端都告诉我说，我生活在人间。这瓜果蒂结、碧水相连的尘埃之上，又一天开始了，又一景一物开始了叙事。世界史和个人史都是由叙事开始的。我的叙事开始了一个词语，那些词语从窗外云路中开始述说脚印。我爱你，爱你们给予我生命的陈述力。窗扉会越来越亮，也会暗，但每个人心灵的因果造就了我们的未来。

明末滇中禅宗彻庸周理大师说梦道：梦事有如波中月印，有如暗中树影，有如空中鸟迹，有如鹭鸶立雪，有如锦上添花，有如倒影转形，有如圆珠击彩，有如窗外月白。半明半暗之中，似有非有之地，恍焉惚焉，一点精神，出没万状……

风渡我飘曳而随浮尘起伏后自由飞翔，白昼渡我明亮以让我劳作后再挺立身躯，夜渡我获得黑暗而秉烛千里去候梦书的天启，神渡我萦绕身边寂寥隐于秘密幕障，水渡我让我以绵柔深情礼赞万物，山渡我以辽阔坚韧磨砺我在原地成水成精成灵，时渡我感知心跳睡眠感知天外有天境外有境。

自古如斯，长离别，长相忆，亦是万古悲愁，天上人间奇境。今夜无蓝色，亦无朱红，但见紫色刺破天际，随茫茫无涯而远逝。

雨在夜幕中落下，与语凡告别后，她明晨将回京。今天下午我们再一次谈起米兰·昆德拉的《笑忘录》式的人生，库切的《耻》。时间就这么幽转，同时谈论我们对语言的追问。语凡的眼神有一种诗人喜欢的美的深渊。啊，晚安！雨声落下来，时光疾飞着。

谈论爱情是可耻的，因为爱情是一种煎熬。我们已没有勇气将这座牢狱坐穿。谈论爱情是荒凉的，我们已无力再去沙漠上流亡寻找到甘露。谈论爱情是有罪的，我们已再无纯洁的眼睛将泪水献给对方。谈论爱情是疼痛的，我们已再无子弹上膛发动爱情这场战役。

黑夜袭来，叙述显得如此无力。我已习惯在此刻思念一个人，像恍惚间与一座神宇相遇。

晨跃出，波光四起，我辈依然用灵魂生风水，喜迎我心的是秋日织锦。我醒来，依旧溶入光阴圆轮，圈我者，是我的盟友，抚我者是我的密友。渡我者，是我的神祇。恋我者，是我的梦中人。继续吧，春秋书，知我者必知我心忧，必知我在秋晨，已渡木舟……

我就是我，你就是你，这个问题像水滋润着我的嘴唇，润过了远窗外的残灯碧月。你依然是你，在天底下将自己历练成传说和化石，我依然是我，在青黛色的云际成为自己的奴。

下午，光阴继续着。空无痕迹，总是如此，美丽得难以陈述幸福的秘密。林语堂告诉我说，幸福是一种秘密。不错，在鹤的羽脊上映现出了江河般起伏的心灵，那是秘密之渊，也是我所发现的另一种人生喜悦。光阴继续着，像菩提、像细密东方花园下的沟渠，流速声经过了我的前额，将心灵整个弥漫。

昨夜无眠了，秋来了，在这里织物。辗转间，叶黄秋鹤在远空中盘旋。直到如今，我仍然没有顿悟生就是死，死就是生。因此，窗外有鹤飞过时，我将头探出窗，爱上了那云端里的飞翔。爱，继续爱，距离将如血脉般隆起，如山脉般朝向天际。

菊花香，就是秋天的味道了。秋，是我一年中最喜欢的季节。它存在着暗香、疑惑、舍下……哦，秋瑟将至，哪一根弓弦中有我想倾听到的奥律。

开始了写作，这阴霾的天气与我之间存在着一种充盈的忧伤。渡我者，请牵引我，这秋绵下不安的魂，去哪里栖息在哪里跃出？

安，四海墙壁，水波因舒卷而安。茫茫夜色，穿过了云层下的屏障而安。心安于黑暗壁垒。数自由，以飞壁走檐而安。

看完了电影《激战》，在这个流行励志片的时代，很多流行的口号将电影的沙盘弄得乌烟滚滚。在中国，看电影没有任何选择，很多看电影者只是为了消磨时光。在我看来，好电影不是为了引领流行和时尚，好电影应该将观众引向电影的发现和创造，它像是一个未知的世界，引渡观众在两个多小时的时间里进入命运的转盘。《激战》中的拳击场打出了观众的泪花，但张家辉的表演使我有新鲜感。我真的喜欢电影的天幕，如果有机会让我制作电影，那是一种古老的魔法。我希望有魔法出窍的电影来到我们面前，因为地球人的眼睛太疲惫了。

来到了永平龙门乡大平坦村的万亩茶园。喜悦，啊，纯粹的喜悦，这应该是世界最美茶园了。我想在将来的日子里，倾尽我语言的力量，为它去歌吟与它匹配的世界最美茶园的殊荣。

徐霞客游记中说永平金光寺：寺创于崇祯初元，其先亦丛蔽区，立禅寻山见之，为焚两指，募开丛林，规模宏蔽，正殿亦南向，八角层叠，高十余丈，地盘数亩。

来到了永平博南古道的花桥村。公元69年汉明帝刘庄在此设县，从此开启了永平的历史。从此中原的军队再没有停止过进驻的步伐，直到公元1990年，驻守永平的中国人民解放军撤出永平，永平军屯的气息才逐渐地消散。

早上好，今天去博南道，去相遇一条纵横在古老光年中的古道。我心忐忑，时光弥漫在远山屏幕下。

离开了金光寺，告别了宽心师父，相约明年春天木莲盛放时再到金光寺喜缘木莲。啊，细雨在群山暮霭中落下来，落下来。

已抵昆，这是一个多么喧嚣的城地，离永平的博南山、金光寺、花桥、杉阳、兰津渡到底有多远？突然的不适，忧伤引我又重见星空邈远。啊，邈远！

夜色给我力量，无星月夜，阅读显得坦荡疏朗，尽管世界越来越荒谬，心灵更需要在黑暗的过渡中得到熔炼。这夜，我看见窗下街景落花般的流逝，个人的夜晚更加坚定，执拗而痴迷的梦幻像发丝从额前飘过，人最大的幸运永远是找到自己，并与自己的力量担当苦难和磨砺。我爱这夜色如幽灵深谷，我爱这夜色如镂空的长袖为自己而舞。

读佩索阿《我的心略大于整个宇宙》，早年读过他的《惶然录》。夜色适宜读诗歌，适宜在暗淡的灯盏下逐一地拂开书页，诗歌的滋味像盐样白，带着咸味，当然也像星际遥远，于灵魂外徘徊。此刻我的彷徨，可以寻找到一只蝶翼的飞舞。而此刻，谁在夜幕中低吟或冥思？谁在那虚无境遇中休眠？谁伴我生伴我死？

秋，叶面会越来越黄，直至在奔涌涡流中成风成雨，便呼啸而去。爱我疼我弃我的春秋卷书，转眼在眼前迷茫，胸前激荡，时钟永不逆转，念想可追渊源，前方有君子在召唤。尘埃落花，万物尽兴，只争朝夕。秋，让我知秋雁飞行而过，水击浪花已逝，花开绚丽正待凋零，空茫宇宙，眼眸尽头，激荡我白昼梦，只待秋语，引领我像万灵或沉落。

早晨的百合盛开了，周转不息的生活又开始了。黑暗退下，清朗的白昼降临，这一幕幕轮回，带我们重又抵达我们的爱，宛如我们上台阶越高看见的神庙就会越来越幽蓝寂寥。而那上空任随我们的呼吸自由荡漾的是什么？而我们下台阶时，离大地越来越近，苹果熟了，柑橘们熟了，品尝开始了。

书桌上有未开出的百合花。此生就是爱书、房屋、裙子和花朵。爱书是一劫，它可以劫持我一生的时间，爱裙子是为了在裙子里做女人，爱房屋是为了找到写作的空间，建立起自己的避难所，爱花朵是为了让自己快乐！

还是喜欢这早晨这新的觉醒中一切有我无我的状态，所有点点滴滴的时间像盛在晶亮的体钵，像经过我的诉说后，遇见了明净天空下的喜悦。

走在路上，想起了一部长篇小说的题目《甜品来临前夕的挣扎》，特此记下。很多事突如其来，倏然消失。时间过得像风样呼啸而过，惊现出眼前的词语，花蕊、偶遇、风景就像滇西山脉中的麋鹿般狡黠地闪现后隐身而逝，只有纸质里的灯可以带来星风弥漫。

夜来了，我喜欢这样的时刻，在寂静中拂开书页，玻璃杯中的白开水，旅途的窗扉，远方火车的慢。我就是我自己、一首歌曲、诗歌里的紫蚕、低垂的眉宇、炭火里的冰块。夜来了，我喜欢这样夜的过渡，长夜的不眠、瑰丽、阅读的行句、我的母语、色泽、朋友油画的春天。我就是我自己，厮守者，穿过白天漫长的煎熬、夜的沉溺者、萤火虫、墙壁上的斑点。啊，黑夜之美，如光阴的仆人。

这一刻，我就是那苇草可以在风中折断。下午，这些说不清楚的忧伤，仿佛从一只旧时代的箱子里弥漫而出。语境中的流水，其流速像一只鸟途经我的眼眶。什么东西开始蓝了起来？什么人在故事里召唤着我？什么样的黄昏会产生爱情？什么样的思念可以穿透水深火热的八月？

到弥勒来参加一场婚礼，遇上的就是物事的呈现。感恩生命让我存在于这尘埃之隅，与平凡的世界机遇。最重要的是感恩跨越时间的每一间隙。风经过了树叶和有村落的地方，天地会突然亮起来或暗下去，热泪在眼眶中盈盈，渺小的生命趋向那些丰饶的果蔬。每当这一刻，神就告诉我说，活着，坚持活下去。每当这一刻，我爱上的人，我亲爱的姐妹兄弟们仿佛就在我身边。这些尘土中的物事，以及绵延中的小路都会将我的生命历练。

我总是无法将目光游移开这些古老的村舍，在滇南唐家营的一座老房子里，在我未来写作梦想中的《村庄游命书》中的原乡，那是一部未来书。农民，是这个日益破碎的星球上，守卫根基的最后一批农耕文化者。只要进入一座村庄，你就会感知农事书中的挣扎与搏斗无处不在。生命这幕戏剧，在一座村庄依然上演得轰轰烈烈，悲悲戚戚，犹如一坛包谷酒从一座断垣残壁的老房子中倾身而出。

早上好，洪灾后会现太阳，这是古老的场景，整座城景面朝东西南北，万灵之心始于水渊源，也必将被巨水所推波助澜。今晨，我立窗前，这是我与世界万物相融一体的时间。所有的乌烟浊流们都将退下，人心在巨毒弥漫的世界里会跑得更快。每个人都在跑，时间从不会停下来。鸟在飞，树在挺身而跃起，梦在翻岩走壁。这就是生命，它需要依附于时间，只有时间让我们经受磨难，只有时间让过往山水人物永逝于历史，只有时间让爱永驻。

我在峨山。从峨山到塔甸到大龙潭到牧羊归厩，万里彩屏，只为了有多少情未了，只为了多少意无尽，只为了边疆梦像一盏酒。不可穷尽的惊叹，从司城到塔甸，我举杯，畅饮夕阳西下，美不胜收，我辈须纵横，只为了群星灿烂，日月更皎洁。

在峨山小街镇大棚村委会。越过了葱茏的群山，抵达了花腰彝乡。一匹匹绣品中飞出了神秘的凤凰。我在这里，在妇女生活的绣花针中寻找，属于我的那一曲风中吟唱。我就在这广袤的民间，寻找隐于山水隐于众灵的神仙。啊，神仙在哪里？在花腰彝的绣布上。神仙在哪里？在妖娆的天幕下。爱上我吧！爱上这些美人的微笑吧！

从峨山到新平，首先是宴。我在这宴中沉沦。你们看到了鱼腥草和各种香草。更重要的是酒，扑面而来的酒，让我们忍不住地干杯。杯底下有广阔的国家地理版图，杯底下有出世的勇士。最重要的是在新平可以谈论自由和爱情，可以荡漾于杯底之上的绿世界。亲爱的，干杯！明天我们将去磨盘山、嘎洒。明天将有美丽的新平花腰傣跃于水上天际，明天我将醉于美丽祖国之新平，醉于绿色王国和人生之极乐。明天，天际万物之窗打开，世界来来往往，天地载物于万念之中。亲爱的，多么爱你，举杯于苍茫万物，干杯！夜色茫茫，我们为自由的魂灵干杯。

在新平嘎洒花腰傣之乡，我看到的美少女们在边疆唱歌又跳舞。

他们从人类的历书中盘踞此地。此刻，我就在她们中间。这些依傍大榕树、竹林江流的美宴啊，是我一生遇到的最美的逍遥宴。用哀牢山的香草萦绕的美宴之外，奔跑着野鹿，古老的黑熊。我听见了花腰美少女急促的关于爱的呼吸声。地球是圆的，自然的福地是绿色的。

今天将出发去哀牢山。从云南新平嘎洒出发去看新化古州茶马古道。我的一生，就是沿着我灵魂区域中的方向，去看空中轻燕，淌过裙子下的溪流。我的一生，有长笛引诱我，有天上飞的地上跑的众神牵引我。我的一生，将经历春秋的光阴。而此刻，飞禽走兽们就在眼帘下奔跑，远山中有千年妖精，水中有万顷微澜，树跃起，灵魂跃起。啊，百花明丽，灼热的风跃起，我生命的双臂跃起，我爱上的灵魂在前方跃起。

只有在哀牢山，你才知道绵绵群山有多辽阔。啊，辽阔，一簇云雾推动着另一束雾，这是变幻之魔。激流而下垂苍穹巨帘，破人间有多少渊源，破开伟大的天书之谜。只有在哀牢山，你才知道人心的飞翔有多艰难。啊，艰难，我看到了陇世庄园的沦落，看到了人心的黑暗，看到了宿命的牢狱和天堂。只有在哀牢山，你才知道永恒的寂寥多么绿。啊，绿，这地球的元素，繁花似锦的绿皇后，我是多么爱你！

又回到了新平嘎洒，回到了花腰女子的天下，在这个美人的国度里，热风荡漾，正值四季之夏，热烈绽放的时节，哪一位美人，是你心仪的恋人？

我在云南新平漠沙，这里的花腰傣从田野牧歌中跃出，她们是古滇王国贵族的后裔。满眸的绿，从仙女们幻影们的腰带上，创造了一个热带王国的民族传说。她们头顶高天的飘渺，脚踩着热带的水田，这些从史诗中走来的古滇王族后裔，造就了哀牢山下的农事，造就了舞步、倩影、不倦的诗学。在云南新平沙漠，美少女们等待着婚嫁，等待着竹林中的情意绵长，等待着妖娆的艳舞比赛。

我在元江遇到了大理民居和李和才故居，遇到了时间的蜘蛛，遇到了凡俗的魔变。汗淋淋的我，遇上了热带的太阳和魔法万变。

我在元江因远镇安定村遇上了李元生的民间木雕艺术展馆，遇上了苏东坡式的古怀音韵，遇上了卓而不凡的木头上的传说。

我在元江嘎者村遇上了神秘的蒙面情歌，遇上了古堡美韵，遇上了水一样的花腰傣。

在元江哈尼族山乡与这里的文化传承人相遇，天地间有雾水洒杯，有葱茏的造梦人。因为有雾气弥漫，我们看不到神秘的哈尼梯田，但看到了生生息息的哈尼人。

在元江，我们快晕死过去了，在文明的边壤，你们看到了我渺小的生命，被广大的黄昏长夜湮灭着，而我是多么爱你。

告别元江就意味着告别芒果树下的滚滚热带，就意味着告别那些居住在高高云层下的哈尼人的情歌。就意味着告别在因远镇和大羊街的醉和云中的舞步。就意味着告别与元江人的拥抱。就意味着我前额之上有绵延的山脉继续被伟大的人间消息所传颂，这是地球上最热的绿和果香弥漫的国度。这是被雾所缭绕的水国度。告别元江意味着我要翻山越岭而去，如果现在的我是一只崖上羚羊，你们会不会爱上我？

在易门绿汁镇。所有一切都从弯曲而大转弯的群山峻岭中奔涌而出。一座被神所命名的绿汁河畔纵横而出的铜业王国传说，带着它在时间中的荣华衰竭，出现在远天的群山之下。我倾听到了它的一曲曲铜色遗梦，无数青春壮志者们在此挥洒热血，在这群山之下曾有苏联专家的小楼、电影院、俱乐部、医院，曾有四五万人在此与群山相伴，探索滇铜秘境。而此刻，山依旧雄峻，水依旧流逝光阴。人已离去，只剩下最后的守望者，驻守这最后的是梦。我希望那些寻梦者将目光伸向这绵绵群山的绿汁河畔，看见这秀美的山川，倾听到那些曾经显赫的壮志。我希望仁慈的神将光束照亮这河床上的波浪，人心的坚守。我希望人类的轶闻记录下这座铜业王国的最后遗梦，以让祖国的版图美轮美奂！

我明天将出发，放下这些书，放下深夜的失眠。放下纸质书里的阴谋与爱情，放下人类的绳索。放下插页里我挥之不尽的忧伤，放下周转不息的等待……我明天将出发，放下我自己，放下昔日的萍踪，放下一个人的战争。放下光阴，放下我瞳孔里的黑暗，放下秋色果盘、水果刀、戒律、乐音、走廊里的陌生人。我明天去的地方，会遇见森林里的黑麋鹿，会遇你，遇见立于岸上的酒坛，会遇见古老村寨里的火塘，遇见热带的王，遇见歌声弥漫的女妖，遇见午后的牧神。

午后如此的简单，光阴的身前身后都是我的传说。夏天已遥远，秋天书已被蝴蝶的标本覆盖。而冬天的境遇中我正加快速度，才能追随你们的脚步。此刻我伫立河滩，明晨我将翻越山脉。明晨我穿上了干净的牛仔裙，像梦一样明亮而游离。午后，我永远等待的阳光，从激流中上岸到达我身边，抚慰我，像是带我出发，又像是分解我的秘密。而水在流淌，像经书一样不分昼夜的，为劳顿者和游离者及迷失者们打开远方的天窗。

语言的汪洋大海，生命的流亡……我在此沉沦！

不可名状的忧伤，是杯里沉下去的风景。我唯一可能做的就是继续阅读……孤寂的写作者不需要喧哗取众，不需要头戴金色的顶冠，他们一直是边缘漫步者，真正仰头凝望繁星者。写作于他们就是布上绣花，沿坚硬的砾石行走，使用真正的手将内心的光芒触摸。

因为写作，我不介意失去许多东西。面对生活，写作使我知道我应该如何面对现实和梦境中的色彩，两者之间的痛苦冲突，相比肤浅的快乐，我更愿意沉溺于痛苦的波澜峰峦。

天寒地冻，自己爱护自己，譬如为自己升起一炉火。一个人想温暖别人，首先让自己温暖起来，你才可能给予别人温暖，这是一个潜规则，适合任何人。

天未晓，我醒来，翻过山头，东方很冷，大地结冰，青麦在寒冷中摇曳身心取暖。墨蓝色的地平线何时升起？土豆、瓜果、豌豆们在山坡向神致意。我以渺茫心灵问候着第一只飞来的鸟，它以翅膀下那束红羽毛告知天下，手是温暖的。太阳会跃出山岗的，足是温暖的，行旅者会遇上村庄的。拥抱是温暖的，时间会凝练这一刻。我是爱你的，像寒冷之唇为你吟诵缓缓升起的暖阳。

男女是两个根本不相同的区境。上帝造男女只是为了让人类更深入地尝试疼痛或厌恶。其过程也是一场性别战争。就像石头上的伤痕一样古老。最完美的男女关系，是相互对峙，宁静中瞩目，永不使用性别挑起战乱。

人的真正背景是由许多碎片似的记忆组合而成的，每一种碎片都是羽毛也是石头。我们所获得的经验或成熟的界限，也就是能轻能重。在一天的光景里，总有那样一个时刻我像羽毛一样轻，虚无的时刻怎能让人变轻。一片羽毛在很辽阔的天空中浮沉，它为什么随风浮沉？而那重的是石头，它覆盖我们的心灵，那些从石头中长出的绿枝和花朵，就是我们的信仰。

鸟的飞翔状态很迷人也很孤独，只有穿越过辽阔天空的灵魂才可以轮回为鸟。鸟翼那么纤弱却可以按照自己的理想生活而飞。相比鸟类，人利用脚在行走，脚替代人的心在疾飞……尽管如此，与这只蓝色鸟相比较，人的身体是多么愚笨啊！当我看见这只蓝鸟时，我感觉到了鸟的爱情，只有心中深藏爱情的鸟才会如此的飞翔。鸟的那一双翅膀，只是为了飞翔……

一个开始，也是一种芽胚状态。这小小的自我回到中心，寻找到它那执念的语词。

花的背景外，可以想象曾经是我走过的地方。花只是室内的喜悦存在。花是挡不住人的意念的。作为写作者，最好的一点就是将随时变幻的意念记下来。有时候，一种意念就是一本书的过程。能够将一种意念完成，取决于这意念在你的身体中隐藏多长时间。这过程类似爱情，它是光束，在你的一切幻变中穿越，影响了你的视触觉，一旦光束消失，爱情也就失去了根源。

我没有长出翅膀，但我们每天都在栖息，以此密织自己的翅膀……愿平安夜所有朋友们快乐！

我感觉自己老了，再也没有在平安夜游荡的激情，而在多年以前，这样的夜晚我会在一条又一条街景中迷失。衰老的标志就是不敢再冒险。它包括在许多突如其来的疼痛中迷失自我，而这一切对于我来说只存在于语言的迷失。衰老意味着只守候在房间里，再也不敢去夜色中像鬼一样美，出入于人鬼相交的花园小径……尽管如此，意识到自己老去又是清醒的，悲哀的。尽管如此，滚滚夜空中依然有我，我看到了此起彼伏，我看到了停顿周转，流逝的星空。

爱你们，亲爱的，你们是我明天的太阳！为了那些曾经美好的以及将要美好下去的明天，爱你们！

早上好，天上的云，空中的鸟，人间的精灵……又一天，我们的成熟不是为了凋亡，而是为了从寒瑟狂风中顶起波浪。晨曦让我触力清醒，才使我感念万事万物中的缠绵……

知道自己是谁很重要，这是一门诗学的隐喻。一次景观的隐现与遥远，一次战乱后的寂静。每个人从出生以后的所有成长及练习，都是为了管理好自己。因为自己是一个庞大的体系，里面有杂物、锦绣、有酱油辣椒，有弓弦刀剑，有子弹和棉花，有镜子睡眠和黑暗……管理好自己就是找到方向，确定你在哪条路，在装满杂絮和灵魂的世界上，寻找到你自己。无庸质疑，那个脱离了低级趣味的人就是你自己，找到自己很容易，艰难的是让自己在无以计数次迷失后，顿然发现你正在走在那条自己的路上……只有走在自己选定路上的人才能走到底。

当我知道终有一天我将被美的未知，送往一个个深渊时，我预感到了危险和快乐。一首诗就是这么完成的，在这一个个深渊中等待我的也是爱，那些无妄而无法抵达的爱……我愿意是穿越荒野者，无法抵达……亦一次次抵达过了。明天依然醒来面对这个世界，我将站窗前，隔窗远望，我看见的第一道景观是什么？而此刻，蓝色的界线外，是深沉的夜……

我梦见过的或我未曾梦见过的，都像夜色一样茫茫无际，随同银色翅翼划破永恒的天际……

早安，我四周有风铃，它们持久地响彻在墙壁那边，而天上是一束蓝光。我整理好衣裙皱褶，像梦一样出现在你们面前……寒冷依旧，砾石铺满了小路，早起的人们依旧到田野上去摘豌豆，我依然将脚跟站直告诉自已新的一天开始。

人与人之间的能量就像轨道一样叉开，只在特殊情况下汇集。更多时是来自个体的孤独的能量，这当然是身体中的能量，它将载动人的命运迎接下一站。如果乘一辆古老的蒸汽式慢火车前行，你就像写诗一样等待着下一站，而下一站不知道是铺满白雪，还是桃李已花开……人生最潜在的能量只是为了迎候通往下一站的那个未知。正是这个未知，成为了我们的永远！

天空阴晦，人生明暗不清是常态，这个隆冬对我而言，是继续历练。

人与世界的关系，就像蓝墨水经过了手指，将指纹留下，并努力着，是每个人的姿态。黎明的那种忧伤，经过写作已得到过滤，真实的人生是每天与各种生命中的细节搏斗。很多细节就像小说人生，布满了重复厌倦。每个时辰以自己的生活方式打开一个小世界，快乐和痛楚就像空气样弥漫。所谓幸福只是你心底秘境中的一丝光亮……人之所以不可自拔，是因为在通往地狱天堂的秘室中存在一个属于自己命运的秘密之境。

隐现的墨绿色地平线，需要我再隐忍等待才能穿越。赴约的温暖火塘和诗学的宴堂，需要我再克制勇敢才能赴约——亲爱的，原谅我吧，让我们等待吧！

阳光好明媚，忧郁的日子终将过去。我一次次地发现了我心灵的秘密活动。尽管伤痕累累，但仍旧以我的韧性度过每一个艰难的时刻。我感觉到了当你在一团幽暗的光泽中历练过了隐忍之路后，终有那么一刻，无所不在的神会带领你去会见明亮的天宇。

永远，就是你知道，只有你知道并坚信我永远在你的心中像流水空气样存在着。永远，就是我自己，无论飞得多高多远，我将永远飞往世界上你生活的那个地方。永远，就是我们此刻活着，去迎接黑暗再迎接黎明……永远，就是我永远爱你，而你并不知道的一个故事。

这个冬天，所有的忧伤都是像一种破损的乐器，无法弹出任何乐音……所有一切都需要时间。我眼眶里已噙满了太多的无以名状的苍茫。

夜晚，需要过渡，每分每秒都具有修正心灵史的魔法。这一时刻，仿佛我的神来过了。

2013年最后一天，太阳冲破了云层继续照耀着大地，我继续以一个人的力量坚守这些最后的时间，迎接明天的到来。

过了这一夜就是明天……当明天到来时，无论天上飞的还是地上走的，请永远记住我在你的翅膀下飞行或在你翅膀下行走，世界在变，爱你的心永远不变。

请等我，亲爱的！所有乌云都将吹散，过了这一夜，我们将穿上新衣服，天空会非常蓝，大地很温暖……适宜我们落下或上升的古老姿态，永古如斯，从不改变。只要我们能飞，就勇敢地飞，哪怕落下去，也将被碧水深海托起。别害怕，亲爱的，让我们一起飞！

始于春夏秋冬而缔结因果

第一月：始于新年始于冬气弥漫

第一天：早起，读经、祈祷。福音来自心灵。新年好！千山万水好，亲爱的朋友们好！

公元2014年1月1日，平静的日子，与世无争，在小小的房间里，有我阅读过的书页味，它古老而恬淡，不进入任何纷争。这一天，蓝天很纯净，我的心气也很寂静。

新年第一天就像长篇小说的前序，之后是我们讲故事的时间。明天的明天，等待我们的将是什么样的故事？期待着风云雨雾走到我故事的叙述来成为屏蔽方向，期待着亲密的敌人和永久的蒙面人走到我叙述中来，成为涡流潮流。期待着我幻想的魔力给我的叙事带来爱……期待着明天的叙事始于爱和勇气。

第二天：叙事仍从光明开始，哪怕我已历尽沧桑，仍需要穿上深玫瑰色的长裙，将凋零的花变成标本，制作成书笺。而此刻，我洗干净了面颊，使其内心像窗外的树保持着肃静……而潜流开始从脚底升起，就像一个词升起。

我们此生获得的最为公正的待遇就是阳光和黑夜的交织，在此笼罩下我们完全按照各自的言行去生活，在这过程中，人与人的差别显形露相。不要设想去改变任何人，这是徒劳的。每个人因为差异从而构成了生活的多姿多彩。也不要抱怨，抱怨声是耳根的敌人。总之，你所选择的生活方式，要努力去承担。

思念是一个可以像水样弥漫的词汇，这个词汇的意境保持着我们在人世间值得温习的私人感情。当我产生思念一个人的情绪时，仿佛将脚套在一双纯云南味的粉红色绣花布鞋里，从我的脚心一直上升着一种温暖的情绪，它布满我的触力可以去到的或无法去到的地方。这样的触力到后来会给人带来一种虚无的忧伤。尽管如此，这般的思念净化了我的眼神，使它获得一种前所未有的坚定。

晚安，告诉自己梦是一个磁场，在里边有空中花园，没有阴谋与爱情，但有手够不到的虚无主义者的远方……

第三天：早早见菩提。神庇佑我们并一次次让我们学会安静、寂寞、隐忍、悲悯和爱……这一刻，刚习过经文，东方的天空再一次打开并敞亮。我的渺茫身躯或许是一粒沙，那么它将守望波澜过后的陆地彼岸，我的灵魂轶事如果是一片枝叶一朵花，那么它将栖于树栖于枝栖于天栖于地。

妖精王医生又是突如其来，送来了橙红色的郁金香，谢谢亲爱的！阳光明媚，昆明的太阳有一种让人心依赖的魔力。让一切正常起来吧，让所有生活的点点滴滴都像面对我开放的花儿正常起来吧！

时间，在时间的秘密逝水中，无论我们卑微渺茫或崇高伟大，都是在遵循时间的规则。在时间的幕障中，最精彩的舞蹈永远来源于个人面对墙壁和黑暗表演时的那种秘密的荒谬。是的，正是那种看不见的秘密的荒谬，抵抗着寂寥和荒凉。

我妥协的那部分，是我的生活。我可以面对俗世的繁琐妥协。而我保留而坚守的那部分，才是我的生命最致命的东西。

黑夜给了我们足够的力量审视自己，只是为了解开铜锈蚀的围栏，触摸到自己的躯体，真正的与自己的灵魂相对峙。

第四天：起床，感受天与地的接壤，感受自己的现状，哪怕是微小的变化……从容地面对生活，面对自己与这个世界的关系。早上好，亲爱的！

早醒的郁金香，散发出淡雅的从黑夜过来的香。今天将修改文本。星期六的时光，在一束郁金香的笼罩下，使心灵开始接近秘密的微火。

海惠刚送来的粉红色康乃馨和菊花，谢谢美好的馈赠者。屋内，仍然是冬天昆明的温度融入了这些花，再融入了我的气息，这就是我的一个小世界。我在这里，给予一个词出路，我陪同这个词去寻找更多的词……当天空暗下去再蓝起来，等待我的是与更多词聚守或告别！

很久以前和很久以后，都是一种故事的叙述方式。我们在这个故事的中间段开始讲故事……越是古老的方式越令人回味，就像手洗的衣服在阳光下晒干，被你从阳台收入怀中时，散发出浓郁阳光的温暖和香味。古老的方式永远值得收藏，哪怕是一个眼神，一个词都会注入灵息。记忆是挑剔的，它从不会收藏一次性使用的碗筷、纸巾的记忆，也不会收藏一夜情的记忆。人的持久和绵长记忆只建立自己美好的卷宗，只收藏经过灵魂区域后被灵魂允许收藏的记忆。

晚安，清朗的月夜，寂静的空灵。

第五日：确实，人类的未来必须建立在图书馆、阅读、幻想之上。这些东西也是我个人的生活方向。失去这三个主题的人类生活将意味着什么？忙碌的肉体啊，停下来，给自己一种幻想的惊喜！

这样的时刻，只希望我们的心情很安定。一些纠结忧伤的事情很快过去……人生的问题实在太多了。在这个新年初始，倾听到的、别人的、自己的……问题的蔓生充分显示出了生的无奈。尽管如此，黑暗中可以更近地将许多涌动的杂芜清理干净。当明天降临时，有一种更清新的空气笼罩自己。忧伤的美，只有忧伤者可能感知到那些细微的局部，就像绣花的人坐在人群中，哪怕空气怎样喧嚷，她们也能在自己网起的绣布上，移动针眼，像移动大地上一只鸟飞向自己的距离。

第六日：以菩提的这束花，朗照生活的一切缝隙，在每一个阴郁的地方，都有菩提明珠照耀。早上好，万物都安好！

我每天祈祷，让模糊的变明净，让阴沉从脚底浮上天空
在我的房子里，有幽灵有天使。我害怕时祈祷
光亮就会穿过灰尘，到达我手上。我触抚
有可能存在的美，它们黯哑地转着圈，是一个团体
使我晕眩。我忧伤时祈祷，无论任何时候
不分白昼长夜，我都会寻找到我的神
而此刻，太阳穿过了屋角的土豆，穿过了晒衣绳

我结束了祈祷，无论悲伤快乐，我都会
成为你一天中最亲密的另一个自己

多年以后，我在何处生活写作？执著就是那种走到底的人生。我凝视着这样的黄昏，心又一次沉下去，就像将戴了很长时间的手镯取下来，手上仍保留着痕迹。越来越喜欢这样的人生，在简单中直入微澜，又不失去干净的面颊，同时潜力于在无常而神秘的时间中获得快乐和满足。多年以后，我希望在静寂的落英里，我仍然可以独立地走得很远。

最执迷的仍然是在安静的分秒里，静悄悄地整理自己的笔记，就好像在旅途中将风扇、蝶翼、古老的谣曲带到自己的记忆深处。一个人的笔记中应该呈现浮生的面面观，那些从你的视眸间被你触及的碎片，与一只红色而浑圆的苹果有同等的震撼力。我希望在此刻触及你，另一个你，远在我笔记手册中的牧场外的另一个你……在更多时候，笔记就是我们的牧场，它远离喧嚣，在纵横的野草和荆棘深处，你会迎来最心悦的花朵，也会迎来最灿烂的星月。

所有已经长出翅膀或未长出翅膀的魔力，只为那些面朝星空的人打开。

自由的精神方经受住永恒黑夜的磨砺和诱惑，才能让你的身体穿过蓝色光亮中的前夜。

第七日：一切美好穿过冬天的肢体，同时穿过了四野到达我的墨水和弥漫着时序的笔记本中……活着，是一件让自己保持勇气和信仰，从而掌控自己行为因果的生活方式。

慢慢地解构时间与我的神秘关系，一次次地深入到那些从我生命中途经的羊肠小道，以此观鸟飞的图像，尘埃落地的凡俗世事，即使在小小的斗室里，我的心仍然为过往之境而感动。阳光好明媚，此刻的我，心生喜悦……

我还是想穿上这双红色绣花鞋，去我喜欢的地方。人在等待中度过的时间，使许多时光如隔世的炊烟。从年轻时到现在，内心一直就站在远方，曾经为青春出走过，搭上一辆慢火车往前走，然后就到了大海边……内心的波浪不息，总是朝着危险的语词走进去……那些生活构成了我的写作。远方永远是一种虚构的文本，因为充斥着远方……在等待之中就变成了一种虚构的叙述，这使得时间像碎片般晃动。人生活在远方中，犹如词语不断变幻场景。

是时候了，栖在晒衣绳上的鸟，拍翅而去，在日落之前，以箭一般的疾飞，去投入拥抱它们的树巢。是时候了，瓶中的郁金香，散发出从未有过的深情，默认着内心起伏不定的潜力，倾尽最后的梦想，在这温暖的冬天里隐忍地开放。

第八日：细如血管的弓弦破晓而出，演奏着心音，每个人都是一种乐器，你愿意使用哪一种乐器演奏自己的生活……在这个早晨，我喜欢长笛中缓缓流出的音律。世界的消息有喜有忧，它都会过去。个体是这个渺茫世界中的一滴水，一滴水可以随江流入大海就会永不枯竭，因波浪而永不枯竭。一滴水也可以是另一种命运，融入一棵树身、一座高山峡谷、一只酒窖、一首诗歌、一次传奇……因为在生命的存在中充斥着水的晶莹痕迹……所以，尽管生命是一次寂寥的存在，却可以寻找到自己的存在。

我们有隐秘而艰涩的记忆和疼痛，这证明我们一直在成长。失去成长和已经完成了成长期是一件可怕的事情，因为只有在不断的成长过程中，我们的生命才意味着与时间中的现场相遇，那些现场也许是荒野沙漠、古刹圣殿，也许是深湖海洋，也许是长旅和战乱……只有亲自置身于这些现场，我们的身心才不会失去磨砺的过程。而每一次巨大而艰苦的磨砺也正是我们成长中的时间背景。我希望我的心仍然是一根苇草，在未被折断之前，我的心仍然渴望着一次次经历狂风暴雨之后的寂静。

有些力量从不显形露相，它像是青麦地里的倒影
我能如此走下去，全凭我内心的空洞
它将尽可能地装下全世界的疼痛。我今天晒过了太阳
还会迎接黑夜。有些潜力是看不见的
我用针挑开了缝隙，里面有线头，最深处是洞穴
让我努力吧，追随你们是一件幸福的事情
有些力量在披肩下，颤栗中起伏
我能够走到底，是因为旅途中有沙漠
我是一个爱上沙漠的女人，因为有水渠在前面等我
所以我不害怕沙漠像绝望的城堡
有些潜力，你根本不相信是从柔丝中抽出来的
是的，我能够走到底，全凭我浑身似水的力量
走过了沙漠，我等待着抵达你们的村庄
我能够走到你们身边，全凭一个虚无的信仰
让我努力吧，有些潜力像幻影术来去无踪
待我度过最黑的夜晚，我一定告诉你磁石上铭刻着花纹

第九日：读经、祈祷，给自己喜悦的理由，产生信念的力量，星

期四好！

年前的世界纷繁杂芜，告诉自己安静……当我安静下来时，手指间有韧有力，心境像被树叶刚拥抱过。亲爱的，你要将心渡到词语中去……亲爱的，这才是你的现世处境。

多年以前……多年以后，都是时间的轮回让我们起伏不定，直到我们修正春去秋来的因果，许多事才会尘埃落定。

所有一切都需要再等待，像婴儿一样等待。落日又将沉入地平线……我能看见不远处高高的脚手架，一座城市因为不断的拆迁，早就失去了让我们为之激动的色彩。而此刻，我几乎完全中断与外界的亲密联系，唯一的生活就是在房间里……不过，春节以后，这样的沉滞时光就会结束。我的脚，我脆弱的脚会寻找它的节奏它应该去的地方……

一切问题都是花、枝杆、棘荆……的问题。所有问题最终将回到语言中，也许会解决，也许会消失。语言是存在之母，是源头，是霍乱时期的爱情。是澄澈我们在迷雾中前进的镜子。不知为什么，我想到一个人，他也许是迷雾中前进的镜子。不知为什么，我想起了罗兰·巴特的《恋人絮语》，也许是尤瑟纳尔的《苦炼》……归根结底，所有纠缠人心的问题就像神灵与凡俗者的距离，就像男人与女人的关系，就像原罪与苦役的对峙，就像花朵与审美的亲密……

自由因为不自由而显现的史诗般的时间吟唱，穿过了许多世纪，直到此刻它依然是我们沉浸的火炉，其烈炭般的历练通往的是敞开的辽阔荒原……

许多时候，走或不走，都是必然的。平凡和伟人的区别，经过了时间的镀铸向前，其肉身显示出不同的传奇，凡人的传奇很快就烟消灭寂了。伟人的传奇经过吟唱，使其镣铐显示出音乐性。生命的历史是一部镣铐穿越黑暗与光明的时间史。

我置身在何处并不重要，遇见一滴水就知道大海有千万层波澜，遇见你就知道我的余生将有永无尽头的寂邈。

寒冷和温暖都有形而上的刻度……到了最美和绝望的时刻，从墙壁的另一边会发现火塘，而在推窗远望时却是冰川……我爱上的人和我播种下的麦子有不一样的性别，尽管如此，春天让我期待。

第十一日，无论在水上陆地和天空……这一天我们的生活都是吉祥如意的，亲爱的好！

第十八日，时间又飞越到了今日，一切如故，爱如故，穿梭如故，思念如故，美好如故。

寒冷，收到倪涛的散文《左右不过人间》，诗集《享乐者无可救药》，在寒冷的书屋中，拂开书页，静谧的文字中回旋着作家的立场，像脚踏车上的旋律，沿着充满倪涛诗意哲学的偶遇前行……

夜晚，黑是真正陪伴古老人类的哲学絮语，它教会我们如何隐匿，更多时间我喜欢隐匿，是因为里边藏有我深不可测的诗歌。

收到《中西诗歌》，礼孩办的诗歌民刊。今夜，诗歌的夜晚……装满了许多忧伤的色调。

在今生，我抵达那些草上的荆棘
我抵达你门前，一堆冬天的冰雪屏蔽
我抵达，春夏秋冬穿着的裙子的呼啸和祥和
我抵达，一顶帽子掩饰的慌乱和惊喜的眼神

我抵达爱情给予我的空洞，抵达漫长的远距离
我抵达缤纷的深渊垂直而下的铁路
我抵达礼仪过后，交叉的负重感
我抵达羞涩，缄默的警戒线
我抵达无穷无境的，那最后一场演出后的告别语

晚安，亲爱的，惟有睡眠让我们遇见梦，惟有梦让我遇见你。

失眠的夜晚，时间循环在无星月的冷星际，我只是这夜里的一点黑……

年前尽管平静，还是被许多未了之事干扰，许多心灵的践行有待年后去实现。年后要有工作室，要有习画的空间，那时候生活与写作才真正的开始。春节是让生活变得杂乱的一个节庆，也是一个划分冬天到春天的分界线。

一些遥远成为了牢固的记忆。啊，记忆中的火，将使即将垂临的大寒显得温暖。夏天已过去，秋天已过去，冬日将走到尽头，而我的故事像一条总也无法逾越完的古道……寒冷让人梦想那些被遗忘的古道。

任何东西都会过滤消失，惟其那些植入血液深处的颤栗、感念，像是在魔法中的镜面，每天倒映着你生命的底片……一些撕碎的东西无论多么沉重，都是你窗前悬挂的灯盏，与日月相遇，成为你身体中的事件。

又飘过了雪花，这一年昆明迎来了历史上最冷的季节，我度过了生命中最长的煎熬。雪花在飞……

某些东西一定要让它回来，回到我的膝头胳膊，回到周而复始的习惯中。阴冷的天气，文字在此逃逸，而我必须抓住，女人写作时更像一头狐狸，穿越千山万水，但重要的是注重穿越僻境、复杂、诡异学的边壤。如此，便能探秘到那些越境的本能、孤独的美学。

生命中培植一种习惯很重要，这习惯每天重复为你的灵魂而服务，其余的许多习惯则是为你的世俗生活而服务。那种致命的习惯一旦坚固有力，便必然柔情似水。我用了漫长的时间与语词相处，是我习惯中的习惯，当万千杂芜像潮汐退下，你的独处是一些青苔在深水区域的荡漾，也是双手抚摸处看到的白色泡沫过后的纯净如天壤的境遇。

只是眨眼的功夫，天空开始亮起来
在这座城市，住着我的母亲，她已84岁
除此外，住着我的魂。因此，我希望天气是蓝色
温暖的。我在这天气中已经让骨骼变得越来越坚强
天空只要亮起来，我的纽扣也会变蓝
哪怕一束光，我的眼泪就会盈眶而旋转
终于过去了那些晃荡的黑暗
只要睁开眼，我就能鉴证我是否与你们一起
穿过阴晦的星期一，穿过一道道栏杆
我的魂居住的城，就像刚被手风琴演奏过
就像你我的指纹，奇妙的迎来了来世
时光多么简洁，眨眼间，我的纽扣已经完全变蓝

年前的忧郁更为强烈，自我会流失在庸碌中，这个时代的年关已

经失去了古老的节庆诱引力，人们赶赴、抵达只是一种形式，再也回不到儿时的记忆。小时候，每逢除夕，父亲都会扛着青绿的甘蔗，带着兄弟姐妹们的新衣服回家，我静静地站在紫薇树下，倾听着父亲回家的脚步声……初一，我会穿上新衣服。怀念早逝的父亲，怀念那一幕幕古朴喜悦的年关前夕，我那像竹笋般升起的清新等待。

懂得隐忍、依恋、护佑，从而加剧血液的循环。这一天，云朵依然飘忽，但天幕深蓝。我们会寻找到某种亲密的因果，世界像是被灵魂染绿，春天在我的橄榄裙子中提前降临。

23号，亲爱的语凡仍在这座城市，亲爱的，祝你依然美好。在散发着一阵阵感伤的旋律下，这座城市仍然以它年衰的进行曲成为市景中的斑马线、破碎的心灵。所有现代化城市因为全球化而使心灵史进一步破碎。而个体的心，正越过疲惫的城景，找回自己的鞋子，走自己理所应当走的路。

我的密友张春燕在香格里拉种植了近两千亩的玛咖，这种神奇的植物只能生活在美丽的香格里拉……从我认识春燕的那天开始，她一直着迷并探索云南的生物世界，她是大地植物的诗性发明者。

尤瑟纳尔说："描绘深渊里的焦虑异乎寻常地困难，这种焦虑不是情感上的，而是形而上学的。"越是天蓝如碧水时，内心的速度是那么强烈，一个人在深渊中呆久了，当深渊突然向上升腾，其身体所碰触的大部分现实，来自你数落过的门前俗世者们的存在。当下，我看到所有的信息都维系在年关时序的奔走图像中，在祖国的版图上，不知有多少人挤在汗淋淋的车箱里，正奔向那些像鸟巢样细小的村庄，而又有多少人倚在古老的门窗前等待。中国年，正永古如斯地继续耗尽每个人不得不面对的俗世奔逃录，抵达录……亲爱的年关好，你所筑铸的古老庆典，一边是冬日残阳，另一边是春暖花开，所以，全中国人都在从残阳这一边奔向那一边的春暖花开……

第二十五日，肃静的早晨，一如我儿时在滇西永胜三川坝看见的小河渠，七十年代的缓慢曲调，满世界的绿，人心质朴如水流的清澈……那是我成长史最有力的篇章。若干年后，当我更加年迈，我会回忆那里的干净，回忆那里的诸多面孔，我定将为我自己的光阴写一部书，题目为《我曾经妖娆或寂寞的立场》。

午后，云朵依然在天空中流浪
我们在地上，忽视一朵浪花，仿佛遗忘了
昨夜的梦，而大地上，有一门户
正在酿造蜂巢中最后的蜜，只要你启开嘴唇……

伟大的荣枯进行曲，开始了它们演变命运的时刻，只要抬头看见这一幕场景，我就禁不住想去拥抱它的灵魂。

早安好，飞翔的或正在大地上行走的！

27日，今天昆明20度，温暖的日子。大脑处于最为低级的时刻，所谓过年，就是让人彻底摆脱想象力……就这样，我努力地想成为一个我所期待成为的一次战役，一次除了冲锋陷阵和失败之后，愿赌服输的傀儡者。就这样，我努力地为自已和保存的那些称之为勇气的东西，原本就是我血液深处被畅流的血元素顶起的一些浪花之后的彼岸。

我所向往的好日子，写作绘画，守候着灵魂屋檐下围栏中的一小块尘埃，以虚无的理想主义酿酒制蜜，战胜一切适可而止的黑暗，以光阴的生死轮回，告诉自己活够每一天的欢快和忧伤。

无论我置身何处，你都是我心灵中的沙漠。因为只有在沙漠中我们可以相互相抱。从这个意义上讲，沙漠是诗歌中最辽阔的意境。如果有一天我拍摄一部电影，开头或结尾一定会是沙漠的背景。也许是惟有沙漠让人的表达失去了意义，让生命的相遇和寻找显得柔软和无妄。

远方是什么？亲爱的，当我在这个年前，终于获得了脚的自由，质朴的生活又回到了我生命中。在我的边疆，云蔚蓝，阳光以20度给予我全身心的温暖。

绵织的大地，地球上的锦绣……在某个点，目光与这些葱茏的事物相遇。我知道我的心醒来了，它们是我从儿时就进入的圣训摇篮，真正铭刻在我心灵记忆的不是教科书，而是我在出生后的盆地、丘陵、河川上的历历往事。29日，我的视觉垂向这些锦绣。

今晚将吃到的就是这些活生生的青菜……田洼、下午的阳光，远离城市的年关，我坐在山岗上，记录着……

农耕文化最重要的就是让地球的生态缓慢地保存原生活力。地球应该是地球人最好的故居，每一次只有当我寻找到这些缓慢，我的叙述仿佛也会变得更加耐心。无论是农耕、写作绘画音乐，都需要耐心，从忧郁的耐心中，我们培植和创造的才是我们真正的理想主义生活的原生时光。

站在这山谷间，阳光柔和得像神在下午太阳落山前写下的天书，我身体中的墨水告诉我说，我原本就是尘埃，只是轮回成了灵息，便有了今世。

刚看到了最美的一场落日，在乡野间。只有大地深处浮生的落日，挟持着通往土地的道路，拖拉机出现了……我对城市的场景多少年来总是无法进入，太玻璃味和金属的大厦总是进入不到我的语言触感，而大地的某一边隅又总是会游荡我的心跳……这条路太艺术化了，当我们谈论艺术时，往往会漠视我们身边的一切，而刚才我仰起头看到的无疑是最震撼我视觉的景观……六点钟滇南山岗上的一幕……

从这条路往前走，就是我热爱的落日下的广阔地平线……确实，世界是入口或出口，我们则是无常的戏嬉光阴者。

明天，不仅是美食，更重要的是一个标志性的结束……2013年，对于我来说是感恩、搏斗、隐忍，除了写作外，也是开始学习绘画的一年。更重要的是继续学习磨砺的一年，更重要的是感知到秘密心语的一年。无论如何，也是我自己被光阴继续耗尽时光的一年。

第30日，光阴的尺度到了这里，我又看见了深蓝色的地平线，作为一个云南人，因为长期生活在峡谷、丘陵、盆地中，对于我来说，蓝色地平线就意味着是大地与天空接壤的地方。

除夕祈愿文（星云大师）：慈悲伟大的佛陀！今天是岁残年尽，我们的人生又过去了一年。这一年来，在我的生活里，尝到了许多的酸甜苦辣。这一年来，在我的遭遇里，看到许多的人情冷暖。慈悲伟大的佛陀！所幸仰仗您的庇护，让我生起勇气面对现实，一次又一次渡过险难；所幸承蒙您的教诲，让我提醒自己不要失望，平安走到一年的尽头。慈悲伟大的佛陀！有时我会怀疑：人生的意义究竟在哪里呢？有时我会思索：人生为什么有那么多的苦难？有时我也会难过：我对人真心，别人对我竟然是虚情假意；有时生活对我也会不平：我给人帮助，反而被人怨怪，被人歪曲。佛陀！这一年来，我每日缠绕在执着烦恼中，无法开脱；我经常陷身于无明业海里，不能自拔。我虽有师长教诲，无奈时似悟，对境生迷；我虽有善友提携，总是忠言逆耳，错失良机。佛陀！从今以后，我会以真理阻挡愚痴的邪风，我会以柔和消灭嗔怒的烈火，我会以喜舍对峙贪欲的洪流，我会以谦虚铲除骄慢的高山。慈悲伟大的佛陀！今天，一年又过去了，往昔所有的恶业，我要在你的法座前深深地忏悔；过去一切的恶行，希望在你的加持下改往修来，仰仗您的威德，让我的愚痴随着这一年消失；仰仗您的威德，让我的陋习随着岁月而流逝；仰仗您的威德，让我的智能在惭愧里面生根。慈悲伟大的佛陀！炮竹声中辞旧岁，万户桃符将更新。一生罪业污秽的我，至诚地跪在您的座前，祈求您给我新生，祈求您给我再起。慈悲伟大的佛陀！祈求您满足我衷心的愿望。慈悲伟大的佛陀！请您赐给我美好的一年，请您赐给我美好的一年。

过年了，树将要发芽，过完这夜，桃李都会绽开花蕾，而我无论曾经悲泣、荣耀都会随同谎言、虚辞、欢喜成为过往。只有心留下来，陪同我沉重的肉身，继续为灵魂寻找凤窝，或者像孔雀将斑斓羽毛藏在翅下，只在需要面对亲密的敌人时才开屏。

春阳缓缓地覆盖这些村庄，我途经了这里，走进去又走出来。满村庄的树木和蓄水池都期盼着春天降临。我纸上的空隙，也同样期盼着春天。这个除夕，我远离尘嚣，仿佛预告着新一年，我会继续穿上棉衣棉裙，我会像尘埃一样肃穆，迎接从风中飘来的种子。

大年初一，我仍遇见了这些方块似的田垅，对大地的熟悉和挚爱，源于我儿时跟随农艺师的母亲在滇西永胜的成长史，直到如今我依然是这些田垅边的影子。我对农耕文化的迷恋，犹如我对写作织密生活的热爱。新一年，仍祈祷我能用语境去探究一个人历程中潜伏的深渊。天与地启开，我祈祷着……

远离城景，灵魂中的那些味道变得如此的清新。这一天我们无论置身在何处，都是闲暇的日子，一种应该有这样的一天，发呆，这是纯自我的思维停顿游思。许愿，这是一个人心智中向往的理想生活。

第二月：立春后的沉思录

《告自我诗》之一

首先，你是女人，女人是水，这是你的第二性，水于你是柔软，这是你的属性，也是你戏嬉人生之魔法。在新一年里，愿你依然是水的姐妹、水中花，无须变成钢火，但可以用水去迎接钢铁和岩石，方进入大海。

其一，祝你渡过寂寞，对于你这样的女人来说，寂寞是生命的第一要素。在寂寞里，你宿于天地之间，宿于笼子、地狱或天堂，宿于自己的天命、水命、土命，宿于生命的刻度。生命中最难于渡过的不是疼痛，莫测浩劫，而是你执著的理想主义梦幻到底怎样去践行多长时间？

其二，祝你渡过黑夜，这里有造梦的壁垒炉火灯烛，祝你在黑夜中将梦境进一步地抵达。在黑夜里，所有谎言、耻辱、沉疴都是梦的大敌，祝你在梦境中遇见天上飞的精灵，地上行走的先知。

其三，祝你隐于斗室，隐于锋利的麦芒下，隐于弓弦穿越千山万水的悲情，隐于永恒的玫瑰，隐于镜前明月，隐于你身体中的一首无尽的史诗，隐于秉烛散尽的茫茫风华。

其四，祝你在春天破开时出发，一步一步奔向生命的中途。在中途，在有车辙飞鸟的地方，祝你寻找到山岗上的向日葵，你将面颊迎向那一束束金色的光芒，祝你阳光明媚，内心中盛开永恒的庆典。

其五，祝你始终如渝，纵使时光流逝，永不再来，你依然拥有亲密的君子和敌人，你依然拥有质朴如茄子、番茄、青椒垂挂的菜园，你依然拥有青鸟探访的神秘侠侣的生活。

其六，祝你身体健康，像蝴蝶一样轻盈地遇见飞行中的屋宇，遇见自己喜悦的战役，投身于传说中的死亡和再生的福地。祝你将生命的肢体一次次地迎向忧伤的荒原，迎向那一只划破地平线的飞鸟。当梦醒以后，不仅仅迎来你生命中的凋零，也要迎向那些从火中盛开的繁花。

《告自我诗》：

1、

祝你永远有一间房
有书上拂开的指纹，有旁边垂立手臂的位置
有打开天窗的白昼迷离症状，有沸腾回温的水壶
无数的光阴斗转，夜幕下的你自己是你幽灵的前世
在阴天的时候，有低音中缓缓降临的神
敞开神曲长袍下一角，彻底裹住了你的忧伤
在阳光明媚时，你在房间中偷着欢悦
你是那么丰饶而美丽，整个世界只是一间房
你愿意做奴隶，也可以成为仙女在飞

2、

祝你冥思在裙子盛开的路上
你的眼睛可以捕捉到一只空气中的昆虫在飞

你的爱可以让僵硬的曲线变得柔软
是的，祝你的远方，是沿着一只羚羊欢颜而笑时
穿越的万丈深渊。祝你的爱
在前世的笺注里，曾被一只云端里的天鹅拍翅歌吟过

3、
祝你依然用身体奔赴一座村庄
在立于山头的水坛里，你会陪同古老的节庆
学习、品味，直到你酩酊大醉后
村庄像婴儿般熟睡，而你将最终铭怀从青麦地醒来后
辉映你的那束光，最终替你战胜了生命中的魔鬼

4、
祝你的韧性借助于绳梯攀越而上
像一只鸟从黎明出发，每每飞过一级级阶梯
都能在翅膀碰撞后，遇到耳畔神意弥漫
遇到有身藏锦绣者，携手于你
让你即使彻夜未眠，仍然能从微火中寻找到赤裸的山峦后
是银光四射的恒河，是永远的冰川在磨砺你的意念

5、
祝你写下的一封又一封情书
有一封情书是献给母亲的，只有在她的盆骨中
可以寻找到你的因果书

有一封情书是献给未知的，只有在未知的王国里
你的前世因果书，才会像雪花那样白，黑夜那样黑
有一封情书是献给幻影的，只有在幻影书中
你的灵魂才会落地，也会随风而逝

春节的假期一天一天过去，都是国人疲惫的年关，不知有多少人在逃避春节的焦虑、浮躁。紧随而来的是另一个暧昧不清的另一个节日——情人节。今年春节我每天安静地在一座僻静的山岗上度过了春节。每天品尝到了地里的青菜萝卜，每天目送着阳光的温暖变化，仿佛在古代的纪年中生活，对于我来说，这真是一个最平静而素朴的年关。

有多少灵魂中的境遇破晓而开？一个人孤独是因为灵魂倾向于孤独。

还有多少早晨，树才会开花？等待节令是悠久历史中最古老的习俗之一。等待使多少人正在悄无声息中老去，等待又使多少人失去踪迹？等待的心脏默默地跳动着。年关已逝，春天慢慢复苏……

从这里走向永远，永远是这条路上的阴影和明亮，幸福的黄手帕就在前面。

你知道我的伤痛吗？在乘着黑夜而去的航线上，我既是幽灵，也是女妖，我将在哪一条波澜重叠，我将被什么样的力量推向此岸？

立春以后，我会回到现实，而最大的现实仍然是回到自己的语言中去。人存在于自己的命运中，所谓命运，就是你一生每天面对的生活。从素朴的山乡回到书房，将面对在那个喧嚣磁场内部你所建立的那个小世界。立春以后，我将在万物复苏中寻找到原来的那个自我。

从山乡回城市，春阳艳丽，希望古滇池王国遗留下来的那座城堡，处处回旋百鸟振翅。

回来，我又听见自己细碎的脚步声，大地太辽阔，那是圣灵居住地，而我们理所应当回到自己的角落。对我而言，有一角落已足以安定魂灵，有一角落已足够支撑四肢和让灵息上升。突然，出奇的平静，世界喧嚣的那部分，也许曾经是我光阴的一片叶。而此刻，我更迷恋一个角落，一本书，我更热爱在贫瘠的峡谷中，迎接我自己的神曲。

活着，有一把钥匙，终日在孔道里旋转，索取光亮黑暗，无论世界怎样疲惫破碎，你要管理好你的灵魂，只有当它跃起你才能出发或抵达。

我们就在这里，在灰尘中惑动着，少许的绿
就能让我们寻找到千山万水。艰难的涩从树枝渗出
去投奔干净的眼泪，我们还需要懂得再一次的
节制，才能在火塘熄灭后，将春风迎颂

所有幻象，无非是在推动我们朝前走，人更多的欢乐执著于无意义的劳动和追索中。当我面对眼前，我相信盛开在空中的花朵之消遣就是我的幻象书，而移动我躯体的时间哪怕怎样明暗，都给予了我强劲的忧伤。

今晚，什么都不想说，沉默就像旧衣服

裹着久远的雷电，或者像游鱼带走了喜欢的镜子
今晚，什么都不想做，只想掩上门睡觉
赶走所有的蚊虫，让夜幕像营帐升起
今晚，什么都不想要，甚至语言或高于语言的黑暗
甚至蓝色或超越蓝色的翅膀……

一个人建立的小世界，需要厮守维系，需要人在时间中像礼赞花一样的信念，方可让这个小世界春意盎然。春天，像梦样出现在眼前，对于我来说，这是一个异常忙碌的节令。

春天对于我们同样是一个偶然，当然，苟延残喘者除外。面对这一阵阵偶然扑来的春风，我们知道要将厚重衣服一层层地蜕变为春装，最重要的是面对一年中的初始。灵魂的皮或肉应该穿上什么样的衣服——这一切都出自我们对偶然的想象力和推动力。

忙于钻进春天的巢，首先我的花，犹如自己笼子里的飞鸟。近在眼前的春天啊，为什么在二月七日就来临了？整个房间里，都充满了那只鸟的拍翅声，对于我来说，一间房就可以让自已去捍卫整个世界。所以，一只鸟可以在屋子里遇见无数森林里的栖身枝头……这个春天依然喜欢栖居，因为枝与枝都需要时间才可以飞越。

一整天都在附近寻租一套小小的工作室，在文化巷和昆明学院老宿舍区分别有各不相同境遇的两套房……不知我与哪一套有缘？春天来了，玉兰花开了，我要写作绘画了。

所谓境遇，就是你命运中错不开，逃不掉的现实。境遇中的我，重视我灵魂中的召唤。春天，除了写字、排忧，也在寻找一个真正属于我涂鸦的色界。

只要爱着你，明天就能继续下去……明天是汗淋淋的劳动，明天是巨大虚无主义者的狂欢！

只有当夜空闪亮，我才知道距离你有多遥远……而黑漆漆的夜幕下，我最杰出的年华，就是歌吟我们永恒的长别离。

更多时候，我喜欢黑暗静静流逝中的关于我自己，与这个世界发生联系的，那种执拗的忧伤和勇猛的热力。

世界让我们厌倦着……也让我们热爱着，这就是生命的基本要素。神让我们往前走，我们就这样一边走，哪怕心中充满了质疑，依然往前走。

早晨，好时光的进行曲，致力于内心生活的长调中的又一短笛。从此刻开始，我爱你，就像爱我的眼睛。

我是海男，来自荒原……我是紫色的代言人，我就是那只忧伤的黑麋鹿。

让我更深地将头垂向你吧，我所爱的荒原！

当我停顿，世界有多少事已变幻，再也回不到从前，而我们继续捉迷藏，将世界的游戏玩尽……尽管如此，真理却是遥遥无期。

确实，生命比我们更有智慧，人创造智慧，是为了接近并发现生命的秘密活动。

当我在这孤寂的夜晚出场，必须面对那些失去音讯的踪迹，只有当它们以固有的姿态告诉我说，一代又一代人就是这么消失的，包括你自己，终有一天，再也不会回来。

国人正在消失的情感：忏悔、善良、悲悯、爱情、胆色、平和、谦卑、敬畏、博爱。国人正在壮大的情感：功利、冷漠、自私、暴戾、猥琐、贪婪、虚伪、恐惧、淫欲、腐败。

情人节，有多少人敢真正地正视这个节日，少男少女在面对这个节日时，他们作秀，送玫瑰、巧克力，香甜得令人腻味，那是少年轻狂者的街舞似的情人节。至于中年人的情人节，基本上是纸上谈兵，或者是在沉重突围中的一丝从耳畔拂面的微风而已。我们国家的大部分中年男女已没有心性谈论爱情，更没有情的舞台，如果有也只是逢场作戏而已。最后是老年人，如果我偶尔在街头看见一对已度过了金婚、银婚的老人，已经完全的白了头，却彼此手牵手，非常缓慢地朝前走……每每遇到这样的场景，我的眼眶忍不住会潮湿，他们是伴侣，也是永恒的情人。我不知道，在这个浮华易逝的岁月中，有多少人能获得这样的暮年牵手，我能感觉到他们完全松弛的、青筋林立的手中的温度，那是他们将男女性别战争进行到底所获得的永恒温度。

尽管如此，情人节，对于今天的国人来说，是一丝丝突如其来的恍惚，当情人节到来时，花店里所有花都会附属于情人这个词从而成倍地增长商品的价值。除此外，情人节也是考验人们的思念、等待和耐心的最好时刻。总而言之，情人节只是一种戏嬉，无论是悲伤、喜悦，低级和高级的戏嬉……它们都只是戏嬉。真正的情人节是神秘的，与公共庆典的节日没有关系，就像一朵玫瑰，它永远只会为爱情而盛放，一束野花它永远为自由而绽放。

祝愿那些品尝到汤圆的人们生活圆满，心意顺畅！也祝愿那些在情人节的公众节日中寻找到自己庆典的人们，节日好，亲爱的朋友们好，今天的我们应该心仪玫瑰之香，思慕千山万水！

八十年代末期昆明学院的一套老房子，将成为我的工作室。简朴的房间是我需要的密室。

下了一夜的细雨停了，这场雨不知道会润多少万物。这是一场令人期待的春雨，我们的活着不是奇数，而是由奇数与多少个偶数相融洽的故事。万物是我们的耳鬓厮磨，是我们的掌上明珠，是我们的斗转星移。总有那么多的事要做，总有那么多的缝隙要移动着阴影，总有那么多的变幻要改变你的初衷，总有那么多的花要枯萎，总有那么多的悲沧在眼眶中沉入沙漠，总有那么多的爱失去方向，总有那么多的时间要逝去。

在充斥着尘埃的路上，突然降临的一场雨，会让你的足尖溅起泥浆。无论如何，我们就是在尘埃和泥浆中活下来的。生命最尊贵的不是冠冕，而是你的足在尘埃和泥浆中能走多远?

疲惫和无妄造就了休眠，我的现实从来都是从这些休眠中寻找到光亮，一个人的搏斗没有锋刃，全凭弯曲的闪电去探究一种黑暗之源。

《曼德施塔姆夫人回忆录》、《安娜·陀思妥耶夫斯卡娅回忆录》……下雨天，在新知图书城淘了四大袋书。书，有无数亡灵者的窃语……

多丽丝·莱辛传，她说，回记录写作让我知道了许多记忆的小把戏，它把人生修剪得整整齐齐，让光明与阴影形成强烈的对比。

下雨的安静，是任何东西也无法替代的。雨，会天然地筑起长堤，将一切拒绝在外部。从年少时就喜欢雨，那时候总是穿一双破鞋子在水洼中跑来跑去，或淋着雨在门口等待母亲回家。雨，润着万物，也在润着我们的车轮。今年对于云南，雨来得更快一些，这几年，云南一直干旱，希望今年能风调雨顺。雨，也会加剧情绪的忧郁，但在雨天写作读书无疑是最大的幸事之一，尤其是在绵长的细雨里写字，仿佛是最自然的叙事情调，那样的感觉，宛如在露天的温泉池塘沐浴。生命是件无奈而时时被希望推进的事情，人效忠于自己的灵魂，并时时刻刻被自己的灵魂所灼伤。然而，雨也是抚慰剂、幻境术，它会让我们学会克制自己的感情，天幕的辽阔而伟大，会让我们变得伤感，也会让我们更加恪尽职守，每个人都拥有不相同的职责，正是这一切，让我们面对细雨时，一遍又一遍地润化自己。

窗外雪花飘啊飘……晚安，天上的精灵，地上的梦。
躺下或站起来都是我，无论是正午还是黄昏都过去了
昨夜雪花过去了，羊群走过高原压住了阴影过去了
门槛绊住了脚，质疑已经过去了
枯叶旋转了一阵又一阵后过去了
我背叛了自己的年华又迎来了你后过去了
时间啊，时间中的铃木响彻耳畔后又过去了
想念父亲的忧郁时光在敲门声中过去了
躺下或站起来都是我，黑夜或白昼都过去了
远天下穿着裙子的女人过去了，紫色过去了
墙壁上的斑点过去了，眩晕过去了
雨水像情人一样来临，脚步声过去了
沙哑的诉说过去了，故事里的尘埃随风而去了
过去了，繁花过去了，羊群翻过山岗过去了

雨水节令以后，一切细如雨滴的生活将开始……早上好，亲爱的生活。

到女友环猪格格的生日：

你那郁金香一样的美，应该从你玫色的嘴唇开始礼赞
它们细密的质感，饱含夜露的秘密微微地启开
于是，无数馥郁的香草味被私密的天宇收藏
你那郁金香一样的美，应该从你明亮的眼神开始礼赞
你的的眼神曾追逐过爱神，追逐过捆绑你的银镯
你的眼神曾无数次沉迷于青山绿水和你手臂下的繁花
你那郁金香一样的美，应该从你白皙的肌肤开始礼赞
东方美人的肌肤，母亲赐予你的自然肌理
寄寓于你的是水一样的福禄，水一样的波长纯净
你那郁金香一样的美，应该从你的一对儿女开始礼赞
那大的男孩牵着你的左手，那幼小的女儿牵着你的右手
因为他们的成长史，你曾经是忙碌和仁慈的母兽
你那郁金香一样的美，应该从你的喜忧开始礼赞
当你欢乐时，你牙齿的美，洁白的美，是灿烂的微笑
当你忧伤，你是琥珀上的夜色弥漫和焰花的黑夜
你那郁金香一样的美，应该从你所爱的男人开始礼赞
你所爱上的那些男人，也许是英雄，也许是懦夫
也许是太阳，也许是高山或大海，也许是绵绵梦书
你那郁金香一样的美，应该从你的裙装开始礼赞
你穿着绚烂的裙装，像七世纪的女人掩饰着美和忧虑
你穿着高跟鞋，远远的，隔着屏蔽，你的脚步声过来了
你那郁金香一样的美，应该从你的故事开始礼赞
亲爱的，你的故事就像那样繁茂的植物朝向月光太阳
亲爱的，你的故事就像那一束束郁金香焕散着炫目的美

有时候，土地阳光就是这么存在着，就像别针、围巾里的沙一样存在着。我们需要从这些破碎而零乱中直起腰来是多么不容易。尽管如此，在这些现实世界里，我们还是发现了一些喜悦，庇护我们的神永远来自你置身的位置，它就是你从灰尘中突然翻出的过去的犁沟和失去音符的爱情，它就是你厌倦中感知到的另一片风景。

樱花开得热烈，我们的心情是否也能热烈起来？

今天从早到晚就想用花做插曲，很多时辰我们心情无论多么灰暗，都想寻找到一种插曲，对于女人来说，无论内心多繁芜痛楚，都想面对一种称之为花的插曲，每天这个时间，是我的心最渴求安静的时间，在一盏灯光下，看一盆花，看它烈火似的花冠，看它蜷曲起伏的痛感、看它孤单的茎根，看它迎向时间的绚烂和垂死而生……

夜进入了戏嬉最寂静，倘若有必然
我是那跃过窗扉的，黑暗之下蜷曲起伏的兽王
倘若有渊源，我会再踏水浪找到你的眼泪
倘若有爱，我会在流沙中冥眠一生一世再寻找到永恒
倘若有生有死，我会成为随风而逝的影子
倘若我就是我，我会在格局中寻找到战乱后的寂寞荒原扎根

新天，多么蓝的天空，在它的朗照下，我们只不过是微小尘屑，无论落到哪里，只为了扎根，并融入更多的微尘。

为了那些凋零或未绽开的花朵，为了那些见到或未见过的人事，为了那些关上或即将打开的窗户，为了那些愈合而忘忧的时间，为了那些渡过或未渡过的爱情，为了那些失去或铭记的真理。

剧烈的心跳，不可能的玩笑
腐朽的木匣，失控的锁心，黑或蓝的轻重
我看见那些为了春天而狂野的人，他们中有我
微弱的呼吸，而蓝调在旋转，黑色在流亡
为了那些需要我的语词，我的命运不是沉沦
也不是奔逃，而是原地筑居，像过往的羽翼
停留在自己的翅膀下，一旦飞翔，将永不回头

第三月：三月的迎春光之手札

金光寺木莲……终于朝拜到了最美丽的佛花，一切缘由都朝着天空盛放，我们只是这木莲树下一双双湿润的眼眶而已。

金光寺木莲，徐霞客曾经在这棵木莲树下期待着看到的木莲，真正的佛花啊，使漫长的等待终于迎来了这一刻的绽放，而我又将默默离去，生命的等待或长逝只是为了邂逅这一瞬间。

为了看到一瞬间的宝台山金光寺的佛花，要等待多长时间？生命的历程原本只是为了抵达这一瞬间的永恒。离开了金光寺，我的心中弥离着太多的忧伤。据传说，金光寺曾是云南历史上第一寺庙，在久逝的佛光弥漫中，一定有一条更久远的菩提路，所有这一切除了需要考证外，更需要的是强劲的想象力。匆匆拜见到了金光寺的主持宽心师父，在他主持法事后，我们悄然离开。宝台山的每棵树、每朵花，还有变幻的祥云都告诉我说，天与地默默地拥抱着，因拥抱而分离。

黄昏，在这扇木窗下，是边缘之城永平县，我的朋友曙光君曾

在这里历任三年县长，在他调离到昆明以后，这里的山山水水，文人雅士们都在想念他。在这个有18万人的县境，人调离之后，能被人想念，颂扬，尤其能被当地文化人赞扬，这说明了一个什么样的问题。我们的地球已经破碎到了什么样的程度，人心已经伤心到了什么样的格调？这个黄昏，我们刚从金光寺下来，我们同永平的文人雅士们再一次坐在这座临村的农家乐里，从两道打开的窗户外是阶梯式的田野。曙光君，想念你诗人式的执政理念，想念你在永平留下的所有足迹，只因为你是诗人，所以你用诗人的情怀在这片土地上，填满了你思想的音韵，风中传颂着你历任永平县长的传说。

火车站对于我们来说是春风沉醉的春城的出发
是人们的手提物，行车包裹中折叠的地图
是冰雪刚融过的，樱花绽放后的梦游生活
三月一日，黄昏后，黑夜上升，火车站一如故往地
散发出西南边城的静谧，外省人，大学生和妇孺儿童
旅者们，出现在火车站，只为了回家
那是远在哈尔滨的家，只是为了归校
那是青春归雁中的远方。只为了外出打工
那是为了随火车去造梦的远方
昆明火车站坐落在南窑，坐落在一个世纪的
时间的怀抱。当飞机场已经朝郊外迁移
大车站依然固守着，固守在人心沸腾的城中央
固守在古老吉祥的城景深处
固守在安宁和地球上一个叫南窑火车站的地方
三月一日，樱花刚绽放过城市上空

荡漾着春天的味道。当雾霭在北方上空浸入地球人的
心扉，春城依然是祖国边疆的锦绣，天空蓝得像诗人的
眼泪。红嘴鸥们依然在滇池和翠湖栖身而飞翔于水面
昆明人仁慈地拥抱着天上的候鸟地上的风俗万灵
那些身穿黑衣者，那些被世界上最黑暗禽兽们
所炼狱过的黑暗，你们来了，你们的心不是用来
护佑灵魂的，而是用来毁灭天下生灵的
你们的血液不是红色的，而是仇恨的乌鸦色的咒语
你们的刀，那是谁给你们的残暴。你们的身体
冒着地狱的黑，黑于三月一日的昆明火车站的黑
黑色正朝着柔软之躯劈开的人肉之舷梯的光芒
惊恐的人们在奔跑，在和平的二十一世纪的
黑暗中奔逃，在几十个黑衣人朝着人群举起的
西瓜刀下奔逃。血，从颅骨手臂奔涌而出
这一夜，无辜者遇上了世间最黑暗的魔鬼
他们在奔逃，向着火车站外的广场，向着樱花洒泪的街景在奔逃……

迎来晨曦多么艰难，生命就是在无以计数的无常中。推开窗，看到了世界的凡俗和朴素的景物。所有一切都随天与地的周转不息而过去。永历帝逃亡中建造的这座庙宇坐落在永平博南古道尽头，我们再一次通过这条两千多年前的古道走到了永国寺，荒草凄厉着。院子里，永历帝和李定国种下的一左一右的山茶花正开得无比绚烂。每每春风呼啸时，艳丽的山茶花瓣便像旋律般倏然落下，满地的落藉，满天的红冠无视时间的流逝，依然在春去春来中自由地绽放。寺外是茫茫无际的山川大地，更远处就是清洌的澜沧江……

我在永国寺弯腰时收藏到了满地落寞中的红色山茶花，永历帝逃亡时亲手在寺内种下的山茶花，已长成苍天大树，红色冠顶插入云端……我将把这些柔软的花朵带回去，它会成为茶花标本，更重要的是它就是永历皇帝悲伤的逃亡录。

永远，出自一条路，从一条路上可以有交叉花园，可以找到去海洋的水路，可以抵达末路也可以抵达沙漠上的路……路，是你鞋底的尺码，是倒映你面孔的镜面上向前后延伸的路，是柔软的耳鼓下起伏的路，是银白色的路。

从滇西永平回来，前来面对这座刚刚经历了血腥的城市，街景又开始热闹如初。一切都会过去，逝者会超渡死亡，到达另一片干净的天堂，生者们继续经历这个无常世界的罪恶救赎希望的远方，而在我刚刚离开的那个县境，有众人穿越的博南山古道，有金光寺的莲花展现了色与空的佛国境界，有元朝八百年梅花的古老色香穿过无边锦绣，有永国寺永历帝逃亡路上亲手栽下的茶花，正轰轰烈烈地在寂寥和自由中绽放，有杨升庵流放时光阴的书卷，向着黑暗的时间拂开时的尘埃漫歌，有澜沧江古兰津渡时悲沧的旋律，这就是生命的渺茫和时间的滚滚浩瀚……

累了，好几个夜晚都缺少踏实的睡眠。今夜，只渴求像云蜷曲于黑暗中，晚安！

经历了一夜的睡眠障碍搏斗后，还是要经历另一天，这个过程是自然法则。所以遵循自然规律，也就是遵循时间朝前递嬗时那些关于明暗的启示，如果我们都在明与暗中像自然那样生长，我们的身躯所获得的将是挺立或弯曲中的爱和被爱。

在经历了伤痛、失意败北和狂野等待后，依然要回到常规。常规不是昏昏噩噩，而是保持自己的风格，在人格独立的风格之下，继续在这个你创建的世界里，迷失自我，再找到自我，这也许就是生命在反复无常中的发现和创造。饱含失意的眼眶中的热泪，也正是再次激荡未来生活的一次风景和洗礼，生命苦短，更多的历程只是为了担当生命的苦役和重新开始。人生中一次又一次黑暗中的谢幕，更重要的是为了再次揭开神秘的双层帷幕。

布面丙烯画，第一次在午后尝试颜料，只是尝试而已。今天风很大，它呼啸着落叶，使其生命之树绽放着绿芽。

画布上的涂鸦需要漫长的时间，计划将丙烯与油画颜料结合一体尝试。风很大，给阳台上的花浇了水。

如果心灵世界里永远存在着一个遥远，那就意味着这遥远是雪山冰川，也是永远开道的春天。

不需要攀越，就能在春天的树上呼吸。这个早晨，刚诵过经书……心灵停顿的地方，宛如一阵春风在原地绽放明亮。世界需要游离，更需要倚仗自己的灵魂安顿在原乡，就像古刹、山峦、树木、岩石和村庄需要拥有它们扎根的原乡。一个人的原乡，就是倚依脚下的纷繁尘埃扎根。世界辽阔无边，没有根须的游离会找不到自己的魂。一个人的原乡，就在你日复一日醒来的地方。

我说不出委屈，也说不出需要孤独的理由，世界让我惊诧，也让我渐次明白生命的不易，更让我坚定的是，每场戏都必须倾尽全命全力，需要投入全部激情和爱去上演。

今天是惊蛰，即鸟叫的日子，请注意倾听屋顶、窗外和四野的鸟啼。我们每个人都有关于鸟的回忆，这个庞大家族的精灵，是人类向往的空中翅膀。鸟让在尘埃中出生入死的人类生活，感知到了翅膀的重要。从古代到现在，人的自由境遇就是让你像鸟儿一样长出翅膀在空中飞行，但人只能在形而上的意义上飞行。鸟翼，无疑是激发人类想象力的旋律，人类渴望像鸟儿样飞得快，从而发明了无所不在的速度，然而，人类的聪明毁灭了古老的传统和习俗……鸟的另一种奇异就是无论飞得多远，都能筑巢栖居，后来人类学会了诗意地栖居。尽管如此，人类能真正听懂鸟的叫声吗？神让鸟长出了翅膀，让人类长出了脚，是要告诉人类，人类只能在大地上一步一步地行走……向所有飞过天空的鸟致意，向所有喜欢啼叫的鸟致意，今天是你们的节日，我看到了你们斑斓的翅膀，你们啼叫着，仿佛在说，飞吧，飞吧！

天将晓，世界并未明了，我喜欢洗过脸面，面对镜子，扭动脖颈的感觉。很显然，这是生活的一个开始，只有当我面对早上的镜子时，我才努力去面对我生命瑕疵的勇气，也才会去面对我脸上的表情，在我脸上的所有表情里，隐现出我的厌倦或爱还有无妄，以及对又一天的隐隐约约的期待。打开镜面，也就是展现我生命的背景……于是，窗户会亮起来，透明的光线弥漫而来……早上好，所有新鲜的事物。

紫色是我作为女性生涯中值得永远沉溺的版块，在它的身体下是由2009年至2013年后跨越的《亲爱的琥珀》、《忧伤的黑麋鹿》、《中国远征军第一次出缅记》、《古滇国书》、《我身体中的云图》、《2013年秋诗笔记》、《诗日志》汇集而成的新版本。书中有我的的钢笔画及布面油画50多幅，作为插图。这是一本精装本诗集，共计400多页码。谨以这本纯诗集献给我自己的诗歌生涯。

突如其来的一阵紫，在丙烯的色彩中……生命是一个取之不尽的谜。

布面丙烯《为了那些阳光灿烂的葵花》，是的，简言之，为了一朵阳光灿烂的葵花，我们要渡过多少阴晦的时间？

许多事都在间隙中喘气，我们无力做到的事情太多了。一个人的能量是如此渺茫，我在工作室呆了很长时间，却还是感觉到无力表达自己内心的话语权，这样的时刻总是感慨着，默默地注视着工作室的那些盆景，它们需要我浇水，它们需要在室外阳台上活下去。而我需要牵挂它们的存在，外出几天就会想念它们的存在。是的，存在，我们一直屏住气，一直在寻找着从昨天到今天的那架空中失联飞机的踪迹，存在的迹象和迷雾支配着我们生的勇气。一直以来，作家艺术家们一直探索着我们生的可能，在普鲁斯特的《追忆似水年华》中耗尽了作家对存在时间中追忆的年表《百年孤独》中有马尔克斯的那些关于魔镜重叠的存在……因为存在而造就了这些够不到的无常。有时候厄运、喜报只是一念之差的变幻，却改变了一个国家的命运，在让·萨特的存在主义里，维系存在主义的同样是对无常、荒谬的接纳和守望，人是存在主义中最大的玩偶，最令人瞠目结舌的问题。而这个三月，因为无常罪恶恐惧相伴的存在，我们的心灵显得如此纠结，愿伴随我们心灵存在的爱和祈祷，尽可能免除人世间的厄运和苦役。

早早查询马航，仍是空无？心中焦虑万分，黑夜将散，除了祈祷，还是祈祷。

三月，我的呼吸穿过这一丛丛枝条密集的屏障，融入我所置身的这个除了雾霭，除了生死未卜的世界外，那些正在默默无语的，为了活下去而编织阳光的地带。我们活着，是的，为了活着，而迎接并等待着搜索的融觉，是否能让我们心灵中的那些灰重生出绿芽？

布面丙烯《午后的窗户》……三月是心慌意乱的生活，是远离泡沫似的娱乐的生活。

蓝，像是顶起波浪上岸，事实上这只是一些骨朵，它们失散于这个未知世界……因此，它们是迷途上的蓝骨朵。

中途，我们累了，那些无尽的游戏不仅仅使海洋变成了沙漠，也使陆地变成了空中楼阁。很多时候，我们所建立的秩序已在不知觉中被神秘主义者的思想所湮灭，只有在这一刻，你会深信，在每个人的身体中都深藏着只有灵魂才能破融的冰川……因而，面对这个无常的三月，我的心像是遇上了水，因而我告诫自己，所有的迷途都在水里，只有水会呈现出答案。而当人心被神秘主义的情结笼罩时，我也同时相信，是变幻无常的时间唤醒了人们的想象力。只有当一个国家不失去想象力时，我们的灵魂才会充满真正的信仰。

还是要将一束花插在花瓶里，莫辜负春来春去……很长时间没插花了，也许是在拒绝那些花冠上的绚丽，而今天，我要面对它们的自然状态，我要面对这些空气中与花对立的哀歌。

每天下午必穿过大街，这时候我会与众多的陌生人集体穿过斑马线……时间从不停下，只是往前走，而我们仅仅是擦肩而过，事后，所有的面孔和气息都再也无法回忆。

我终于，坐下来，面对墙、水杯或空气，面对我自己审美情绪中的无常……面对那一堆堆需要犁沟的景致……我要松弛每一根神经，才能找到这个世界与我建立的神秘关系。

懂得卷曲比舒放或自由地飞翔更需要智慧和力量，在卷曲的姿态里，遇到的是心灵史中的漠然相峙，这是一个漫长的过程，当我观察一个乡村妇女坐在石榴树下绣花时，她的庭院里安静极了，她的手穿过针线，尽管她是多么专注，她的指尖还是被针尖刺痛……

尽管如此，我猜想，在这个乡村妇女的绣布上，展现出了她卷曲中波澜壮阔的想象力，这样的想象力远远超越了它所面对一群天鹅飞向蓝天的快乐。

昨日已尽，今日天空中的云依然迷离，而我的心更加迷离，迷离之心是我的主题，也是语言终其一生追索并永无止境的问题。

早起，生命强劲而柔软中启开了天窗，黑夜褪色，白昼露面……等待依然是复杂的，而劳动终将揭开一层层复杂的蛛网，上了弦的心灵除了绷紧外，是为了低吟，一个人的低诉告诉自己要忍住哀伤。

波兰诗人亚当・扎加耶夫斯基说："如果不是因为形容词，我们就不会有记忆。记忆是从形容词中开始的，一条长长的街道，炎热的八月的一天，一道荒废的通向花园的门，就在那里，在覆盖着夏日尘埃的红醋栗树中间，是你的变化多端的手指……"是的，形容词来自我们对生命细节的怀念以及对逝物未知的，充满刻度的想象力。正是形容词使枯燥的历史和未知的海洋和波澜，亲切而感伤地相互拥抱和重逢。

祈祷后，天色启开，这微光中的地平线，我吐露语音时经过的黑色城堡。而此刻，我看见了花，看见了云幕将掀开。

布面丙烯《咖啡色的向日葵》……绘画语言同任何文学艺术语境殊途同归，为自己的艺术情绪服务。我要表达一种咖啡色的情绪，在这个午后，群山遥远，河流在镜子外自由流动，满天的蔚蓝游离在尘埃外，人心涩味无穷，没有唯一的美学指向灵魂，方使这幅向日葵弥漫着咖啡的气息。

黄昏、忧伤，内心仿佛像沙漠般看不到植物。我喜欢沙漠，只有沙漠和荒原可以配得上我的忧伤。

当我晒太阳或在阴天取出书中的蝴蝶标本，我已逐渐老去，更衰退的我已只能注视遥远的沙漠。

喜欢自己刚完成的布面丙烯《丝网里的一朵玫瑰》。原作要比照片好看得多。追求简单的发现和无技法中的意外。这是中午的作品，上午写作，但另一种绘画意境却扑面而来。丝网中的玫瑰，也是时间中的玫瑰。

《秋风中的玫瑰》布面丙烯画……玫瑰对于我来说，是里尔克墓志铭中的荆棘矛盾，是我在年华中燃烧我又失去的玫瑰，也是虚弱和令人颤栗中的玫瑰。

在越来越繁芜的时间面前，我有能力抚佑我的心，让它安顿在自己的花蕊里，哪怕这是一小束行将凋亡的花蕊，然而，每当想起那些在狂风呼啸中屏息吟颂者的眼神，我的心能突然静下来，合上那卷曲的层层皱褶，回到我永恒的居穴。

将出发去大理，因为诗歌的聚会。

晚安，我和路也同室，我们在大理。希望我们今晚睡一个好觉。晚安，亲爱的大理，晚安，艰难的，这脆弱的睡眠。

大理古城的农村电影博物馆。在这里我们寻找到了较为完整的失去的电影的成长史记忆，它保留着我们的露天电影的时光，以及电影放影机、胶片的许多时间定格。

叶永青是我喜欢的云南画家，他如今定居在大理绘画。我们在尼玛画廊相遇，这里的阳光蔚蓝，时光缓慢。

路也、蓝蓝我们在房间里说了许多私密话。晚安，生活。晚安，大理的夜晚，晚安，明天的进行曲！

路也早早离开，很快我们也将离开，这个过程是我们生命中的刻度。这几夜我和路也靠服安眠药助眠，然而第二天见到的依然是大理的好天气，还有天问诗歌节上一张张诗人的脸。早安，亲爱的大理，早安，各奔东西的诗友们。

回到昆明，无论你生活在何处，只要你的身体中滋生着那些不被潮流所编织的时间，你依然是你自己。我不需要时代的风尚潮流，我只需要围绕我的光阴，那些从烟灰中升起的日出，从指甲中升起的触角。

我们眼眶中的世界越迷茫，就意味着我们生活的远方就在破损的木窗下，在卷曲的膝盖骨下……黑夜，我是多么爱你的寂寥，你指针下的爱。

又回到这紫色的光阴里。屋外，世界高低凹凸，蚂蚁奔向黑暗的古堡，人为了无常的命运，默认或改变自己的旅途航线。室内，晦涩的灯烛碰痛了身体的曲线。

又回到这简朴的生活，像一颗纽扣镶在合身的衣服上，里面是我的灵魂，它从不追赶，它要放慢速度，它要暂时在人群中失去音讯，它要低下头认罪或者去荆棘中摘下花朵。

生命的圈套比钢筋水泥更牢固，因为它是用柔软的肉体和血液贯穿到底的，午后，我爱这些起风后飞扑过来的燕语，我爱逝去的时间和将来时间中洗不尽的泥沙。

刚从文化巷马力的麦田书店出来，这家小书店很像一艘小船，却装满了书的故事。马力总是那样纯净，多年来守候他的文艺小书店，去年还在钱局街白云巷有了一座咖啡屋。生活就是守候并延续我们的某个梦的枝桠。书，是我们拐弯处的一场偶遇，在每本书里都充满了未知。而书店，无论大小都是未知数，我们尘封记忆中通向未来的偶遇。

黑夜或书卷，再加上忧伤，这些东西已足够消磨我的光阴。窗外街道上的轮轴摩擦着泥淖地面，我的心沉下去，再无法回到水面。我感知到了一场无可名状的渊薮。生活，永远抵达的目标和梦想，只是为了完全摧毁自己的另一个乌托邦世界。

从黑夜过来，睁开双眼，万物静穆。我热爱这样的常态，尽管生命不确定，然而，我们正是在不确定中缔结了神秘的关系，这是时间和神赐予我们的最大瑰丽。啊，瑰丽，那些从我眼神中经历的反复无常的生命的召唤。

刚刚插入花瓶中的一束花，我们就是这样依赖这些鲜活的生命的存在，让自己活下来的。天气开始一阵阵的灰蒙，对面的建筑体积越升越高，钢筋水泥浇铸的建筑只会使地球越来越破碎。思念我出生地的滇西高原，一座又一座的小盆地，想念那些篮子里的山茶花，巷尾深处上海裁缝为我十八岁缝制的桔红色喇叭裤，想念两毛钱的电影票和那些纯净的年华，自由中充满涩味的咀嚼。亲爱的生活，爱你如初始，就像爱我眼眶中忍住的爱情。

歌德说永恒的女性引领我们向上。黄昏，是我们的灵魂向上的时刻，它乘着晦暗的光线，引领我们忘却外在的喧嚷。这一刻，仿佛一架钢琴合拢，我听见苇草似的摇曳漫过黄昏堤岸，这一刻，遥远的沙漠也会变得凉爽，而荒野上的守夜人，眼睛比一盏油灯更明亮。

当我们为了永恒而错过，等待我们的必将是漫长的忘却。

看见了一块大理石上的花纹，我们就是用身体接受时间的雕琢。大地上的石头接受的是工匠的雕琢，而这块石头接受的是万物自然、惊悚闪电和静象时间的雕琢。我愿意是后者，隐忍住未尽事物的无知无觉，永不申诉，隐忍住晴朗喜悦阴郁的灰暗，隐忍住奔向虚无主义的致幻之光，隐忍住黑暗的孤寂，像这块大理石一样，浑身上下都是时间的鞭挞和神秘的花纹。

狗在笼子里，我们在自己的笼子里，很想写一本书《一个人的笼子》，如果没有笼子，我们如何去追索信仰和自由的精神。如果没有笼子，我们的手就够不到锈迹斑驳，就进入不了爱，笼子让我们温习内心的道德，朝拜远天的蔚蓝，享受孤寂的习惯。建造笼子的神，给予我们渺茫等待，让我们渴望自由并感知生命的易逝，在眼眶炫目后的悲凉，从一只笼子里可以渡波澜和荒原并抵达天堂，这就是笼子的奥义书。每个人都有一只笼子、一只碗、一双筷、一场梦。

苹果树下慢走，三月即逝，这个三月，我们历经了杀戮、刀锋、飞行之殇歌，再后来经历了滇西小平古道，金光寺佛花木莲，之后是苍山洱海的天问诗会……而此刻，回到自我的光影下，回到铺满苍茫的原点，才知道世事纠结于我的仍是亲密的语词，裂缝里细密的甘露，荒原上白茫茫的前景……只有它们可以配得上我的爱。

刚刚见到的最为硕大的落叶，面对它，耳根不是簌簌声……它那萎靡的色调，让我弯腰迎向它，我爱所有的凋零之色，亦如我挚爱花冠绚烂时的妖娆。

又度到下午，这些彼此镶入泥沼、藤蔓、蛛网、盆景、虚拟、齿白间的时光，使我们因冥思而显得迅疾，犹如朝圣者从山底步向了山顶。每当这一刻，也正是我们更显渺茫的时刻，也是我们爱每一粒尘，就像爱泪光下——落日熔尽后的屋檐，我看见那屋檐上燕子的翅膀，燕巢里的生活。

星期天早晨，火依然会煮沸水的温度，想起遥远的村落，那里的火种可以埋下一个世纪的光阴，并永不熄灭。因为有火有水，人类的生活可以燃烧出温度，也因为有水，我们可以洗尽阡陌和杂芜。火中有灰烬，水中有流速。

遇见了一束翠绿的百合骨朵……在龙翔街的一个中年妇女，已在此卖花多年，我每周跟她买一束花，她和丈夫还经营着一小片自行车电动车停泊地。每次见她，手上都有剪刀和花束。阳光照在她黝亮的脸上，她平凡而知足地生活着，只有那些随同春夏秋冬而变幻的花朵，永远灿烂着并抵达每个陌生人的手中。我每次经过她身边，我们都相互问候，而在此停留的数秒钟内，仿佛我内心的忧伤都被那些跃起的鲜花托起，数秒钟内某些温柔的情感开始复苏。

又一新周，诵过了《大悲咒》、《心经》……万物始终静穆，我心依然敬畏时间万物。

我有智慧对付我灵魂里的那头黑色的野兽，我却无法戏弄你，伟大而亲密的敌人。

密织的生活，需要喘口气，我的停顿就像乡野谣曲，不馈赠、也不回眸，只想垂下头，在我自己的世界里，随万千的风而逝。

哪怕永不触碰，那些内心的战役，仍然使我从遍体的冰棱中寻找到奔腾的源头，去找回我挚爱的那只野兽，并前去追随它秘幽漫步时孤寂的踪迹。

我想飞，但是我更愿意在记忆或忘却的碎片上，感知我脚印下的尘土砾石的幽暗，只有通过它们，我才知道我热爱的只是抵达的一座旅馆。在里边，陌生的阡陌与熟悉的手将倒映在布满铁锈色的垂栏下，我曾在那里送走过末路人，同时也迎来了离我遥远的银白色星宿。

第四月：细雨飞扑而来

窗外传来了雨声，真正的春雨，久违的甘露……早安，我爱的祖国，三月已流逝，四月对于我来说，是继续织物的日子，也是继续给予自己期待的日子。

春雨过来了片刻，又走了，就像爱情那样短暂。看上去似乎又要下雨了，事实上雨离我们是多么遥远。雨、风、云都是突如其来，命运的变幻也是如此，但怎样变幻都没有来自灵魂的磁场那样快。灵魂是一个多大的魔法，可以筑铸地狱和天堂。此刻我又看到了街景，白天的街景中是鲜活的生命在穿行，到了黑夜就是鬼魂在穿行。世界是一个舞蝶式的背景，我喜欢绒布背景，这是在舞台上。而在舞台下，我喜欢被我在不知觉中置入的那些有自然和时间的背景。每一个时代的人都以不同的黑暗和悲伤改变自己，这世界到底有多少伪装术……伪造佐证，是小说家需要的叙事结构，而诗人则是揭开一层层的语言的伪证术……

下过了一阵细雨，四月让人想起艾略特的诗歌《荒原》……四月更多的是春天进入了更茂密的季节，四月也是植物界全面复苏的季节。一滴雨水将带来润物，四月对于我，是从繁杂的枝蔓中，寻找到枝蔓深处的钥匙。四月对于我是越来越葱茏的忧伤。四月于我是穿裙子的好季节，是活着的搏斗和诗歌中的妖娆。

我听到了旋转，来自乐音、裙摆、车轴、火星和地心、苇草和柳枝内部的那些莫名的倾诉。从一朵花心观看全宇宙的邈远……又一次意识到只有语言才能激荡和抑制我对你的爱和忧伤。

这些筛子里的玫瑰花瓣是一家店用来做鲜花饼的……如此鲜美的花瓣儿。很多时候，我们需要忘记世间的丑恶或无耻，也需要忘却爱和记忆的磨难……我们需要浸淫在喜悦和感动的刹那间，我们需要与温柔的美相遇。

晚安，深水里的鱼，手上的流沙……生命的任何较劲都无法像柔软的水、幻影书那样覆盖辽阔的荒野。

感恩不眠或黎明的早起，感恩众像的复杂诡异，感恩魅惑的四月，感恩永远爬不尽的高山，渡不完的波浪。感恩凝聚在内心的光芒，感恩数落不尽的沧海桑田的大美。感恩晨曦之际，鸟翅破开了迷障。

四月初始，收到礼孩馈赠的，由礼孩主编的第九届“诗歌与人·国际诗歌奖”的《扎加耶夫斯基诗歌精选》、《扎加耶夫斯基诗选》……这珍贵而期待的礼物，正在我双手之上。向我喜欢的波兰诗人扎加耶夫斯基致意，向最纯粹的为世界诗歌倾尽全力的诗人黄礼孩致意!

只有走在凹凸的泥路上，你才会与诗人相遇，只有扑进荒原深处的灌木丛向前看去，你才会看到诗人肢体上的疤痕。只有纵横尽了你的虚荣和媚俗，你们才会拂开一本诗歌，看到月白色的光亮。

写作，从来不会成就轰轰烈烈的革命和梦想，它太寂寥，像发丝绕着发丝，像血液贯穿着血液……像古老的村庄那样在缓慢中用土石头筑起了房屋。写作从来都不会将世俗的命运改变，只会为你的灵魂设置更多的黑暗和苦役。写作，不是你我间的事情，而是一个人的致远书，它奔向远方，只是为了奔向古老的旧巢，只是为了寻找到巢穴里的秘密。

早起，波兰诗人扎耶夫斯基吟唱道：我不在这首诗里，惟有波光闪烁、干净的小池塘，一只蜥蜴细小的眼睛，风和一支并未压在我双唇间的，口琴的声音。

四月，我的裙子又一次地被泥浆溅湿，路上看到无数清明祭拜的场景，父亲的英俊容貌总是历现于眼前，一九八七年的七月，父亲逝于黎明。今天，在清凉的雨后天气里，我又嗅到了他洗得干净的银灰色衬衣的味道……啊，味道，这是我缅怀逝者的最隐秘的气息。

天地苍茫，苍茫下是泥土筑起的山岗，是西风送来的蜜蜂，告诉我甜蜜之巢在哪里？我的许多时光都随一群蜜蜂往上走，越是往上走，土地就会越来越干净，在这里，云的口袋里装满了诗人的书卷，如果让一群诗人在山顶筑房，种植，书写，与星宿相互守望……

所谓现实，就是陪同树上未成熟的果实趋近成熟，清明过后的四月，太阳会越来越炽热，刚刚在微信上又重温了马格利特的一组绘画作品，如此令人着迷。天要亮了，昨天刚从滇南山野回来，看到了关于四月的许多荒原山川，也看到了许多未成熟的果木，我的生活就是陪同这些果木在成长，我们的生命能像四月的果木样接受惊悸闪电和暴雨，也同时接受夏日烈焰的炙热，更重要的是接受自我精神生活的时光转逝。

深玫色的康乃馨，我桌面上的一片小风景。女人喜欢花，就像男人喜欢战斗一样，是人生中的必然。只有女人会把着鲜花回家，并将它们插在有水中的花瓶，男人对花朵可有可无，不会寄寓太多的期待。男人，很多男人更乐于战斗，即使在和平年代，也乐于在火药枪口下革新自己的江湖。

鸟在啼鸣，鸟族们总是醒来得那么早，鸟群为什么不居住在森林，跑到了这一座钢筋水泥的屋顶上生活，这是一个迁徙的问题，也是鸟类对除了森林外世界的探索。每天听见鸟鸣声，耳根带来的喜悦难以言尽。鸟世界比起人类更加快乐，拥有翅膀的飞翔可以游离在地球的垃圾之上，可以栖身在树枝屋顶的空中花园。早上好，飞翔的异灵，在你的翅膀下面，是我们的行走。

从书店回来，书因为触摸，保持着若即若离的温度，世界上最恒久的关系，就像人与书的关系。在若即若离中因触摸而获得震颤和平静。

晚上，波澜推动的夜色，四月的芬芳，忧伤的层层幕帐。

在推开的窗外，每个人心都会遇到自己的神和魔法，其中的命运叙事曲，由自己唇边的音韵去咏叹。

日常生活的随意性从不宏大，相比宏大的世界，我更愿意日复一日地倾身维系我与生命的那些来自局部的震颤。比如我在德钦县的澜沧江岸停留，江岸是丛林之中颤抖的曲线，我的目光在辽阔起伏的曲线中突然跟上了局部的一条曲线，那只是非常细小的曲线，却变幻出了传教士在江岸上走过的路，一只兀鹫用翅膀拍击出的声音。再比如，在收割过的麦地，我更愿意做一个拾穗者，走遍再无麦浪呼啸的寂静中的万顷麦田，弯下腰，一次次拾到遗失在麦地里的那一根根麦穗……

这样的生活是我所需要的，也是我从局部中寻找到意外生活的时刻。对我而言，它缺少宏大的史诗，却是我个体的生命不断缠绵的进行曲。无论是在梅里雪山下随澜沧江岸久远的沧桑在转弯，还是在已收割后而荒芜的麦地里做一个拾穗者……对我而言，这样的生活亦是我日复一日的坚持，因为我自己就是那江岸上的一束幽转的时光，它属于急速的流逝，更多的是在局部的曲线里悄然地等待着命运的变幻。而更多时候，我也是那荒芜麦浪过后的一根麦穗，遗失在将被镰刀割过的麦壤中……无论是时光还是心跳，我就这样生活在我的日常生活中，像曲线忍住蜷曲的痛荡漾开的广阔的寂寞，更像遗落的麦穗，随同我弯腰而惊喜变化……

早安，鸟语下呼啸而来的一天，启始于我送走黑夜后，从镜面上看到的自己，从窗外看到的那一件件衣裳，穿在每一个生灵者身上，成为我们宿居并行走世界的一面面孤独的旗帜。

读书不是全民运动，而是一种个人的选择和需要。读书应该是从我们成长期就脱颖而出的消遣。在我们年幼无知时，如果能爱上书，那么你一生能与书有纠缠。只有在无穷尽的纠缠里，我们的旅途漫漫中才会出现书的阁楼。人的一生中无论生活在何处，如果为自己建造了一座书的小小阁楼，那么，你将拥有漫长的消遣。书于我，是忧伤的烛光下，情不自禁的私密录，是随同一年又一年永不厌倦的爱情的故事。

我献给你我的一个凌晨，为你而开始的破啼，这是属于鸟的生活。我献给你我的一个凌晨，为你而开始的劳作，这是因为我因你而成为奴仆者的生活。我献给你黑夜白昼的辗转，为你而开始的又一天，因为你，我也许会快乐也许会忧怀，无论今天有雨还是有风云，我献给你我的一个早晨，它已经开始越来越明亮。

夜幕，如来自古代的夜香，随焚毁而虚逝
随同幕墙而日日生辉。倘若我爱你
一定会寻找到你生火的炉子，你虚逝的时光

等我们有空再约会或爱，而此刻，看一架纸飞机落下，看你的行踪又被覆盖，看你失去音讯后周转着，我走过了别人的辙迹，我成为一滴水在花瓶中消失。

光阴，我亲爱的光阴，不是雷霆闪电，而是隐约长笛声下，一阵即将被载走的邮件。

当我们浑身上下像一只古往今来的蜘蛛，在我们隐形的世界里织网，我们才可能通过这方寸大的避难地，感恩我们的生命在吐露着秘密的喜悦，感恩在这些纤细的密织里，窗户是那么明亮，溪水是透明的，天气是为我们而变幻的神经细胞。

修行是一种理想生活，我想说的是，世界的每一个角隅都是我们的修行之地。当我的女友姚林在书写《心经》时，是修行，是修她每个字词下的心念之路，我能想象她书写《心经》时的屏息，自由而克制的墨触，这一刻，哪怕外面风云震荡，都不会让她的笔触质疑或忐忑，那是大海静谧下的世界，那是被波澜推动上岸以后的从容明朗，那是用心容下一切尖锐和柔软的窗扉。修行可以发生在任何偏壤、闹市、浮萍之上的生命履历中，也可以发生在刹那间和永恒的时间软盘中。当我看见女书画家姚林在那个正午拎着一只白色的布袋，穿过竹里馆的小径出现在我们面前时，我嗅到了那些古老墨纸上的香气。

当修行这个词已经变成流行的口号时，我告诉自己，修行要回到自我，它不是集体式的模拟，而是真正的筑巢。面对自己的每根羽毛的梳理，对于来自现实和理想生活的践行和担当。如果修行是从大众流行的喧嚣中回到自我，我仍然是门前的那个影子，倒映在充满裂纹的每一个时间状态中。

四月最后的繁花，将战胜我们生命中的妖魔。之后，五月的暴雨挟裹着烈日将至。所有的过眼烟云，都跟随我们翻山越岭，去遥远古朴的山寨去收割麦子。

从四月至五月，云南地貌大面积干枯，尽管集市上到处是繁荣，但我明白在其原自然的状态中，我们不可能违背古老的生态学，那些被转基因、污水培植的各种生物品正在改变着我们古老自然的宿命。早晨，看一遍天空，心在游离，只要有一滴雨落下来，那些密集的雨水也顷刻间就会落下来。第一滴雨水非常重要，就像第一句诗，第一阵春风，第一种渊源，第一页书，第一次恋爱，第一次洗衣服，第一次去游泳……第一滴雨落下来，无论落到哪里，都是神奇的水，之后，千万滴雨水就会落下来。

早晨，树会长高，月球会更寒冷大地会更炎热。无论我们在房间里还是游离于尘埃上，都是因为生活需要叙事。鸟已经在窗户外叙事，它的叙事曲从柔软的羽毛和啼鸣曲开始，我的叙事将由一双睁开的眼睛开始。

天空罩着厚重的积云，黑与灰的色调布满我能仰望到的云层。如果下雨了，庄稼就会很快乐。如果下雨了，我们的心灵会湿润些。我的脚已落下地，所有等待希望都从地上开始，只有这样，天空才会永远值得我们仰望。

雨，终于在昨夜来临，听雨声过夜就像听屏风那边的古人抚琴。这场雨应该下遍了云南境内，感恩天空降下甘露，感恩那淅淅沥沥声，感恩生命中拔地而起的众树。感恩层层叠叠的群山接踵而至的福音，感恩天地，感恩生命中的你们。

衣服，女人的另一座热带和寒带，因为层出不尽的修饰学伪装了女人们的冒险、狂野、寂寞……对于女人们来说，衣服永远是旧的。

另一件衣服在未知的远方。女人迷恋衣饰，是因为厌倦爱情的短暂，生活常识的平庸。衣饰是女人身体中的核武器。带着它，女人织物，穿梭如野兽，所以，女人是所有饰品中的乐器。

生活方式的不断重复，指向我的命定终局，就像星辰永远宿于星空，鸟宿于树巢。飞翔，迁徙……我则宿于房间、寂静、纸书、语词，当然也宿于扫帚、拖把、泥浆下充盈着番茄土豆，麦青色起伏的时间状态。早安，只是将我们继续载于自己的生活方式而已，为了这些重复的生活而致意，就是我们修补创伤裂纹的最好方式。

马尔克斯逝世于人间。《百年孤独》和马孔多小镇的多年以前，给世界带来了永恒的魔幻，而在我沉迷其中的《霍乱时期的爱情》中，有时间到衰亡时错过又邂逅的爱情。亲爱的马尔克斯，你离我并不遥远。而此刻，当获悉你的灵魂体不再与我们纠缠于这芸芸众生的舞台时，我的泪水忍不住夺眶而出。时间那么快，那么快地就结束了一个讲述神话的过程。亲爱的马尔克斯，在这个无限虚空的时间里，我能感受到你永恒的力量。

停顿，失声，无任何念想的一天，就像一把古陶
静静地安放在时间的遗忘术中。在遗忘中
终将那些辛辣的调味品忘却。剩下的是面对四野
在古老车辙之上，你曾经是我怀抱的春光

第五月：我爱这凡尘间蜜蜂的甜

我爱这凡尘间蜜蜂的甜，这些在花枝间穿越的简单的美，可以让

我屏息，往返于曾经在《诗经》中吟诵的一条溪流。大地如此朴素，美就是吮吸。

自从喜欢绘画后，就喜欢观测自然的形态色泽，面对这些物景，喜悦升起。外出，我更喜欢一个人寻找与自己相遇的小生命，它们让我读到了卷曲的叶角扇片，饱满丰盈的习性，如果我面对一棵披满叶枝的巨树，我会伫立很久，那些炭灰里的绝望倏然消失。自然的永恒瑰丽让我止步，让我深感昼长夜梦之后，要继续面对生命的变化。

很多时候，并不需要走太远，风景就在门口。最遗憾的是没有带画板速写本。关于风景，我们的目光已经游离开了，人类生活在二十一世纪的触觉，总是追逐着著名的旅行圣地，似乎只要是著名的山水就可以栖居，可以升华自己的理想主义精神。疯狂的旅游迁徙只是为了寻找著名。作为一个云南人，我更愿意绕开那些隆重的圣地风光。在不知不觉中我更愿意与微不足道的生命景象相遇，比如，与一只迁徙中的蚂蚁相遇……

献给自己的一束百合花……波伏娃在《第二性》中写道："要说女人是谜，并非说她沉默，而是说她的语言没有被理解。她在那里，但是掩盖在面纱下，她越过这些不确定的显现而存在。她是谁？是一个天使？一个魔鬼，一个受神灵启示的人？一个演员……"女人在更多时间里是为了另一个自己，制造神秘的历史，每一个细节造就了女人的一个片断，女人更愿意跟另一个自我厮守，在厮守中产生了尤瑟纳尔的《熔炼》，产生了伍尔芙的《海浪》……

钱局街染布街的大理米糕，保持了原始的味道，这是大理一家人开的小店，坐落在时尚的染布巷里。雨中的人们坐在桌前，品尝着米糕、冰镇木瓜水、酸辣粉……生活是如此简单。

听一夜的细雨润物，睡眠跑得远远的。今晨看窗外雨巷的干净，如果在乡野池塘，会看见那些绿青蛙浮出水面游荡。雨已降临，万物不再萎靡，铺天盖地的绿和点点滴滴的繁花构成了雨后的图景。早安，亲爱的生活。

天空又要变晴了，明朗的是它无垠的尺度，明朗的是它蜷曲隐藏的疼痛后，一匹云的秘密丝绸的荡漾。

喜欢从骨髓中升起的那些忐忑不安不定的忧伤，适宜在日复一日中肯定或质疑那些迷雾和晴朗深处的未尽之意……也许，这就是写作的渊薮。

又去订了三十个布画画框，其实虚得很，对于我来说，心灵从来都不强大，正是因为它的虚弱，让我寻找砾石、泥浆或荒芜的花园。

早安，昨晚十点半钟左右，确实感觉到了异常的晃动，今晨才知是元谋发生了4.7级的地震。天空仍然云层灰蒙，祈望天地心心相印，小鸟欢鸣中又划过了天际，新一天降临。

劳动，就是熔炼，水与火的度相互渗透，就像这些古滇国的青铜器，哪怕世纪周转，仍能散发出摄人心魂的魔力。劳动，每种劳动都直抵心念，直抵那个魔圈，因而，劳动着是美好的。

当我的平静与游思的状态织物时，时间的乌托邦装满了人所未知的波澜……晨曦穿过青灰色的地平线，仿佛带来了久违的消息。早上好。

醒来，不易，所有生活都不容易。烟雨中，烟上升并下降，让我们咳嗽、焦虑。晴朗带来炎热、缺水、枯燥，一览无余的贫乏和喜悦。忧伤带来暗香、无眠、炎症和失语，幸福带来短暂的毛毛雨、空白和哆嗦。爱情带来无妄、苍白和迷幻药。时间中，我们醒来，所有生活、写字、色情、进食、孤独和逃避都不容易。脚手架依然上升着，人类巨穴往天空走去，仿效着古老的一代又一代牧羊人，将羊群牧放在天边牧场。

所有的忧伤都像洗衣服：污浊、斑点、自来水、盆里的水浊到清，到后来，衣服脱离了自己的低级气味，朝向太阳，将自我抛弃。同时忧伤也像烤炉架上的食物，越烤越焦……也有一种忧伤，是渐次在风景中看到的母亲的年华，情书上越来越美的谎言。

我的母亲刘秀英已经85岁，仍上街买菜做饭读报诵经。母亲过去是蚕桑农技师，是云南建水人，后去滇西永胜。正是母亲让我从小生活在农事书中，从而学会了织物。祝母亲继续步履轻盈，继续长寿，继续爱唠叨，继续生活下去。

静静地坐在黄昏一隅，所有快慢都不存在，也不需要音乐……只有在身体的某种风景里，有我需要的那轮月光。

早上好，玫色的天空……星期一，意味着一些变化、一些稳定，更重要的仍然是生活的重复。小鸟唤醒了我们，从衣柜找出喜欢的衣裙，这一刻，生活已经开始。

又入夜，要像树一样安静地吸收元素。要像痛一样蔓延于灵敏的感官以此铭刻心骨。要像书一样环顾眼帘迎得时间的礼赞……安静，是厌倦后的屏息，使一夜又一夜获得新的再生。

又一束献给自己的花，在下午的时光中悄悄盛放，旁边是建筑声、车轮的胶味从窗户外飘来。动荡的裙子在室内穿过，已经拒绝酒很长时间，同时已拒绝喧闹……在城市，人只有拒绝很多东西，才拥有独处。对于我来说，很多事只有在独处中才能完成，这种职业从一开始就是我所喜欢的。花总是给我提神，房间里只要有花瓶并变换着各种花束，再加上书、藤椅、一杯茶、音乐……就拥有了生机。当我感觉到自己的气息在房间里穿行时，我能听到动荡的摇摆声，我要的不多，只要有一些迎合我灵魂的词语降临，整个一天就仿佛是在穿越到海阔天空的传说中去，也许这就是写作的故事。

冷水澡、诵经……世界的初始又一次揭开帷幔。早晨，总是禁不住地会放下许多东西，仿佛像巢中鸟儿能抖落体外的巢中枯燥，身体会获得全新的轻盈。早晨好，亲爱的邻山邻水邻友。

剩最后一只画框，订做的画框要周五才送来。中午的时间大部分是涂鸦。外面天空明朗，雨季依然遥远，生命黯哑，渺茫无妄，但总要消磨。

无论你走多远，都有与我再次相遇的刹那，那时你会学现，真理是一匹破烂的云絮，已将我们完全抛弃。

自由并不可贵，它是一种更艰难的忍受。带着自由出发者，必须忍受住你展翅高飞的恐怖和来自辽阔宇宙的考验。

晚安是更深的隐退，因为爱你——仰头看见的星宿另一边，闪烁着古老的银白色，使我的训诫和诗性转而拥有另一轮回。

瓶中的百合开得正浓艳，星期五应该是浓郁的。因为我爱你们——你们是永不生锈的钢铁，你们也是岸上柔软的苇草，带领我在沙漏中听见了琴声低诉。

人生细如密织，如花瓣儿那样柔软，在更多时辰，我们以编织而度年华，一个缺少编织术的人生是悲哀的。但是一个拥有编织术的人生同样是忧伤而坚定的。

忧伤所催生的那种信仰使人生更加坚定，虽然黑夜之后见你仍路途遥远，然而，我手中有灯笼，心底有明月照耀。

孤独是必须的一种生活方式，如果享受不到孤独，才是真正的水深火热。孤独会带来凉爽，带来让你眼睛想邂逅的一首插曲。

早安，为了宿于一种简单生活的梦想，我尽可以低下头，忘却所有萦绕，尽管天空还没下雨，我却已经将物事编织得很干净。

如果我们都像写小说一样编写梦想，那么时时刻刻我们都在虚构中进入了故事的每一个细节：在今天下午的时间里，我突然发现茄子色是那么美，为了那个被茄子味充斥的晚餐，我决定学会栽茄子，并让茄子结果。拥有一个梦，与茄子相关，茄子突然成为了叙述之魔。可以写一部小说《茄子色》。

每做完一件事，天就亮了或天就黑了。每想念一个人，天就紫了天就蓝了……我们就是这样，一天天地从简约到繁芜，生命之母值得礼赞。

慢慢的，请给予我时间和天气，我就会让你爱上我，爱上那些重又浮现的拥抱和谢幕以后的黑暗。

在每个朝暮相接壤的地平线，都生长着像我们的灵魂一样孤独的树。生长或枯萎总是息息相依，而它们共同的盟友和敌人，永远是无所不在的时间。

日志录也可以用涂鸦练习曲替代。此刻我们的云南已经干旱太长时间，一些东西，如海拔以下的植物让我思念。

一些人总是要说再见，另一些人总是要降临的。我慢慢地度着时光。一些简单的事，比如节水、卫生、交友、插花、购物等，是为了让自己完全的清醒和温暖地做人。另一些复杂的事，比如语言、拥抱、旅行、剪枝、写作、排忧、飞行、下降等等，是为了让自己走得更远，为了告别和重逢而走得更远。

天亮了，所有忧心的，聚集眉头的事都化解为层层黑暗，我们可以在黑暗中为自己做妖姬了。

所有忧伤的心，都要使用剪刀，像古老的修剪术，为自己修剪干净身体中的余晖。

吃芒果，甜的那种滋味是属于热带的。今年太忙，只有在吃水果时，心底迷雾像寒热带交叉穿行。我爱你们，隔山望水的虚无主义者的乐园。

不管世界有多少问题，我现在只面对一片荒芜尽头的沙漠，它熔金般的平静后是汪洋的紫蓝。

我们爱，因为远隔千山万水，我们的目光从未被灰尘污染过，中间是绿茵茵的屏障，或者是金黄色的麦芒，更有那白茫茫的云絮使我们止步或自由飞翔。

虽然岁月暗淡，花瓶中的康乃馨却全部开放了，多种消息汇集的早晨，希望我的亲人，朋友们平安健康。

阳光一直很灿烂，渴望的雨水中有我的滇西高原，有我曾经走过的许多疆域，我思念那些沃土丘陵植物的生长状态，它们渴望水，就像诗人渴望着晶莹的眼泪。

为了那些日久天长的美和忘却，我们的现实记忆中充斥着一幕幕周而复始的芬芳和枯涩的味道。

属于太阳的花，必须长在辽阔的天宇，为天下人而温暖。属于太阳的花，必为你斗室里的故事而绽放。花，无论怒放或枯萎，都是我身边贴心的芬芳伴侣。在炎热的日子，它们会昼伏夜出地盛或衰，然而，爱它们，是不需要质疑的。

安静地坐下来，下午的日子，似乎只有葵花，它也是云图系列中的一种风景存在。布面丙烯《葵花颂》，从黄绿色、土色中寻找到那一朵葵花，则是今天唯一的一朵葵花。

雨就要从云层过来了，这般景致，已让我们等待了太长时间，因为只有雨来，时间会滂沱，只有雨令我们身心葱茏，只有雨浇过的禾苗和树会直起腰来。

天晓，寂静，只有鸟语……天幕上有雨的消息，祈愿雨水浓郁，润我大地。

布面丙烯《春天的海拔》。正午，雨未落下，却涂鸦出了春天的景致，我大胆地使用并不属于我命运的色彩。马克斯·韦伯说：艺术就是艺术，你可以任意地称呼它，它有明显的起源和明确的意义。

什么都会过去的啊，在这下午太阳蒸发的人心，像叶片儿萎靡着，无论是燕雀还是蚂蚁，都渐入疲惫和厌倦，而我们只要睁开双眼，总能目测到那些飞的翅膀仍然托在云空里飞，那些走路的人仍然在尘埃上步入自己的圈套。半空中有花香、色彩，有悲壮的戏嬉……

昨夜陆续的细雨，使窗外显得素静。新的一天，我希望仍然是简约生命中获得的心安！

终于将一生喜欢的这个词“妖娆”，赋予了这幅涂鸦的画题，里面似乎贯穿了我所喜欢的全部色彩。坐在画架前的我，有莫名的感伤喜悦。

一朵花漫游，像羊群、洪水漫过山坡，背阴或向阳的山坡，漫过了门槛、脚踩缝纫机的摩嚓声，漫过今天和明天的日子，漫过我们还要坚持的黄昏。亲爱的，一朵花漫过了分秒，将要去追踪故事的另一页码，另一种朗读。

我爱你，因为记忆与囚禁是一只跳舞的小野兽，因为天色正好，追踪我艰难的旅行。我爱你，因为我们从来都是彼此，可以用一生暗自泅渡。我爱你，因为蓝天可以容天下。

冷水浴后诵读经文。世界竟相开放，万物在夏日热烈相爱。我们亦继续生活，用我们的方式或个人化集体式地与光阴相拥。

第六月：灵魂相遇相知相悦的温度

新周，我的生命气息为你而萦绕万物，哪怕世界接近冰川和火焰，我身体的温度，只属于你的领地上那束与灵魂机遇相知相悦的温度。

康乃馨的粉，如此的粉，是一种遥远青春的回忆，而此刻，花瓶中的粉，让我打起精神，战胜这个季节干燥的熔炉。每一次，让我在生命中渡过慵倦苍茫的花束，总是会让我从萎靡中抬起头来，与未知的明天相遇。

当我逐渐年迈，你是否会为我而来，犹如童年的铅笔画插图中，你最喜欢涂鸦出的那轮银色月盘。

度过了一场仿佛置身于干燥热带沙漠中的睡眠。祈愿下雨，春城的气温渐高，雨水越来越少，想起儿时撑起破洞的小雨伞去上学的路上，那时我居于滇西小镇，几乎整个六月都是白花花的雨水……雨水顺着紫薇、石榴树落下来，满身的水气，脚丫儿穿行在金官小镇石板的水洼里……

天又继续放晴，雨水遥远。当天气循环被破坏，等待雨水的人多么徒劳，然而，我们个人的生活方式仍然得继续。所谓继续，就是除了活着之外，你牵着你自己的灵魂走。牵魂记是一部电影，如果我有朝一日制作电影，我会拍一部牵魂的电影。牵魂，也就是一个人牵着自己的魂朝着天堂或地狱走去的过程。

完成了布面丙烯《自由的生长》……这个夏天，每天都在等雨水，尽管如此，我心灵中的世界仍冉冉上升着这些挡不住的生长。

夜，不是为了诉说，而是为了更深沉地隐藏，像间谍。夜，不是为了叙述，而是为了隐匿，像古琴失去高山流水知音，像间谍那样失去身份……

早安，我的血脉透过黎明的石板路，步步趋近那些被我们礼赞的美意。

黄昏的味道，覆盖了所有人的踪迹，只留下虚无者的快感，像一件白衬衣晒在阳台上，被热风吹拂着……

终于下雨，雷雨、闪电……生活就需要气候图像，仅有晴朗繁花是不够的。熔炼人的永远是烈炭、冰凌和等待。

一夜雨之后，大地静谧，我心舒坦，万物以获得雨水润泽而成长，我们因获得雨水浇铸而继续生活。远方的河流不再干枯，我听见了细密的水流声灌溉着来世今世，佛教中的轮回像树一样跃起。

完成布面丙烯《六月葵花和烈日》……六月对我来说，有铭心刻骨的等待和尝试。

当我渐渐爱上你，才知道在你的国度，旅路漫长，世界有峡谷还有热烈的葵花，星期五好！

细雨、尺度，还有我的爱，称之为简洁的姿态，在这个六月，雨终于来了，就像画框里隐秘的风景，收藏着一个边缘国度的忧伤和骄傲。

透过这夜幕，我知道没有任何人值得我倾慕，但我知道那些幽暗的风铃，有来自海洋的汛期，值得我搜寻波涛汹涌后抵达之岸。我知道夜幕的推动力是为了更深地隐去忧伤的时光，我又想起了我的那句诗：光阴之于我，犹如酒杯之上的嘴唇。

无论我们醒来死去再生，都只是为了点燃、熄灭灯火，这是一个多么古老的轮回……

完成了布面丙烯《玫瑰色的山谷》……这两天的气候，像玫瑰色，只有女性会寻找到这种颜色，它是深厚的落差，去到很远的地方，将我们一生得不到的意念融入某座无名的山谷。

已经盛开的百合花，来过一阵细雨又远去。对面的建筑物越升越高，城市像是一只重金属的笼子，我们就在其中跳舞，而在乡村，正是鸡鸣三遍后四野葱茏时……

不管你在哪里？漆黑、明亮还是桃色妖娆，我都要告诉你，在底蕴的波澜下，那场战役足够我们休整，也足够我们像枕木通向长夜。

对时光漫长生涯的感恩，是因为有你暗自给我力量，即使我已伤痕累累，仍愿意亲自去门口迎送你，或为你而变成翻拂而过的书页，生命的全程犹如鲜血梅花般摄入心底。

生命是被神秘途径唤醒迷失的一次次过程，倘若我能爱你，是因为我穿越的时光里，天亮了，犹如我三十年前，像裙子样盛开，手里捏着火车票，去乘慢火车一样满怀喜悦和忐忑不安……因为大海就在前面，爱情就在远方。

在雨季我的心飘渺，为了一朵云，我会失去所有的身份抵押。

紫色的时光，帮助我辗转忧郁。生命的过往录，就像一个盆景，一种脱胎换骨的演绎。对于我来说，紫色是为了寻找到筷子敲击乐鼓时的秘密天气，是为了抬头看见你。

天黑下去了，这大地的峡谷巢穴里空寂无人，风吹响了书的另一面，仿佛山峦那赤裸着隐藏的脊背……啊，阅读或静息，就像身体上的白色泡沫退下，那些激励我的神意，使我支起屏风，挡住了厌倦的喧嚣。

当繁芜和诗意织就的人生，给予我花丛和荒野，请告诉我，大地辽阔为什么又起伏不平？海洋湛蓝为何又千般波澜？

清晨总是在找衣服穿，在淘尽了衣柜后……总是又回到此刻，寻找到最简约的那件……生活，我希望你为我而越来越简洁，最复杂而深奥诡异的留给语词的秘径，绘画的色彩，诗歌的无穷隐喻。

完成布面丙烯《一棵树的云游》……我虽然不懂绘画的技术，但我深信，色彩就像写作一样，有我个人的自由尺度。

寻找一双干净的眼晴，就像寻找第一次写在笔记本上的诗歌那样艰难，它们已失沉在笔记本上的笺注里。

热情的光芒，黑夜的流亡，抵达的都是你故事中的宿命之乡。没有人可以逃离命定的符咒，因而，讲述你自己的故事吧！

晨晖如虹，穿过我心。拒绝看世界杯的四个理由：其一，不想再将目光浸入绿茵场，为那一脚射门的终局悲伤不已。其二，没有精力和勇气再去拥抱那些折断翅膀的，目光忧郁的失败者。其三，不能再面对足球，那个巨大无穷的魔球，那个若干世纪以来最耗尽人眼力心跳的战役。其四，没有理由不去爱上那些射门的，奔跑的黑麋鹿，没有理由再去论证那些伟大的成败，没有理由再去度白昼黑夜混淆不清的时光，没有理由再去球上旋转珍贵的光阴……所以拒绝看世界杯。

时间总是不够用，时间消磨着我的愚钝，私人领域中的一线光亮。

黄昏，不是所有的人投入的都是黑夜之梦，也不是所有的人都能获得梦的叙述。

又到父亲节，父亲逝世于一九八七年的八月……父亲留给我们的所有照片，都是在照相馆的影像。父亲俊美的形象，干净的旧式衣装已成为我在小说中多次叙事的焦点。人一生的亲缘关系如此短暂，在我经历了一系列轮回的磨练后，方知晓我们一生最爱的永远像颤抖的风铃，在窗前，回忆中一阵阵渐远渐近……尽管如此，我们仅存在时间中的气息，却依然一次次地萦绕，回到初始，再继续像羚羊般跃过危崖……有时候，一盆火与一座冰川与我们对峙后，最重要的是要我们像草木一样活下去。父亲节，最想念的就是父亲在每年除夕扛着甘蔗回家的脚步声……还有除夕夜送给我们的新衣服。

星期一，流水划过的面孔，我重新醒来，像水一样渗透自己，将双眼睁开，四野闭合，等待着我投入。

这世上无论怎样绝望，都没有语言解释清楚天为什么变黑？黎明为什么有光？我渐次老去，速度在我呈现的语言里，每次面对空白纸质、画布……花必须凋零，地平线必须伸远，爱必须在未知中来临或逝去，我必须为语言逐渐老去。

雨下得真畅快，足够填满那些池塘，还可以让树，干燥的山岗尽心地沐浴，面对雨，真的充满了感恩。

下了一夜的雨，听雨声却难以入眠，洗过了冷水澡，诵过了《心经》、《大悲咒》……世界顿然清新起来，凉爽的又一天开始了。

今天上午将去看一个生病的朋友，一直以来，朋友患病的消息成为我们沉郁生活中的话题，祈愿朋友能创造奇迹，尽快康复。

看过生病的朋友后，回来画这幅《风》，我希望正在与疾病搏斗的他，那个与肉体搏斗的他，所有磨难都能被天空中的风载走。生命是如此脆弱，然而，生活会载走雷电暴雨，也会呈现艳阳后祥和的天宇。

早晨好，最喜欢凌晨透彻的容颜，在它逐渐吐露的气息里，万物完全醒来，而我穿上了又一天干净的衣装……活着，无论隐匿或露面，都会遇上自己的神佑！

时间如此迅疾地飞逝，我们的生命确实只是一种停顿……仅此而已，我的忧怀比我的喜乐更长久，因此，它可以飞，只要生命存在。

早晨的意识对于我来说，总是会支配一天的行为。虽然晨露即逝，溶遍的是一棵植物的身心。

一切，所有……都是以个人铭心刻骨的疼痛记忆构成了我们的未来。

浮光掠影后，她移动光影就像细数苹果树下的一道道竹篱，这些竹篱围起来的小世界，使她远离聒噪。而每每低头，脚下的小溪暗自流动，生存与死亡都应该寻找到日复一日的力量，它承诺给你一个灿烂和忧伤的理由。

喜欢星期五，它像一道从半空中垂斜而来的光影，让我突然地松弛：灵魂有破窍，也有完全的休冥状。

在两朵花蕾盛开后，看似都以自身的妖娆竞相吐艳，其实，在叶脉姿貌中，却隐藏着自己的秘密，并与世界保持着美学、生存和死亡的距离。无论是写作、生活、爱，正是这些距离产生了玄妙、音律、迷境和终局。距离是足球追逐的浪花、射门，也是生存者掌握的技能，虚无主义者的极乐之乡。

最近是云南李子上市的节令，这样的黄昏，值得我发呆。品尝一大堆酸甜悦人的李子，甜酸味是我最喜欢的果味，是维生素，也是上好的碱性食物，越来越喜欢丰富的果品、素食，在无形间，它们抑制并溶解骨髓中那种潜意识的、艺术生活的疯狂和忧郁……女人较之男人，更喜欢在水果花篮、服装中寻找自我，而男人更喜欢社会、竞技……

好好活着的理由在于我们又已经面对黑夜，而黎明让我们可以继续犯错误、继续迷离、继续无妄、继续伤心、继续疲惫不堪、继续虚无主义……

下了一夜的雨，空气是湿润的，黑夜无梦而醒来，所有生命的践行比夜晚的梦更荒谬而迷离，也更具体而深入……白日梦复制着黑夜未呈现之梦，它来自我们个体的灵窍，打开它，通向的是未知的道路，这就是梦的魔书。

又寻到一批书，这些书事实上曾经在书柜里，但是碰到新书，总觉得是春天。尤其是梵高和莫奈对我的影响是那样深……工作室似乎又显得窄小了，一批练习新品加上新买的书占据了工作室。但绘画却只需要一个可以坐下来在距离中观看的地方就足矣，去书店总能呆很长的时间，总觉得书像飞机上的黑匣子，装满了飞行和落地的秘密。

雨声并不催人出发，反之，那从天而降的雨，无论滂沱还是绵长，都让人禁步冥思。我喜欢看雨滑过玻璃，亦喜欢倾听雨声经过耳畔：每当这一刻，所有重要和轻的事都会随雨幕而落下。

雨，仿佛充满磁性的低音区域，整个儿在昨夜穿行，让黎明后的四野又再生了一次。这些干净、湿润的轻袭而来的雨后空气，无战乱警戒线，无硝烟或雾霭，完全的宁静，像母亲的面容，像我诗歌中倾注的爱。

没有不幻变的天气图像，所有一切在移动中表达自己并不准确的思绪。我看见花在沮丧、枝在纷乱，色在奔逃。

完成布面丙烯作品《相遇》……我们在此相遇，以纤细的神经，获得分离和相聚。

今天的我，平静、克制，也许是那些日复一日的磨砺，给予了我乌有和避难所。

葵花是为谁绽放的？我们是为谁迎来晨晖的？早上好！

生活，就是粗糙的燃烧的火舌，还有杯子里冰渣般的最后残余，以及忧郁的天井里孤寂者的自白。

昨夜到现在的雨不急不躁地滋润着大地，我们在雨水中千万遍地得到恩泽。而我千万遍地因为雨水流速在众灵心中时，也同时感觉到了身体中的树在生长，叶枝墨绿。千万遍的，因为你的到来，我的脚下有水荡走的泥浆，我的衣襟胸怀之上，是雨洗净的天空，因此，我们可以在忧郁中生，在埋葬绝望后再生。

雨季挡住了我喜欢的那些蓝天，四周到处是雨滴声……刚刚看见一只流浪狗同人群穿过马路，它那惊慌的目光，通体的潮湿，游走世界的惘然，与人类相处的忠诚和冲突，让我顿感忧伤。忙过今年，明年我会以一只狗与一家人生活的自叙，写一部长篇，以此献给一只狗眼里的世界，献给荒谬生活的狗与人类生死相依的关系。

我爱着这个世界的理由之一，是因为在它破絮般的忧伤里，总有层出不尽的泉水奔向那些田洼、坛子、河流、大海，仿佛母亲手中的针线，会修补好我们旧衣服上的破洞。

到底有多少层灰，因为花而落地上？又有多少双脚因为灰而远行千万里？有多少眼睛因为黑夜而渐次虚无？有多少双手因为空茫而执著地摸索？

第七月：让心念如倾盆大雨那样坚定

大雨……听雨滴声，旋律中最悦耳果断的，可以帮助你辗转一切杂念，让心念如倾盆大雨那样坚定。

写作中的我，曾经某一天的衣饰、背景、恍惚、远眺、模糊和距离，虚构和词语等等，使我的人生获得了更虚弱的力量，我就是从虚弱中走过来的，正是这虚弱，让我离强大壮丽的磁场遥远，离蓝色的波澜更近，正是那些日复一日的惘然，使我睁开双眼，叙述着故事。

我深信不疑，现在的你是存在的。在最黑的夜晚，我们或者乘一辆小马车，因为我们需要足够多的慢，用剥葵花子的慢，感受心脏为什么会跳，血液为什么是红色的？或者在灿烂的白昼，请让我成为你的速度，并让我相信，即使在天蓝色滚动的地平线上，同样有惊悚的闪电，叙述着那红瑰色的旅程。

七月有绵延不绝的雨，有将自己注定聚集在石头里的，布满花纹的故事。我的故事在写作中隐现而露欢颜。

感恩你，感恩在我的全部故事里，你为我而激起的波浪。感恩船、桥梁和大海的深度。感恩你，感恩流走的时光，感恩我们在短暂时间里的拥抱，感恩月光的皎洁，雨帘外的惆怅。感恩你，感恩正在叙述的故事里，你像插曲、火车，风一样的呼啸着我的命运。感恩你，感恩细雨，感恩你的坚定，感恩我们的距离和思念，感恩你……感恩明天，感恩摇曳之烛，感恩月光和太阳的轮回，感恩世间的秘密，水和火的分离，夜和昼的漫长……

我与世界的很大部分，完全靠哀愁与亲密所编织的关系，维系着那些不可靠的谎言与爱情，时间与流逝的人生。

世界混乱不堪，我们须恪守心灵生活，只有心灵出入的地方，才能寻找到我们真正想要的生活。而其余的东西只会加重我们的罪愆，浮华、伪证、欲壑、混沌……疯狂正在摧毁着一代又一代人的头脑。而当我们目光沉浸在河流、白云、星空下时，我们会清楚地告诉自己，我们只不过是人间的匆匆过客。

今天及明天以后，我们所复述的每一个故事里，都将留下我们走过的泥浆，它是为了让我们在尘埃飞荡处，寻求到自己的位置。我们的一生需要自己的戒律，它比自由更疯狂更需要尊严勇气。在这样的夜晚，面对书页，内心确实是那么安静，如果世界没有发明那么多的欲壑、娱乐，没有发明那么多的一次性消费，我们就会有更多的时间仰望星空，读书或者寂寞……或者谈情说爱，或者认真而喜悦地听一次蝉鸣。

早晨，足球的胜利属于德国，属于理性与自由高度统一的国度。

足球是运气、神韵，也是宿命。终于结束了，炫而迷人的足球。新的泡沫将激荡起各种旅途，这是我们仅存于生命中的搏斗，我们继续搏斗，直到彼岸在蓝色的海域线上冉冉升起。

世界变幻，是因为混乱需要疏理……在这个早晨，我诵颂从我眼前飘逝而过的一缕云，只有在它们的变幻中，人类的精神领域获得了洗礼和安详。早上好，手指替我拂面而来的书系上的预言，隐藏在心灵中的又一滴清露荡开……

谣传会过去的，就像风会过去的。树依然在长，果依然在成长，天空越变越美。

有时候，人就需要呆在自已亲手建造的监狱体系里，像那黑色的蝙蝠样扑打墙壁才会明白，让自己突然通体通亮的不是光亮，而是黑暗里的风景。

无限疲惫的七月，很多该做的事拖延。每次当生活繁芜时都会告诉自已，睡一觉，天神就会给予我力量。是的，每个夜晚我都在迎候着早晨……那时候，我会将花瓶中萎靡的花枝换成新颜。那时候，我重新有时间坐下来写作，零乱的书籍回到书柜上，而我则回到千年以前就修来的位置，坐在越来越旧的藤椅上，召唤我的心回到素静的风铃下，聆听并检验时间拂过的音律……

格雷厄姆·格林的回忆录《逃避之路》，格林写道：写作是一种治疗方式，有时我在想，所有那些不写作、不作曲、不绘画的人们是如何设法逃避癫狂、忧郁和恐慌的，而这些情绪都是人生固有的。

七月，各种人间天上的消息让人揪心，我们身居的地球，有诗人、政客、平民凡心，只愿安居者们拥有神仙的庇佑。

星期五，只有在这一刻，你对于我属于真正的海市蜃楼，它们只出现在沙漠的滚滚黄沙静止下。因为沙漠，那些乌有之乡让我渴望你出现的惊喜。只有在这一刻，我们相信梦驾驭着长夜，它使绝望的生活突然绽放出烟花，于是，让我们看那些烟花吧，哪怕最短的刹那，我们也能为生命而庆典。学会庆典吧，为了世界上的那些磨难一次次地让我们学会了爱和拥抱。

向那些正在路上的人致意，你们的旅途之美是我打开天窗下看到的天堂。天气是那么凉爽啊，祝你们平安快乐。向那些已回到家门口正在掏钥匙的人致意，回家的路是永远的路，祝你们打开家门的刹那，疲惫的身体迎向风铃拂尘后的安居之乐！向那些悲伤的快乐的人致意，我是你们中的一根弦韵，我像你们一样，正在这个忽儿漆黑、忽儿明亮的星际间寻找着我自己。

早晨，我希望这束玫瑰花的粉红色花蕊，穿过所有波平浪静的桌面，穿过受伤的海岸线，穿过疲惫而再生的，我们的喜悦和信仰。

雨季的漫长，改变了大地的概貌。尽管如此，在绿得眩晕的花园里，仍有受伤的鸟从空中跌下来，仍有浑身赎罪者在奔逃，仍有仓鼠们在每个角落寻找战乱，仍有花在熄灭而开放，仍有我们在举足间步履艰难……这就是我们的故事。

天空开始放晴，在我们这个充满规则的世界里，我们仍在寻找内心尺度的约束，正是这个伟大而充满苦难的尺度，让我们遇见了神，也让我们在凡尘中坚守信仰。

所谓日常生活，就是用手触摸到的毛巾、水笼头、菜刀、药水、枕头、书籍、阴影、滑杆、抛物线……在所有成为日常生活的里面，都有我们的存在或逃离。日常就是必须的，伴随你的，每个人的日常性，构成了简谱式的梯级1234567……

提前到来的菊花香，在花瓶里，我爱这些在人间往返出现的精灵，它们预约了我在秋天沉浸的某个瞬间。人生是由无数瞬间完成的史诗，我希望我个人的史诗由这些来历不明的精灵组成。因为它们，我的时间碎片可以变成一只巨大的花篮，它可以使苦难也能变得炫目灿烂。

所谓信仰，就是在自己的心迹中看到萌芽出世的故乡。简言之，在路上的泥洼中看到辙迹之舞所抵达乡壤。在梦境的屏息中，不辜负自己身陷薮渊时的精神之跃起。在寂寥的山水中，倾听到潜伏于内心城壁上的那一束束青黛色的音韵，召唤你，如召魂者已在四野平川中回到了焰花四闭时的静息与喜悦……

大雨落下来的声音如此响亮，使我苏醒的正是这些催人行动的雨声。它仿佛是我的某种布幕，里面揭开了令人神秘的心仪的迹象。东方已亮，万物正在大雨中茁壮成长。大雨过后，秋天离我们已很近……

等着我吧，当警戒线越来越明亮，天空越来越抒情，道路越来越被纠缠……我就会回到你身边。

生活的每一天，都是一个新的符号系统，面对它，在黎明前夕我看到了有一只孤鸟依然到阳台上的鱼缸里来饮水，这只小鸟是不是昨天的那只小鸟？在我注视下，它有些惊慌，即刻扬翅飞走。地上或空中生灵都是容易遭遇惊慌的，在惊慌中只有生活让我们在惊慌中安详。小鸟在拍翅中寻找到生活，我们在惊慌从容中历练了自己的故事。

天空彻底放晴，云南的天空是我最喜欢的云巢，它的变幻对我个人来说，就是笔记本上的小说和诗歌。

又可以写作了，又可以在写作中遇到那么多的盟友和神秘的敌人，又可以写作了，又可以将自己蜷缩在方寸的世界里，去赢得最漫长的孤寂。

好久没去工作室画画了，手心都愚笨了。无论如何都会画下去的……天空晴朗，喜欢的生活将进行下去。

再一次地往返于生活，由无数细节完成的生活，是需要重复的，不重复的是那些秘密内心的活动。就像走在一座花园里，你能在五颜六色中感受到花冠为什么朝天际生长，水渠为什么绕脚下尘埃流淌？喜欢这寂静一天的开始。

我心依旧，生活在这些破碎的神话里，在其中一次次的扼腕低头下，抚慰我生命的是隐藏者发出的声音，在那些沉默的致礼之上，我向永恒的自然学习着生命的练习曲。

在盛夏，我们想成为自己，成为一只古老的花瓶与热烈的植物为伴。

一天又过去，它总是要过去的，你知不知道静态的时间会流动得更加快。男人无聊时就将革命进行到底，女人无聊的时候就将爱情进行到底。无论是革命和爱情都需要勇气经历漫长时间的摧残。世界上最诗意的美学，永远来自冥幻中执迷并勇于承担的煎熬。越是铺满苦役的道路上，在遥远的尽头，照亮你的灯光是满天的星宿，握住你双手的人正是今世你想见到的那个人。

昨半夜又是雨水绵绵，今晨窗外一片潮湿。诵经后，心性越来越安静，对面的建筑体积依然在上升。当年岁增长，就更向往居住在被浮华、喧嚣所遗忘的一座座小镇、一片山坡，一座山岗上向阳的房子里。

窗外的雨，黑暗中的灯光……整个七月，每天都充满雨水。心灵需要某种来历不明的东西震撼，我指的是除了七月有三架飞机空难之外的另一种精神体系的震撼。我的时代有那么多人失沉，又有多少人摇晃于多种机遇开放的窗口？同时又有多少人在掠夺占领中制造着武器？又有多少人细数着像绳子般弯曲的古老的流水？每到夜晚，已厌倦外出，只需要一盏灯，一卷卷像曲径般分叉的纸书……每到夜晚，书中的咒语仿佛是时间中最强大的震撼，只有它们让我一次次地战胜了生命的虚境。

像草木般荣枯吧，我们为什么失去了自然的原理，因为我们失去了书写的耐心，失去了释梦书的神秘喜悦。我要保持惯性，回到原点，回到风来风去，春去春生的属性。写作，除了在寂寞、时间中找到心灵的自然状态，所有一切都是多余的。

今日午后丙烯画作品《花如何飘到坛子里》，在夹缝中生存和寻找心灵，我该如何坚持，才可能从门槛走出去？

终于找到《奥登诗选》，诗人写道：

那些不信死亡的
英雄已被埋葬
现在，英雄气概不是
在垂死的喘气里逞强
而是要去抵抗
意欲冲破地平线的诱惑

每天凌晨都是一天中最干净的，因为我们的眼神经过了睡眠的走廊，经过了黑夜的滋养后，将梦的最高原则，纯净的恩泽，仁慈的心灵融汇于早晨的开始。今天的我，平静中开始了生活，一夜的雷霆闪电大雨后，我眼前的一切都是美好而肃穆的。

完成了布面丙烯作品《高于一切荒原的盛放》。我知道，即使在荒凉的尽头，仍有一种花不顾一切地开放。

我知道并深信，一天那么快的流逝，是因为我越来越缓慢。米兰·昆德拉曾有一部长篇小说叫《缓慢》，我依然能回忆起书中那些叙事中的隔离和追逐，这也是近100多年来人类命题中的冲突。对于我而言，除了写作的缓慢以外，在刚刚过去的时间中，我从没有像今天的我一样，开始缓慢地读一本书，分许多次读完，中间会停顿、入眠，在黑夜外面又醒来，走过楼梯后再读书……除此外，还有看风景的缓慢，过去一眼就看完的风景，现在要一层层的看，从外到内到局部，过去奔跑的路，现在一次次地在慢板中走，过去仰头走的路，现在低头走……要经历许多时间，才可以慢，才可以沉到水底，独自去层层水浪中开始一天的慢……慢，是迷人的，比奔跑更有力的生活。

我希望这早晨因这束光，带来我耳鼓所沉迷的声音，我希望这一天因这一朵康乃馨的紫光弥漫，我的心结是浮沉的，然而最终也是稳定的。我希望这一天因我黎明渗透而出的紫气，我所抵达的是花园中那些众灵们因身心喜悦而相互致意的地方。

完成了丙烯画作品《云图里的妖娆》。我的生命、写作、绘画，乃至磨难与妖娆这个词汇有关。

第八月：风雨经过的时间

在我睁开眼睛看见的天空下，我的现实生活中的言说暗藏在露台以内的房间里——一间弗吉尼亚·伍尔芙所说的房间，已足够装下我的生活，它们包括历险，可以说的或不可以说的故事，可以游离的以及不可以来往的途径……生活，当我说爱你时，我爱的是一个个被词语所呈现的现实。我爱的是缠绕中最简单又令人迷失的方向。

中午大雨中完成了丙烯画作品《云梯》……现在雨停了，现在我的心像一滴雨样安静地变化。

丙烯画作品《风和水经过的山岗》。我绘画中的所有色调，都是我经过的地方，也是我虚构的风景，这就是我沉迷它的理由。支持我，鼓励我的朋友们爱你们，因为你们是我全部的美意乌托邦。

暴雨，铺天而下。今天是八月伊始，降雨是祭时间中的英雄，祭我们心中的永生之士。八月是夏天最后的节令，也是迎来初秋的前奏。今年过得太快，很多事未了，时间穿梭在黑白昼夜中，使我们不断地老去。停顿在这雨幕中，停顿在这阴郁的窗外……

静悄悄的晨曦，许多旧消息和新消息编织的故事，有幕落幕启，所有的面孔无论是婴儿、少年、中年……都以看不见的速度老去。简言之，当我们看见苹果熟了时，秋色已召唤，满城的桂花香从空气辙迹中荡来。生命的游戏，是手里的一把沙，也是手心松开以后触摸到的四季。我静谧，是因为我的身体中永远存在着一阵阵微澜，是因为，爱你，就是爱整个世界。

自然之魔，大于我心魔。来到了寻甸北大营草场。

小时候一块在永胜长大的小松，请小唐师带来了好多的新鲜鸡纵，穿越了六百多公里的滇西……那些来自我成长地的最上品山珍，散发出只有童年才能感受到的森林山谷的美味芬芳。谢谢小松，你总是那么美好的让我感受到出生地的自然禀性，感受到时间那永不减退的深情。

完成了丙烯画作品《河山》，我们的地球原貌曾何等美丽，然而云南鲁甸的震区已一片破碎。后工业时代的频繁地震，与人类有多少毁灭性的关系。在灾难面前，除了拯救悲悯，更为重要的是用温情善待地球，否则人类将无家可归。

立秋，节令准时垂临，无论我置身何处？都要完成我们的美好心愿。八月桂花香，香气弥漫着忧伤和希望，祈愿逝者安息，生还者能看见太阳。

所有的花都要开，所有的景在壮丽中
落下帷幕。啊，帷幕，揭开帷幕之前的长夜
只有蝉唱着歌，它要唱隐匿之书中的理想生活

安静的心，可以看见的四野，让我可以走到灌木、群羊、无边尽头的畅想……生命的无穷滋味，就在于每个黎明给予你的温柔和勇气，这也就是诗意中的个人史。

丙烯作品《立秋以后》。流水中的时间，改变我，又让我回到原乡的时间。有时候，临近漂亡的时间，也是成熟而新生的时间。

完成了丙烯作品《高原》……这是我热爱的高原，只有在它怀抱，我会寻找到我语言的尘埃落地，在它织密的层层空间里，我的爱隐藏或出发，寻找的是一双属于诗歌的晶亮的翅膀。

《忧伤的黑麋鹿》，献给我的心灵史，取自云南边疆的这一束束诗歌卷上的故事，是时间，也是诗歌的熔炼史。书中收藏了好几个光阴的战役。八月，对于我来说，是心灵承载幽暗时光的片段，也是对生与死的云南的祈祷，也是获第六届鲁迅文学奖的喜悦。

下了一夜的雨，仍在从天际落下。仍然平静地接纳这些从我屋子里散发的被我心灵激荡热爱的世界的气息。

我的花，它开在荒野，在我细小的版图上，亲爱的花为那些纯净的灵魂，秘密地盛放不息。

我们读诗，写诗并不是因为它们好玩，而是因为我们是人类的一员，而人类是充满激情的。没错，医学、法律、商业、工程，这些都是崇高的追求，足以支撑人的一生。但诗歌、美丽、浪漫、爱情，这些才是我们活着的意义。（造自《死亡诗社》基廷先生语录。）

“我曾以为生命中最糟糕的事，就是孤独终老，其实不是。最糟糕的是与那些让你感到孤独的人一起终老。”——罗宾·威廉姆斯在《世界上最伟大的父亲》中的台词。

我们所有人，一旦被诗歌打动，都会拥有幸福和美丽的人生。因了这份天赋，一切都会发生：善、恶、高尚、恐怖，甚至悲剧……我们是我们所不知之物的窗口。我们是历史中最最稳固最最持久的人，纯粹、神秘，火，友谊和爱的守护者。——托马斯·萨拉蒙

晚安，没有星空的夜晚，我的怀抱有八月的红色浆果，它曾是我

的滇西，我心冈上的成长初始，而今夜，它是饱满的忧伤。

没有什么过不去的，所有一切都成为过去，天亮后，要加快速度，或速度依然，我想飞到更蓝或更湛蓝的母土之上，去探访我热爱的亲眷，心心相印地拥抱。

活着，肯定和否定……这是一幕幕的过去现在和未来的触碰区域。而此刻，我要安静地呼吸织物，将秋色绵延到一个人的小小牧场。

午后散步后，坐在这小小的花园深处……安静的力量，使我赢得更多光阴的独处，这是我除了语言外所获得的一线春光。

在我消失或存在的日子里，继续着醒来的黎明，天际依然迷蒙，像是绣花针下一针一角慢慢幻变的现实。而此刻，我深信，在不远的地方，鸟离开了树杈继续飞翔，群羊走出了畜厩，咩咩着，出家门去验证穿越从山底到明亮的崖顶，万灵需要多少勇气和饥饿？尘埃在宁静中使自然的精灵穿梭于备受苦难和磨砺之心笼罩的地球生活，依然迎接着这些凡俗的天长地久者生命的迹象。

昆德拉的新书《庆祝无意义》来到手的温度里，刚刚一场大雨过去，我呼吸着树根下潮湿的味道，感到说不出的满足和忧伤。

史无境，人在历史的境遇史中只是一种遗忘和落枝，人为什么要活着？只是为了苟生？还是为了复述殷红血管畅流的命运之脉？早晨面对这一片天壤，我曾经在这草甸上快步疾走，想追赶远方的牧羊人，但即使是在这最美的草甸也有泥浆水洼……生命在朝暮中开始和结束，这是神的布局，就像眼睛可以闭上和睁开。转眼间，山河景色已变，昨日气息已变……惟有那微蓝的天幕，召唤着我们。只有在未知的天气里，我们可以伸手够到树枝上的秋橘，而太阳和月亮高高在上，照耀着我们的阴郁和明亮……我们只是渺茫和寂寞所创造的一种小小的元素，我告诉自己说，宽恕他人的原罪，也是在宽恕自己的原罪。爱，就像眼泪一样晶莹，可以洗尽一切沙粒之器皿。

此刻，书屋花瓶中的花，有葵花、康乃馨，我热爱每个局部中散发的，与自己相伴的灰尘和花朵，只有面对它们的存在，我能感触到生命的对抗和虚无，在人生易逝的过程中，我与它们同凋亡或再生。

我的故事中总有一小段旅途，它是高速公路后面的古刹，是寂寞的村庄，是筷子里的味道，是裙子曳地时卷起的灰尘，也是快步疾走，令人迷乱中的风景。

在丽江束河……旅途，是故事的源地。尽管如此，我的故事不再属于这样的地方——我更爱那些丘陵盆地中自由婚嫁的花仙子，我更爱遥远而古老的那一代又一代人的历险和生命的传说。

在宁静的小镇醒来，流水经过了梦中的场景：在七世纪，我的前世是一只狐狸，我在雪山下的这座小小村落游走，走着走着就变成了人……而当我的生命成为了人类生活的一部分后，轮回是久远的。在九世纪，十二世纪，我在不断轮回中成为凡尘中的一个影子，为了光阴而消磨我生命的气息……我曾经是抱着乐器的琴手在觅流水之韵，我也曾经是药师寻找着敞开植物的领地……而我现在是一个小小魂灵依附者，依然寻找着迷离在路途中的另一些生灵的故事。

长江第一湾金沙江倒映着素朴的村庄……倒映着涛涛江水奔流而下的长旅……

雨后我途经最美的村庄，在雨后的村庄里，有火塘、畜厩，住着长老、村姑和神仙……

在我途经的地方耸立着古老的石头演变术，千万层的绿铺天盖地地涌来。

沿途，由石鼓镇入老君山的路，是我经历的最美的自由之路……老君山的丹霞地貌，仿佛呈现出几亿年前人类的山体运动。此刻，坐在数千年的老树下听蝉翼的演唱，看无数佛陀峰跃起……

沿途，老君山螺旋状的地貌，历经伟大时间的熔炼术……

中途，金沙江沿岸（金沙镇）的风景，下面是湍急的江水，我爱上了这条挟裹着向日葵的小路，如果凡高在一定会很疯狂。

在香格里拉，牧歌，清亮的河流，遥远的地平线——我一生沉迷其中的青黛色的乌托邦就在眼前。

令人屏息的风景，雨中的绿自然的牧歌，从裙下哗然流动的泉水……这些东西从我出生到现在，滋养着我的心性，而每一次与它们相遇，泪水就在我眼眶中晶莹着。

我将走遍这四野，再撤离……远方是没有尽头的，我抬起了头开始撤离，而注入我眼眶的是蓝天碧野的孤独和热烈的轮回。

回家……需要宁静，不断的独处——很多东西需要记录。我想要追究我的灵魂，虽然一路上有沙尘暴，有鲜美的果木和秋色山岗，更为重要的是我有我隐秘的疼痛，不可言说的忧伤，它们就像金沙江砾石岸上的小路，通向弯曲的，青筋般立起的岩石。

让时间回到我这里，回到地心花园拐角的小小阁楼，除了呼吸，我的生命还需要痛楚后的苏醒，就像窗外，雨又一次的不期而临。在我的房间里，我手镯上仍有月光之城的银光，但从现在开始，我要重现昔日的生活，我要隐藏在低矮的天空下，完成我的理想生活。

我在我的位置，低头向锋刃的芒刺致意，用柔软的颈和腰向永恒的天与地致意，而在我敞开闭合的四野深处，我都能找到母亲的婚姻之路，找到古老邮电所的邮戳，在那清朗舒展的山端，有我心仪的菩提。

好久没涂鸦，无论身置何方，都放不下这个人生的又一精灵。今天的作品，依然是山水风景，我属于那种无法面对风景写生的人，就像我的写作是我的另一种虚构。绘画亦如此，我虚构世界上存在的某种风景。

早安，亲爱的星期六，翻一遍微信，在朋友圈中尽管弥漫着迷离的、灰黑色的消息，然而也同样充满深蓝色的弥漫……人生有许多泥浆和危崖，等待我们跃过去，生命的不寻常付诸于无法思量的冲突和磨练中，我们更要学会睁开眼睛醒来，坦然地面对一切。

生命的忧喜，穿越灰尘的无境，让我们的耳边传播着来自人间的消息。我们无奈或妥协，只是为了死得更快，或者活得更缠绵。

第九月：为了那些烟囱之上的碧云

从今天开始早起，冷水浴诵经……生活需要人建立的秩序。我们在秩序中投篮，锻炼，让柔软的更纤细，让坚硬的更有张力。时间是多么珍贵，每一个秩序是为了时间进行曲。早安，我亲爱的祖国。

惊闻老费在昨夜谢世，昨夜也是我失眠夜，祝费嘉一路走好。

仅以这幅作品，献给已逝的云南诗人费嘉，祈愿亲爱的费嘉荡过河流的清波，翻过山头的灌木和原始森林，走到我们所向往的极乐，在那里有花香，云梯和神曲弥漫，你的肉身再也不会疼痛，你的哀愁和恐惧也会放下。渡过去吧，到山顶那边去，到月光最亮的云壤，去那里养殖和种上果蔬，去到那月光之城写下你未完成的诗句。

无眠，起床，生活继续。费嘉离逝，让爱他的朋友们内心一片悲凉……然而，活下来的人们，哪怕我们所面对的是一片白茫茫的苇草，我们也不能在风中折断。继续吧，破碎的黎明，继续吧，皱褶、风雨、无助，周转不尽的雷霆和春光。

正午，日子的延续。在街上，人们以陌生的节奏前行。而此刻，睡觉的人仍在睡懒觉，买东西的商贩仍在叫卖，赎罪者仍在修远……命运的圈套给予了每个人生活的日常。人间的大小舞台，让所有人都有自己的故事，太阳和阴霾照到每个角落。

雷声过后，大雨未临，这几天的心情仿佛长出了厚重的霉迹。在黑压压的人群中，在冒着尾气的城景里……我们要坚持活下去，这是唯一的选择，为了那些烟囱之上的碧云，为了另一首诗歌里的人生。

在面对生存和死亡的问题以后，是静悄悄的时间，我依然爱流动的时间甚于爱停滞在化石中的时间。我依然爱身体中的磨难甚于爱那些狂欢后的苍白。

八月有秋色，必有浩气回肠的警钟和低鸣。我希望每个早晨醒来，都能找回到生活的助力，以此让那些撑住身体的内肋再一次寻找到信仰的天空，就像海洋的潮汐寻找到陆地上坚硬的沙岸线。

亲爱的费嘉，为你诵过了《大悲咒》、《心经》——今天是你的亲眷们送你的日子，我在这幅图景中目送着你远去，千万遍地为你而祈祷：揭谛揭谛，波罗揭谛，波罗僧揭谛，菩提萨婆诃（渡过去吧，渡过去吧，去吧！去吧）在此希望你去的路畅通无阻，我在这幅我绘下的作品中目送你远去，前方有你住的房屋，有你耕耘的土地，有你打开的书卷和今世的朋友，前方有轮回的春秋，有你喜欢的厨房，有你铺开的书卷，有盛开的太阳，有永恒的极乐，去吧，去吧，渡过去吧！

完成了布面丙烯画作品《秋色》。正午，我迎来了色彩中的秋天。八月秋事纷乱，我坐一隅，心潮波荡，一年中我最喜欢秋天，尽管秋天是一年中最为忧伤的季节。

祈祷是为了像自然一样安静如斯，只有用其内心淘尽从碧水中涌来的沙粒……而波澜起伏呈现出生命的迹象……

我喜欢穿过黑夜的翅膀，但我也喜欢在白昼的光亮中，去战胜那个游走在你灵魂中的敌人。

完成布面丙烯作品《丘陵中的村落》……这些从我内心升起的光芒或黑暗，仿佛沉落在腐朽与新生的栅栏深处，又像麦芒之刺，绳索之圈……无穷宇宙的睡眠。

我还是习惯在早晨，不为生活的教条和杂芜所累，相信每个黎明带来的都是我们所投入光阴的另一些零碎而可以组合的故事。每个早晨，我平静而欢喜，因为生命又可以游离劳动，又可以接受自然的习性去迎接你命运中的一天。对我而言，真正的幸福，是可以在房间里写作、读书，这就是我一生的劳作方式。早上好，欣欣向荣的秋色！

每天早上写作前泡一大杯茶，是必须的，春夏秋冬从未中断。

在绘画中第一次大胆地使用这种灰调，它更能表达我的心情，此幅作品使我在独自摸索色调中，更进一步地感知到，所有的文学艺术都是为灵魂服务的。作品中的高空遥远，而下面是被水萦怀的村落。

在人合山庄，一阵雨一阵阳光……旁边的红花是金凤花，小时候我曾用它的红花蕊捣碎后包指甲，只需一夜，手指就变红了，这种无化学污染的染指术，如此朴素，像来自老祖母古老的谣传。

太阳出来了，有太阳照着的地方，物事带来繁荣。假日，我在这一条条小路上走着。一生一世，我都在这些边缘地带行走，远离着，逃避着。

坐在山坡一隅自拍头像，刹那间捕捉的一笑，抵挡着人世间的惊悚和迷茫。明天就是中秋，但愿人长久，祝亲爱的你们吉祥如意！

人合山庄，山楂熟了。最喜欢这青绿山楂，落了满地后，枝上果物仍压弯了树杆。山楂不仅助消食，最重要的是对心血管有护佑作用。我是自然之子，所有结出的瓜果都最爱，正是这些元素喂养我们，使我生命延续。感恩大地，感恩秋事的物产，感恩丰茂的节日庆典。

中秋，是我感恩月光和大地交织的时刻，也是我向神性的时间鞠躬致意的时刻。当我仰头，以再一次感恩的心绪，恳求铺满月光和太阳的地方，我们拥有健康和福祉，也同样拥有灵性的翅膀飞翔或落下；当我仰头，是因为爱慕和喜悦，我将再一次地恳请万物的生灵们请接受我的拥抱和爱，像接受一首月光下的诗歌。中秋好，无论是住在月光上的神仙，还是住在大地上的亲眷，祝我们永远像天与地心心相印。

晚安，亲爱的。明天是生活的延续，而此刻，音乐轻柔地穿过枕边书，穿过被生活召唤的诗人的灵魂。

早上好，天未亮，洗过了冷水澡，诵过了经文。我们所开始的每一天都是朝着理想生活的延续，每一时，每一刻都是昨日幻象因果的呈现。

涂鸦出了又一幅丙烯画，这个月生活纷乱，但只要静下心来，总得继续涂鸦写作，今天的作品是在一幅旧画上的再涂鸦，因为爱，就是相融，迷失其中。

女友马溪赠送的向日葵插放在工作室一角，这是九月十二日的正午，它开放着，谢谢马溪！

静静地等着，等着，直到岁月融化我，我深入到根须下，像杯子碎裂再圆寂。静静的我像敌人一样对峙我，像闪电一样分裂我，我所走过的路，是千千万万根绳子落下来的痕迹。静静的，我的喜忧像筷子一样敲击着时间的鼓面。

收到来自新疆的美丽女诗人南子的散文《精神病院》，这是一本非常奇妙的书，诗人的触觉像柔软的棉花包裹着来自一桩桩病例的悲伤，其神秘的精神却在漫游。

在秋色过渡间，我站在窗前往外看，世界的江湖每天眉飞色舞，脚上尘埃纷扰着人心……我坚信你仍旧是你。

又见早晨，这一刻感恩的力量渐增。活着真好，那么多闪光的东西从黎明而来，使忧伤的黑暗褪色。

简约生活，凉爽的云南卷粉，我喜欢的素品，在昆北大五楼彩云外婆桥中餐馆。时光啊，消磨我的时光……

大街上，一个男性精神病患者身穿女人的黑裙，肩披长发，自吟着听不见的声音……这个世界或许每个人都是病人，每个人的肉体和灵魂都有锈蚀味，婴儿除外。

城市，我更愿意寻找它失沉的古堡，那些穿着土布衣穿行的前世的故人，那些沉睡不醒者，其实大多数已经轮回到我们中间。在前世，我是什么样的人？一只流浪狗和牵着一只名犬的女子，一张隔世的面孔从眼前而过。在城市，我更容易执迷于钢筋水泥下那些古堡幽灵的痕迹，我更容易爱上那些前世消失的琴手和敌人。

惶惑之面面录，人类的基本常态。而人在惶惑时，是最艺术化的。这种惶惑的面色情绪，渗透进我们与万物的关系中。惶惑者，要么走在时代的前面，要么是落伍者，无论哪一种形式，只是为了寻找到更明媚的方向。

天空，渐次露出容颜，就像一个孩子完全地呈现出美好游戏的欢娱。世界应该是欢娱的。今天上午依然两小时写作，这个定律是不会变的，然后用一小时打扫卫生，十二点到工作室去画画……欢娱之美好，建立在从个人日常生活出发的规则上。星期一好，欢娱的劳动，执迷于其中的生活境遇，构成了我们的生活面面观。

简单的生活，复杂而又深邃的内心世界，自由的想象力，勇猛而又柔软刻度的灵魂，所有这一切都是我为之追求而践行的生活。

在画画的工作室，自拍一张自己灰调的头像。光阴是不明确的，就像语言在混沌中寻找到最细密的暗流。

完成布面丙烯作品。只有在这些无可穷尽的地方，我的心慌意乱能寻找到依据，只有在这些插入尘埃和水的区域，我的生活方式没有结束正待开始，或者在中途停留。

爱，无论漂泊在枕头边缘，偶尔抬头看见的浪花深处，还是在破损的门槛下看到的情书里，最难忘而折腾人的爱，永远发生在倾斜的，多角度而又相互交叉的一刹那，之后，所有的约会告别都只是重复那一刹那的闪电。而一生中，又有多少人的触觉里拥有并保藏往事和回忆录中的一次闪电？爱，更多的是错误和虚妄的一次次经验，改变了我们的一生一世，使我们再无力量重述那次闪电后的空茫。因而，爱，对于我们只是一次次理想主义的泥沼。

一次次的我喜欢看着自己的双手，看这双手如何松手，看它们怎样浣洗、握手？看这双手如何僵便而又变得温柔。在我的身体里，手是我的亲爱，因为它，我有了旅途，有了沙漠里的水，有了劳动的权利。手，我看着自己的手慢慢变老，对于男人和女人来说，只要观察他们的手，就可以看到他们的沧桑和故事。

我已不再讨厌自己，包括不再讨厌自己的怯懦和妥协。反之，正是这些人性的弱点，在我这里成为了波澜，助我孤独而无妄地存在和写作。

时间太快地耗尽我们的年华，无论你面朝东方还是西方，我们学会的最强大的精神术是在黎明洗脸时面对镜子，啊，镜子真是公正而温柔，它告诫我们是谁？再就是面对黑夜，只有在房间和荒原上的长夜里，我们会爱上世界上所有飞的、爬的、走的，凝固的生灵。

整夜的雨，秋风扫落叶前的序幕，我喜欢秋风呼啸过面颊，肩膀的滋味，我喜欢在万木萧条中，人对于春天的渴望。我喜欢在我存在的时序中，节令变奏出我们生活的虚妄和期待。无论是南方北方，我喜欢胚芽从尘埃中长出又逝于成熟，我喜欢在一切从心开始后，升起或垂降就像战场上的将士和俘虏所呈现的终曲。

世界上没有万能的钥匙，但只要心藏一把钥匙，就可以触碰到你的心灵磁场到达的地方。钥匙，是亮的，也是暗的，在亮和暗的通道上，抵达的目的地不一样。

早晨上升的信仰，类似看见一只鸽子飞出对面屋顶的暖巢时，你看见了天空中的羽毛，是纯白的，像雪山一样遥远，移植着竹筏中暗蓝色的背景，送走了梦魇。现实就像头顶的云层变幻而带来了魔法中的一天。而黑夜上升的不是信仰，而是对睡眠的渴望。在这一刻，你逃避陷阱，逃避所有的光芒，只想在天井般细小的世界里，找到枕头下的日常书，放下全部的伪装，涂抹着昔日的痕迹，修正着弯曲的线条。朝暮相交的人生，各有它们的是非和界限，在信仰和睡眠中，我们可以无数次地否定再否定，而留在生命中的永远是最为朴素的真理，永远是一个充满谎言的美学历程，多少人陷入其中，失去了青春的年华，历练出了腐烂的朽木，寻找到了一双亮得让人颤抖的翅膀。

房间里的向日葵，也是这个季节作为瓶花的最后的向日葵，陪伴我踌躇、迟疑，自始至终给予我涅槃式的修炼。它暗示着阳光，垂靡和昼夜不息的时间。在云南的坡地和四野深处，向日葵在从夏日最后的日子跃入秋天，成为了无所不在的景观。每每见到向日葵，就像见到了久违的阳光，它奇特的魔力，确实能战胜一切潜在的妖魔鬼怪。

撑起人灵魂的不是肉体，而是由细小的枝蔓和血液穿越的最古老的时间。

在长水机场候机，时针一秒秒注入窗玻璃外云南秋天的山地，灰白色的跑道外是某座村庄的古迹。待我回来，秋色将更浓郁悦人，期待着去遥远的村寨度过美好的假日时光。

从帝都到边疆，从云层到地上，如梦幻。从明天开始，认真地做喜爱之事，做阳光黑夜的传梦人。

从现在开始，在我冰冷的思考里，有一团火，将缓慢地帮助我熔炼从窗外绵延出去的，那些值得我铭刻心扉的名字，就像我的手够到了云南秋野上那些热烈的柿子树。

昨晚与云南雨林普洱茶相遇，这些饼茶来自热带雨林的西双版纳的古老茶乡勐海，真正的雨林风格——即沿袭古老的手工茶道，给我们带来了布朗山原始的茶艺，带来了云南茶马古道的传说。雨林，是一个与茂密的原始生态拥抱的词汇，沿着雨林往深度走，你就会看见铺天盖地的古茶林，那些人类的茶国就耸立在太阳和月光交织的地方。雨林古茶坊，满足了我们对于品味时间，生命的期待。雨林，即润泽我们疲惫嘴唇的泽香，也是这个破碎星球上保留的最美的茶王国之一。

早起，万物旋转而来，仿佛初生的光芒。亲爱的祖国，你的滂沱流泉和细枝蔓杈都是容纳我身心的器皿，我爱你深入到我眼前微光中，一切可能有的或不可能有的遥远的美学，在层层扑面而来的阶梯上，我愿我永远攀登不息，因为最美的永远在路上。那旋律之心揭示出时间的魔幻性，那正是我虚无的美图。

在风中荡来的谣传中我爱上的你，不是英雄和懦夫，而是一部失传的历史。

静下来，让翅膀合拢，让我在树巢、屋檐上，靠岸的扁舟上生活，让我的心去密织秋风细雨给我的警令。让我隐忍地接受文字给予我的生活。静下来，我的心是我复述历史的层层堡垒，我的身体是承诺，也是逃避和熔炼之所。亲爱的语词，请捆绑我，我是你永远的囚禁之徒，不希望获得解放，只希望用我的身，我的肉，我的血，我的灵，为你复述神秘的故事。

世界上最难摘到的花来自荆棘和云端，我们需要的历练是从媚俗和孤寂中扑面而来的。在阴雨天的云南，我想念着荆棘之上的花冠，那一朵朵鲜血般的花蕊，揭示着柔软之骨的强大。我同时想念云端上的雪花，它们那样柔软无形，却可以覆盖冰冷的岩石。此刻，我们历练的心灵也可以容下全世界的媚俗和孤寂，它们像小鸟和雄鹰的区别，启迪我们去破开迷雾，而正是媚俗让我们拥有想象力去飞翔，享受孤寂则使我们奋力地前行。

陷在黑夜里，这是我最喜欢的沼泽地，它使我越陷越深，譬如遇到爱情。黑暗之光呈现出罕见的个人力量，它可以让人面对墙壁、星空，仿佛在面对生命源头的腹地。黑夜供养我们的韧性，一切勇士所携带的广阔之心都是黑夜所历练的。黑夜让我们完全回到自我，当你穿上干净透彻的袍衣走在白色中时，遥远的先知正等待着你。

耳边响起的旋律，目光所看到的另一双眼睛里的光泽和旋律，嘴唇所浸润的色泽，伸手触摸到的虚与实——都来自你前世的前世。我们不过是轮回中的灵魂所再次相遇的光明和黑暗。为此，我迷恋“仿佛”这个词汇，在它的寓意里一切都在刹那间被流水推动而消失，一切又都在黎明推窗时冉冉上升的光阳中重又回来。

永恒的虚无主义让我完成了丙烯画作品《坡上的秋树和水》，此刻我的心沉入这边隅，这远离喧嚣的时光。

因为风，有了风谣，便有了谣传和历史，这一匹匹的风抵达我心，便有了衔接之树，明亮之光，随风而演奏吧，我那疲劳的心。

晚安，时间那蓝色的风和金色的树。晚安，沉入镜子里的水，被秋神所覆盖的梦。我愿意像一帧落叶，随梦境飘渺无踪。

夏季已过去，早上又一次看到海惠他们滇藏、青藏线之路的越野车长旅，这也是我无限向往的旅途。明年八月这种惊心舒卷的长旅定要梦想成真。早安，又一天，我的冷水澡后，诵经后，又是缠绵而平静的一天，而我们的滇南假日之旅也将开始。很多时候，我对这个世界的爱是对风景、亲眷们的想念和牵挂，而旅行会见到心仪的万灵。早上好，初秋之心，像那些万物之树挂满了忧伤，却孕育着广阔的秘境。

再一次想起了希腊诗人埃利蒂斯的诗句："永远，永远，付出的代价是值得的。"当我还是一个年仅18岁的女孩在滇西永胜开始写作时，这两句诗让我看到了漫长的诗歌修远，而此刻，这样的修远仍在继续。

路口，我经过这里的斑马线，旁边是建设路电影院……我的年华在这些路线中穿越。很多次，莫名的伤感与脚步同行。世界辽阔，而我们却在分寸大的世界里伸缩或选择。生活仍在这囚禁之天地中为孤独而锤炼狂野之心。我的翅膀在远方拍击，而我的身体则在这方寸下的光影中幻变。

第十月：路遇历史中的历史

祖国好，在湛蓝色的天空下，问候所有朋友圈中的挚友，问候正在旅路、天涯和自然天堂中奔跑行走的亲爱的你们。

在滇南的山岗上，云卷云舒的祖国背景，爱祖国就是爱脚下的泥土，天上的云彩，身体中的激流。

红土、灌木丛中的我，渺小的我，自然属性中的我，向着祖国的贫瘠和广袤山河致意。

路遇历史中的历史，天空晴朗，人类的史色，也是我朝拜之色，我厌倦喧哗与躁动的心，在路遇中寻找到了喜悦。

大地跃入眼帘，孤寂和狂野之心沉入忧伤的地平线。我的一生，注定要在这些永恒的景观下流亡……

在秋树的尺度里，我同我的祖国一起，又饱经了沧桑满怀的时间。而此刻，对你的要，使我又一次开始飘落。

假如我有梦，只因醒来，握住手的酒杯，此刻要摆脱沉醉，要让忧伤的羊羔出厩栏勇敢地去追逐群羊。假如我有梦，是幸福的显现，看秋天的太阳划过眉额，看群山下村庄有渠水有鱼儿嬉戏，已足够让这幸福缠绕。假如我有梦，是因为远方是一个谜，它是未了情，未结果的春天之树，是未卜占的神秘终曲。假如我有梦，是你在我心中的一座古老城堡的浮现，在奔向你的路上，我疲惫而喜悦，脚下是泥沙，眼眶里是天涯，灵魂里是疼痛或永恒的辽阔。新天好，亲爱的梦，亲爱的梦中梦。

地平线，农家美食，狗吠声、不明不暗的天气，车箱中的几个人，摇晃，竭尽全力地寻找边隅，只为了避开人群。在我骨子里还是喜欢寂寥的风景，喜欢在某一座无名的村落看那些自然人的风俗、水牛、炊烟，伸向大地的绣花鞋。祖国之大，更多的是从地平线升起的，可以被我们所感受到的心跳和意乱。从地平线升起的这个秋天的天气，在灰蒙色中有少许的雨滴，但只要离开城市，你到任何地方嗅到的空气都是干净的，今天的车轮向着另一片地理区域奔去。

旅行故事，从身后的背景中折射出的是一个人与陌生物事刹那间的捆绑。

旅行故事，会寻找到时间的过往处人类古老生殖的活力，我们的身体哪怕在百年前更古老的年代，就已经习惯与日月亲密相处。

身置古老背景中的云南少数民族妇女的身体是裸露的，她们为太阳而裸露，我看见了丰乳和茂密的渊源，我看见了裸露的圣经和生殖之美。

旅行故事，抵达的是我们失却的记忆，面对红河百年前的水上航运，面对那一艘早已腐烂的木船……风经过处，轶事像触摸，亲爱如初。

建水小城中的小巷，里面有烧豆腐、凉米线、油烟味，密织的人流，漫不经心的浮世相。

无论抵达何方，都看到拥挤的人群，旅途的起点和终点只是满足了一种虚无的愿望而已，我们始终在山上山下，在内陆和海洋间，在房间与野外的距离中解决着我们的梦想和现实。

在房间里，在写作中，我一次次地写旅行，我写那些捏在手心汗渍中的火车票，我写铁轨抵达的长途旅行，我写与陌生人在旅途目光与目光短暂的相遇，写追捕与缠绵的手提箱中的旅途，写路上的自由寂寥……在野外，我在旅途中触摸到的现实，那些因虚无主义遇到的人事、风景、古老的流逝、年轻的潮流、下榻的旅馆、黑白之书、奇异的手工，小地方的美食，还有耳朵边的传说……

我们短暂一生的肉体因为光而遇到明亮的神，因为黑暗而遇到漫长的苦役，正是这两者使我们成为了自己。

田园中的水渠，穿过村庄，穿过农事书而来，这种现象在云南的乡野，水像脐带缅怀于身体，并缠绕不休。

黄昏，我迷恋乡野间的黄昏，在里边有江流古树，最深处有庙宇，有礼义。

早安，雨滴中的指南针告诉了我们行走的方向，又一天我们醒来，就像古人手里握着弓弩寻找着地平线，不同的是我们醒来后，每个人手中都在玩手机，二十一世纪最通俗的玩偶均是手机，无论是富人穷人都在玩。玩吧，让天下玩出真理，让景色越来越美。

关于审美：当你目光浑浊时，是无审美可谈的，你的审美已在泥沙中找到了监狱，当你想睡觉时，是无审美可鉴证的，也许在梦境中的审美会像月光一样明亮。审美，不是人人都可以拥有的，审美也是一座城堡，而且是一座古幽而迷幻的城堡，一座充斥着战争与杀戮的城堡。简言之，最终抵达这座城堡者，不仅需要穿越黑夜白昼的想象力，也需要勇气和宽恕的力量。审美，是一个动人的词汇，但很多人徘徊在外，因为他们刚出门或走到中途就不再往前走了，只有少数人继续往前走，只有经历行走，才知道野兽之心有多凶猛？你所爱的人住在城堡的第几层？只有往前走，才会看见泉水有多明亮？你的敌人离你有多遥远？

爱与孤独从来都是人生之重大主题。昨夜在雨林古茶坊的聚会，有来自雨林古茶坊的芬芳，有来自书画艺术家姚林女士的消魂书墨，人为爱与孤独而蹉跎的分分秒秒，一旦弥漫在诗意里，就值得我们珍惜。

所有的梦，坚持不懈地回到原点。大街上人来人往后被湮没，我的手脚、灵翼寻找着古老的边际，在远方，菊花未能凋零，白鹭飞过天际，野百合开得正热烈。

一天因开始，呈现出故事的叙述，世间因为有小说家，我们可以在小说中看到我们的人生。因为有诗人，我们可以读到灵魂的秘密，因为有音乐，我们的血脉可以随风荡漾，因为有绘画，我们可以回忆失去的景观。

枕头是温暖的，惟有枕头给予我们体贴，它就像早茶令人微熏。明天将出发去西双版纳的勐海、布朗山等地看雨林古茶树……西双版纳有茫茫无涯的雨林，有茶树的源头和传说。

早安秋雨，早安，祖国之美丽河山。早安，出发去朝圣古茶雨林的心灵。早安，破晓在地平线的朦胧光线，朝着茂密雨林热带疾驰而去的灵息。

朝着热带雨林而去，朝圣一棵棵从远古而来的古茶树，到底需要多少时间？此刻，我们已在路上，翅膀将随风而轻拍下尘埃，而眼眶里饱含着神意的启迪，嘴唇上淡雅的芬芳，似乎作好了准备。在这个疲惫的二十一世纪，我们想倾诉的，正是我们品尝到的那一缕缕的雨林古茶坊的茶香。茶，来自天籁，亦来自另一个更古老的王国，来自手工的湿温度，来自经纬度和神秘的海拔，来自心灵的泉水，来自永恒的福祉。

转眼已到西双版纳勐海，广阔的地平线，炽热的太阳，青涩的版纳小包谷，还有即将去的雨林茶山……世界是味道，触觉中的原乡。

在西双版纳勐海勐宋镇，出现了四百多亩正在修建中的雨林古茶坊建筑，投资三个亿的建筑群体，已呈现出雨林茶宫殿的面貌，明年春天将落成。里边有茶博物馆、古茶物种典藏馆，茶书吧，职工宿舍，行政楼等。这些耸立在小镇的古建筑接万物地气和葱茏的四野。朱勇出现在我们面前，他就是雨林古坊的创建者，亦是一名理想主义者，在他儒雅、低调纯净的目光中，我们看到了雨林古茶的品质，以及对于古老茶王国的守望，更多的是让地球上的生灵们品赏到了雨林古茶的味道。因为有了朱勇和他的团队，就有了云南西双版纳勐海的雨林古茶坊。茶是一种传说，像灵魂弥漫。因为有了古茶制作坊，时间的蕴涵便有了甘甜的香味。在勐海，我的舌尖荡漾着令人沉醉的甜香。

此刻在南糯山学习炒茶，雨林古茶坊的茶制作全部来自手工。在一芽一叶的古茶中，没有二十一世纪泛滥全球的农药，因为每一棵古茶树都历经了时间风雨的磨练。在一锅一人的手工炒茶中，必产生一锅一味的古老手工魔味。在南糯山雨林古茶坊，我和姚林在炒茶，一锅茶需要炒四十分钟，其过程需要火候和手工的艺术，这真是一个美妙的过程，我嗅到了远古的茶香味。在勐海，雨林古茶坊建立了85家，他们都坐落在清风明月下的远方。

布朗山，啊布朗山，这是一个多么神奇的名字，我曾在无数茶卷中与它相遇，而今天我们奔向布朗山的路到底有多遥远？一条壮美、泥泞、弯曲险峻无穷的路，将我们带到了茶史中伟大的布朗山，带到了远古茶人煮茶的地方，带到了古老茶树的原乡。我们同时抵达了雨林古茶坊第二十三坊。远古的茶乡啊，当我来到你身边，才真正品尝到了神仙的圣液。

布朗山的古茶树，像神灵一样突然出现在我们面前，出现在曼俄村古老而年轻的天空之上，这是人类保留在地球上的最美的古树茶演变史。我看到了树神的文字和神咒，而在它躯体之上则是鲜绿的秋茶。

感恩雨林，它是我们心灵世界中明媚芳菲的腹地。感恩幽古的布朗山朝向伟大时间的古茶树。感恩路，布满泥淖险境的路，让我们寻找到了神仙的足迹。感恩泥土、海拔、平川、孤独而伸入人心的雨林，它是茶骨朵，古老的寓言，感恩情意深厚的锦绣河山和雨林的守候和传承者。

突然在勐海县城的安静中醒来，像梦一样快。眼睛里全是布朗山上那些来自明、清，甚至更远年代的古茶树。世界诞生了人类也诞生了别的生灵，神左右着我们的生命轮回节奏，让我们与万灵共安守地球。早上好，古茶树上伴生的苔藓、菌类、漫不经心的小昆虫。早上好，醒来的梦，布朗山、南糯山那些扎根在尘埃中的古茶树。早上好，游离在人心中的良善，肃穆而纯澈的光芒！早上好，甘泽在原味中的茶汤，遥远先民们天空中移植而来的茶树，地球上无数用茶命名的乡壤！早上好，芳菲的心灵，坚持不懈的勇气和温柔，朝向天与地的致意！

旅程就是熔炼你身体中那些多余的杂质，使它们远离你，让你更自由地成为自己，成为一棵树，一条河流、云絮，触角未抵达的时间中的一部分。

从勐宋乡进入雨林古茶第一坊的路，是世间第一迷幻之路，它让我想起了电影《云图》等世界级导演追循的轮回穿越篇，建议那些有想象力的电影制片人，到这条路上来拍关于穿越时间史迹的电影。从这条路茂密的植物深处奔驰而去，是西双版纳的雨林，是古茶王国的雨林，也是人心追索古老史诗的雨林。雨林古茶坊共有85坊，分别坐落在神灵游走的雨林深处，每一坊都是一个故事，一种传说和茶韵。每一坊都是一首诗歌，它耸立在茫茫无涯的雨林深处。

在雨林古茶坊品天下第一古茶汤，乃人生上等妙境。

朱勇先生和他的雨林普洱茶，是守望也是制茶艺术生产线的践行，因为有了一个人的茶梦想，才拥有了85座古茶坊。雨林古茶第一坊坐落在勐宋的群山间，我们走过了茶碾，看到了茶艺制作的严格生产线。当我们穿越了广袤的绵绵雨林又一次进入了古茶坊，再一次深知当地球上的生态濒于危机时，雨林古茶深处竟然保持着如此纯粹的原生态，而雨林茶确实是茶中妙品，因为它是古茶树的原汁原味，是若干世纪以前先人煮茶时的灵魂显现录。

我们都在奔往朝圣雨林古茶树的路上，在这条前世和今世交织的路上，大自然仿佛奔跑着无数精灵。所谓朝圣，就是用千万年的轮回，换来与你相遇的刹那。自然万物的属性，教会了我们爱和咏叹，同时教会了我们谦逊和悲悯，更重要的是教会了我们敬畏生命。

我走在路上，因为风呼啸我，未知的神助我力量。我热爱路，因为我就是迷离在真理和黑暗间，我始终在路上，为下一个梦而苏醒。而我目视你，直到蜘蛛破网而去，泉水在镜面上流淌，古老的神咒像诗书一样等待我去吟诵。

晚安的进行曲中，仿佛因无数精灵而奔跑，远隔千山万水，我始终坚信世界像我的爱一样绵长而注入明天的风铃摇曳中去，是为了赴约更神秘的远征。

在南糯山雨林古茶第二坊，游走的魂灵停顿在此处，舒卷的群山，竹林村寨家家户户都坐落在古茶树之间。自从哈尼族的一支部落从青藏高原迁徙到此处后，就诞生了著名的南糯山，同时诞生的是上千年的古茶树。人与树扎根的南糯山，青山绿色披载着人间的故事，南糯山雨林古茶共有六坊，这是神仙的栖息地。

南糯山的美食和果蔬取自山岗上的人文情怀，取自数千年农事茶话的一代又一代人的传承者。

从枝叶繁茂重回老家，重回停顿，回到人渐次老去的地方。重回窗口的云，写作的无边。重回早晨的一杯茶，一行诗句。人生就这样过下去，无论多美的风景结束后再换一个风景，无论多壮美的路都会回到初始，回到一个人孤寂，重返往事如烟的地方。

精神之所以美如屏息间的变幻莫测或绚烂如初，是因为我们拥有自由而忍受时间磨砺的翅膀。推窗远望，昨日之美从深秋寒瑟中抵达眼眉，今日之光像烛火般照亮了未知的路。

孤独的力量是如此强劲，可以抵达世界上荒漠催开的花园，也可以下到崖顶，看墨绿色的万顷岩浆畅游在我们心上，亦可以数梯级而上，去看云上天鹅的翅膀。

生命的某些时间消磨在星期六的日子里，从星期五跨越星期六，是一个小说故事。如果在这一刻，我们能像青春狂野时，手里捏着一张火车票，去远方看大海和抵达另一个外省，或者充满私奔的迹象……这些都曾经是我写过的小说。而如今我们已不再年轻，昨晚见到了诗人晓雪老师，倾听到了他充满诗性的发言，八十多岁的晓雪老师直到如今，仍坚持骑自行车出行，他健康而诗性的言行，让我感受到了年轮的灿烂。

只有来自内心的力量才能天长地久，就像云南的古茶树隔着苍茫时空，仍在孤独地生长。真正的艺术人生就是每天经历无数心灵细节的磨难，就像线与针的关系注入手工和针脚，亦像我们心的状态，忽而起伏平静——在无数的自我时空里，得到更新锤炼。

无论如何，挡不住的深秋已降临，内心的忧伤与空茫正跟随秋色而变换。当我站在这棵树下，我是谁的奴隶和信使？我要随秋风呼啸而去，还是应该在此地旋转，有一个隐形无踪的故事，盘根于躯体之树，显形于彼此的枝杆，显形于漆黑的手臂，在它骄傲的灵魂中有一千种未吐露的秘密。

当万事呈现在被视眸或思想感召的理念之下时，我们活着的理由像地平线一样升起，又像眼眶收敛繁茂和寂寥。对我个人而言，我依然迷恋个人时光中那些细数波澜的日子，我喜欢日复一日的沉濡其中，犹如云南众多民族的染布术，在那些古老的染布坊中，诞生了一匹匹深蓝而青褐色的土布，这也是熔炼术，它需要温度忍耐，仿佛微火穿过了深不可测的时间和另一彼岸，照亮了困倦的心。

今天是关于玫瑰的话题，是与著名的“中国红”玫瑰相遇的时刻。玫瑰，里尔克，博尔赫斯和弥尔顿的诗学玫瑰。

早晨，一个符号，由来已久，在枕边苏醒，在窗外降临，在饱满和贫瘠的一天里，我们成为奴和天使，同时成为我们自己。从自我开始的这个符号，无论巨大或是渺小，都让我们涌入暗流和激情荡漾中去。在我新一天里，有我内心的敌人，也必然有秘密的挚爱。

姚林老师画的海男——喜欢这幅画中的笑脸，那玫红色唇膏也是我常用的，还有帽子……所有这些都是我的特征，希望我每天有笑脸。希望明天是青蓝色天空下的我自己，无论爱和生活都是我自己。希望在这一世，我能活够属于语言和色彩中的我自己。

夜色中倾听着钢琴圣手马克西姆《出埃及记》……很久没听这么好听的音乐了，一种全身心被激荡起的忧郁和勇气，仿佛被一位先知引领去渡过古老的黑暗。他的音乐还有《蜂鸟》、《野蜂飞舞》、《克罗地亚狂想曲》等。

仍然有那么多的坎，布满了猫和狗游戏的喧嚣声，而我们要跳过去，要跳到打开窗户看到的远景。一个无远景亦看不到远景者，才是悲伤的奴隶。我每天都在启开窗户，无论是格子木窗、铁锈窗户，还是透不过气来的玻璃窗……

我的生命不足以抗拒人世间辗转反侧之浩劫，然而，我的手足间微小的光阴之搏动，闪烁我灵魂下的荫地和明亮之谷，以此使我破开绳索之捆绑，赢得我游戏人生的一曲礼赞。

早晨，仿佛在马克西姆的手指钢琴声中降临，我们可以看见的是秋天的曙光，我们看不见的是未来的故事终曲，然而我们始终践行于内心的自由和抒情的格调，它使我们在日复一日的芜繁生活中不会失去自我。早安，钢琴王子手上的波光剑影穿过的古老荒原。

今天去嵩明感受红梨酵素庄园，听佛教音乐在梨园山岗弥漫，让人的意念与自然众生融合，一座没有农药的山岗梨园，酿成了益身心康健的红梨酵素。而在之前，酵素对于我是一陌生词汇，从今以后，我们开始喝红梨酵素，畅饮雨林古茶。为了健康，为了永恒的幻生幻灭的轮回！

秋天已进入尾声，从昨天开始，昆明真正进入晚秋，少许的寒瑟也将进入树叶果木，田园深处。我们的心际也将进入另一轮回。轮回对我们是考验，也是新生的开始……昨夜的失眠使人在黑夜祈祷更多的心象抵达之地。而此刻，外面是湿漉漉的世界，感恩天地的轮回季节，感恩我们知冷知暖的日常生活，感恩庸碌和崇高的交替，感恩奇遇或祥和的心灵轨迹。

摘诗人庞培微信：人的感情要熬过春夏秋冬；熬过天真、自怜、骄傲、怀疑、抵毁、无知、陌生、枯燥……不仅要经受各种难堪不堪，同样亦经受着美好、美妙的腐蚀。终于，自我沉沦来了，被消音的旧日记忆来了……

收到首届东荡子诗歌奖《宋琳诗选》，黄礼孩编选的首都世界海洋诗选《流向或回声》。书中收有从亚洲谷川俊太郎开始的世界诗人关于蓝色海洋的诗歌，正像礼孩在前序中写道："一种永恒，一种绝望，一种苍凉，这是海洋，一种神往，一丝不安，一丝急迫，这也是海洋；而暗蓄风雷，永不驯服，魔鬼一样存在，这亦是海洋，没有人知道海洋本来的面目，它是天堂，也是地狱，它是生长和衰亡的循环往复。"

早起而后诵经文，愿世界万灵美好吉祥。今天一早将到121大街原云师大本部乘校车到呈贡新校区，从今以后的每周五都将延续此生活方式，我将成为云南师大文学院的一员，那座临湖的文学院五楼，将有我的一间工作室。感恩云师大，感恩从西南联大绵延而来的自由而充满人文奇境的理想主义生活。

同云师大的教授们乘校车穿越121大街去呈贡新校区，仿佛穿越到了西南联大战乱的岁月，那时北大清华南开的精英们南下，诞生了西南联大的传奇，今天的云师大就是前西南联大的校址。新的生活开始了。

第十一月：穿过栅栏平川

虚无主义的早晨，穿过栅栏平谷，穿过凸凹不平的脚下距离，也穿过了现实中房间里变凉的温度，露台上一只白鸽呈现的白色翅膀……虚无主义的抵达不是我们肉体沉重的记忆，也不是闪光的繁花丛中的庆典，而是在绳索之上，突袭而来的一团团被泡沫荡漾而起的秋瑟哀歌，通过我们喜悦感官托起的花蕊，被某个莫名的召唤感动的阵阵旋律，引领我刹那间，获得黑暗与明亮的——来自一间屋宇的奴役和解放。

早晨无汹涌或澎湃，一切都是在平静中开始的生活状态。生命过程，教会了我们叙事，所以，我们通常从早晨就让自己和世界对峙。我听见神告诉我说在休息日里，你就是劳作、休冥，并与秩序相守，你身边的除了人的影像所存在的物器，都是个人的细节相伴我们，我们要练习忍耐的力量，这是从古至今天与地赐予我们的全力。此外，我们要练习在虚无主义的精神时空里获得身心的轻盈。一朵花凋谢了，下一朵花就是你……轮回多平静。而此刻，我的肢体语言因为光而倍感喜悦。

发廊里有一种忧郁的小说叙事情节，镜面、造型、音乐等，很文艺的发型师眼神的游离，满地的碎发丝，出去又进来的陌生人，吹风机的响声，妙龄的少男，疲惫的中年人，松缓的节奏……

我愿我新的一天，是缱绻于自我的另一空灵，亦是暗涌在灰色石头上的细流，是鼓起勇气的蝉继续在远离喧嚣的树林里喜悦地发出自己的声音。

两瓶蜜来自雨林朋友们的西双版纳，来自勐海，也许来自布朗山飞越群山的群蜂燕舞，也许来自南糯山的蜷曲起伏，来自那甜美的歌喉，来自野花在僻壤的自由绽放。自由和生命，如果离开了生命的背景，离开了时间的盐水，离开了海拔云壤，砾石磨砺，离开了哀歌与欢欣，蜜就不会自由群舞，亦不会有吐露之甘琼。

在喘息的时间里，中午是属于绘画的，完成了一幅丙烯画。感觉到了某种情绪在织网似的节令中，某种喜悦和忧郁彼此穿行。

早晖中的百合，我喜欢这粉红色喜欢它饱满的生命活力。

激情跃起的姿态使我们开始真正的苏醒。活着的潜力不仅仅是衣食，更为重要的是让细微的感官探索你灵魂需要的境遇。

正值中午，明天是立冬，我将穿过迷离到画室去，那里有群蜂燕舞，或者是树上枝叶将我的心空融入未境之旅，或者是空白的画架上，无数的精灵陪我穿过云南的丘陵。

细雨，以及滚动在纸片和衣服夹层中的忧伤，都是这个世界给予我的珍贵礼物，它们在缝隙中生长，打开门去会见秘密中的时间过客。

整整一夜的雨，仍在浇灌着那些城市的锈铁烂铜，也在淋湿水泥钢筋的大楼，显现雨的是声音、水洼，倾听到雨的是耳朵依傍的旋律……立冬这一天道路上覆盖着雨，它是永逝中辗转而来的一个态度显明的季节。我们的活着也是历经水洼的一个影子，而冷雨让我们拥有方向感。

立冬后仍然温暖的阳光之城，我写作和生活的天堂，这里的天空很少有阴霾，花朵绽放于四季。我希望我的生命践行、思想、德行不辜负阳光的滋养和黑夜的历练!

立冬后的建设路电影院门口，刚同姚林、葛晓红分手。好朋友就是你的镜子，你需要读的另一本书。没有多少寒意的春城，仍然热闹着。很久没看电影了，很久了。除了写作习画读书发呆失眠……我心爱的时间去哪里了？星期五好，许多老年人坐在德克士门口，若干年以后，我住在什么样的房间里？生活在什么样的现场？若干年以后，我的血管像青石般隆起，我的前额像岩上花纹，我的语言断断续续……

昆明郊外团结乡的色彩学，告诉了我云南的秋天多么漫长。永远有多远？这是我们无法抵达的目标。永远是一个最接近毁灭的词汇，通过毁灭我们获得了庆典。而毁灭又是庆典，最为重要的是孤独的礼赞……我向往走在一条路上那种由心生梦幻而生长的寂静，它由枝叶重影反射在我的心象中，在这里永远是停顿也是明天的喜悦。

我飘渺而伤怀的正午结束了。没有证据，亦无言辞，我走过了时间的一些分歧，在灰蓝色的河床上，我失去自我是为了热爱那些融入生命背景中的自我。

早上好，所有梦幻并非只在黑夜之冥床，真正的梦幻出现在你睁开眼睛所维系的现场，在裸露出土的土豆萝卜有梦幻，在你衣柜的挂衣钩里梦幻正随风来到你肩头。每个人有基本的梦幻管理自己的生活，使其平庸的无常状态有美妙的插曲和直射心灵的暖色调。在基本的梦幻下，才会让身体在尘埃密布中寻找到树上果橙，云上天路……

呈贡师大的一天，也是通向未来的初始，热爱这座校园，是因为它拥有从西南联大以来的梦，我愿在这座为追求自由和独立的人文精神校园，践行我的梦。

早起的勿忘我，粉紫色向上的桌面，小小的窗口。是的，书房已经落伍了，我渴望在小小的图书馆写作，我渴望在四个季节不同花束的绽放或凋零中写作，我渴望书架上的书越来越多，可以通向天梯和厨房、寝室，通向楼梯口，通向未知的飞机场和高速公路……最重要的是通向我自己每天的阅读。

我为何停止不前？在这有栅栏、沟壑，也有简洁生活的日子里？早安，迎来了窗外的光亮，将梦中的沟壑崖壁带到光明中穿越，我的翅膀渐渐松开，在尘埃与飞翔间，我的诗歌继续书写灵魂中明亮或幽暗的存在，这是此生永恒的主题。

画室的墙上墙下，是挥霍我生命时间的一隅，宛如我途经中的边疆，一个很强大的文明建设中遗忘中的一个小小村落。当整个世界向往并搜索人类长生不老的另一个星球时，我在这个角隅搜寻着我未讲出的故事。

生命是环形咒语，它从第一咒语就以新生的祈音开始。我们的每一天都是再生，再生意味着与世界上那些自己所热爱的灵魂相守重逢，惟其如此，我们会真正地寻找到长生不老和永生。

静坐，是我最喜欢的，这时候会在散漫中翻书，所有的好书都是在散漫中读完的。散漫的艺术是写作、绘画、旅行的最佳生活方式。然而，我们的散漫已经被剥夺了。生活，当你给予我慢时光时，多么爱你。

完成了丙烯作品《明净的区域》……画这幅画一直是忐忑的。我灵魂中的区域，难以抵达，世间有童话寓言，乃至神话传说，就是为了安慰我们的存在和离灵魂区域的遥远。

此刻的我……云南的阳光透过树梢，照得我浑身温暖……

第十二月：在我写作的核心区域

作家杨杨从他书房的收藏中，为我寻找到了关于西南联大丰厚的史料书籍，这些藏书如此珍贵，昨天杨杨专程从通海将这些书籍送到了昆明，为我将来写西南联大长篇《梦书：西南联大》（暂定名）做好了准备。谢谢杨杨！

丽江古城的一组照片，照片中有马原、于坚、胡彦、王祥夫、林白、张清华、宁肯……听勒·克莱齐奥的演讲，这里是丽江古城雪山书院，我所热爱的作家就像他的书一样，梦幻般的出现在眼前……

早晨，雪山古镇有些冷，想起洛克在1923年进入的丽江，想起他二十七年生活在丽江的足迹和不凡的探险……中午，在束河，有马原、于坚、丹增、韩东、胡彦、缪开合、王宁……

用手机拍下了勒·克莱齐奥的背影和发型，相信伟大的传说来自背影。

丽江古城管理局局长和仕勇先生，他曾经是一位诗人，用诗人的胸怀管理一座城堡需要什么样的内心锦绣？

宣科先生演讲……他说，无论你是和尚、老师、诗人都需要幽默……

写作将我的人生推向增长的沙岸线，使其流沙似的时间从弹指间涌向暗潮。我是这个悲伤世界的匆匆过客，因写作我看见了世界最美风景，也同时用身体触碰到了最破碎的流沙。

海男工作室揭牌仪式过去了，感恩云师大，感恩前来参加的朋友未曾露面的朋友，感恩在最冷的一天里，我像风中荡来的种籽，走进了云师大文学院。

蔡雯主编的《艺术云南》2014年第4期……这是我的绘画作品首次在刊物上刊载……欣喜，需要更漫长的练习涂鸦，才能抵达我渴望的画意。谢谢亲爱的蔡雯，你是第一个刊发我绘画作品的引领者，因为你，我会继续画下去。

今晚在诗人默默摄影展的背景里……只有诗人会将另一种经过心灵史演变的影像带到你面前，惟有诗人会破灭一些机械摄影的牵制，使其摄影更显美学的幻变性，祝贺创建撒娇诗院的诗人默默的摄影展今晚在云南大学科技馆揭幕。

喜欢奈保尔，拂过他的《我们的普世文明》……在他所漫游的印度生涯，文明即是信仰和古老土地上人们所保持的现状。今天冷得还不够，我需要那种浑身刺骨的冷……只有在那彻骨的寒冷中，忧伤会像伟大的诗歌一样在俗世中无意义。尽管寒流如潮，花朵仍在盛放……面对世界，即使是在柔情万丈时，也时时刻刻在逃离中前行。无论是渺茫的个人史和磅礴的人类史，应该都是逃离的简史。因为在逃离中，才可以区别帝国之鹰和个人之云雀的飞行之谜。我的个人轨迹在逃离中前行，它使我在今晨的寒气中又再次看到花之容貌，而窗外各种车速也在时间中逃离……我感到冷水浴之后，手竟然越来越温暖。今天敞开天窗，或将自己再次推到楼梯拐角，天地就是这么明亮，隐与露在个人的生活中，也是一门幽秘的艺术。

三本书……捷克作家赫拉巴尔的文字真是迷人……还有美国作家约瑟夫·弗兰克写的《陀思妥耶夫斯基》、托妮莫里森的最新作品《家》……尽管寒冷让人无聊，束手束脚，天地有冷也有呼吸中沁人的文字。我还是需要一朵冬日玫瑰那样的红，它的红使窗外的灰白色变得热烈。我们需要寂寥，但所有的寂寥里都拥有微火到烈火的熔炼，而今天的语言是冰冷与火的接触。

早早乘校车奔呈贡师大校区，所有的理想生活都需要一路践行。校园将成为我的部分生活，而寻找已逝前西南联大的校园，将注定使我的内心体验穿越南渡而来的知识分子精英们的传说中去，从第二次世界大战后中国沦陷后的那一天开始……而此刻，我坐在校车内，坐在这些年轻的教师们中间。窗外仍灰蒙，近两天是昆明最冷的时间。

师大文学院工作室的玫瑰依然灿烂，感恩生命。从进工作室的那一刻开始，就迎来了学生们……周五工作室的开放，我的生命将在此停顿，并与他们分享更多的人文情怀。

师大校园里的青春族，这是一个肩挎书包的年龄……如此美好啊，值得我们用千种滋味去回首。

等待，生命就是在投下无数幻影后，以那些幻影中的碎片，赎回自己的灵魂之谜。

温暖的云南，我写作的核心区域，树上挂着金黄色的叶片，天空一片碧蓝。今天的心绪非常宁静，我希望生命中三分之二时间沉浸在通过语言获得的宁静中。在阳光下步行了三十分钟，坐在这棵树下晒晒太阳，人需要抵抗或承担的东西太多。写作中的分秒，却是另一种战争，在里面，写作者需投入的不仅是激情，还有冷凛，在这两种交界处，写作者将耗尽全力。

努力吧，阳光越过了沉郁，我的心可以承担也可以变得轻柔——像我这样的女人，命中有水，也有岩石，有一间书屋，也有天空之辽阔。

偶遇两条狗的幸福状态，晒太阳使它们成为伴侣，并为之忘却时间。实际上，狗儿们一生时间都是闲散而无忧的。因为每个生物所肩负的职责不一样。狗需要人类，并喜欢投入人类怀抱，使其生活在人的环境中。而人也乐意将狗视为柔情的朋友，在两者间可以产生戏嬉欢愉。人愿意为小狗们服务，喂养并呵护它们，而狗的忠诚不渝感动着人性中矛盾的那种东西。看见这两条狗裸露着在水泥地上晒太阳……此番情景让我心生温柔，而我们人类到底有多少幸福？看着两只狗的安详，我们要温习什么？

只有诗歌的历史可以记录人在时间岁月中的登陆，这是闪烁而忧郁的诗句列队排行，向着新大陆远征的阶梯和座标。只有诗歌的诞生不是靠技术机器批量生产的，它从古至今，依赖于心灵史的秘密再生或消失。只有诗歌的短句长句，可以与大海之波澜相约并拥抱，只有诗人的使命是永无止境地在水与火中的历练，它历练出眼泪和化石，也历练出斑斓壮阔的歌唱……

每晚的纸质书延续着古老的阅读——在拂过书面的时间里，自我在其中成为幽灵，也同时成为天使。

早餐上母亲调制的味儿，敞开窗有我接纳寻访的美学……世界日日新，但每天都延续着昨日之味和光明之珠。2014年只有最后两天了，时间是巨川也是味道，其力量荡漾弥漫，我们是世间之奴而劳动，并在法则中前进，我们也是精灵，拥有自由而独立的禀性。

下午六点钟左右的云太神秘了，这组云令人惊喜，当时我正在阳台上收一大堆被阳光晒干的衣服，阳光留在衣服上的味道，是热气散尽后的香味。我记得多年前小说家池莉曾经在一篇散文中写过这种味道。一天过去了，说不出是什么滋味，人所面对的东西都是直面而来的，你难于逃逸，生活在考验我们的多种忍耐力……尽管如此，云的变幻是美妙的，阳光浸入衣服中的味道是纯香的，我一天中所接纳的语词和生活是充满寓意性的。

谨以我质疑而飘忽不定的目光，迎接2015年，我将继续历练，也许是为了像火一样燃烧，或者是为了像水一样流动，亦或是为了像云样变幻……

图书在版编目（CIP）数据

游离书 / 海男著 . -- 北京 : 北京时代华文书局 , 2015.8
ISBN 978-7-5699-0425-3

Ⅰ . ①游… Ⅱ . ①海… Ⅲ . ①散文集－中国－当代 Ⅳ . ① I267

中国版本图书馆 CIP 数据核字 (2015) 第 168946 号

游 离 书

著　　者 | 海　男

出 版 人 | 杨红卫
统筹监制 | 王　水
选题策划 | 杨海明
责任编辑 | 王　水　杨海明
责任印制 | 刘　银　訾　敬
装帧设计 | 新艺书文化　段文辉

出版发行 | 时代出版传媒股份有限公司 http: //www.press-mart.com
北京时代华文书局 http: //www.bjsdsj.com.cn
北京市东城区安定门外大街 136 号皇城国际大厦 A 座 8 楼
邮编：100011　电话：010－64267955　64267677
印　　刷 | 北京京都六环印刷厂　（010）89591957
（如发现印装质量问题，请与印刷厂联系调换）
开　　本 | 880mm×1230mm　1/32
印　　张 | 9
字　　数 | 320 千字
版　　次 | 2015 年 10 月第 1 版　2015 年 10 月第 1 次印刷
书　　号 | ISBN 978-7-5699-0425-3

定　　价 | 35.00 元